손안의 진리 1

지혜의 말씀 법구경

김달진 역 . 최동호 편

서정시학

김달진 : 시인, 한학자. 중앙불교전문학교(현 동국대학교) 졸업. 동국대학교 동국역경원 심사위원이 되어 고려대장경 역경사업에 몰두함. 불교 정신문화원에서 한국 고승 석덕으로 추대, 김달진 문학상 제정, 은관문화훈장 추서, 김달진문학제 제정.

최동호 : 시인, 평론가. 고려대 문과대 국문과 교수. Iowa대학, 와세다대학, UCLA 등에서 방문, 연구교수로 동서시 비교연구.
시집 『황사바람』, 『공놀이하는 달마』, 『불꽃 비단벌레』, 『얼음얼굴』 등이 있다. 평론 부문으로 소천문학상, 김환태문학상, 시와 시학상, 편운문학상, 대산문학상 등을, 시 부문으로 현대불교문학상, 고산 윤선도문학상, 박두진문학상 등을 수상했다.

손안의 진리 1

지혜의 말씀 법구경

2011년 3월 20일 초판 1쇄 발행
2013년 3월 20일 초판 2쇄 발행
2017년 4월 20일 초판 3쇄 발행

역　　자 • 김달진
편　　자 • 최동호
펴 낸 이 • 최단아
펴 낸 곳 • 서정시학
편집·교정 • 최진자
인　　쇄 • 민언프린텍

주　　소 • 서울시 성북구 4길 52 106동 1505호
전　　화 • 02-928-7016
팩　　스 • 02-922-7017
이 메 일 • poemq@dreamwiz.com
출판등록 • 209-91-66271

ISBN 978-89-94824-11-6　03810

값 12,000원

잘못된 책은 바꾸어 드립니다.

지혜의 말씀 법구경

책머리에

『법구경(法句經)』을 처음 읽은 것은 1968년 초겨울이었다. 우연히 책방에서 이 책을 구한 그날 밤새도록 읽은 기억이 지금도 새롭다. 아마도 그때 젊은 날의 번민이 깊었기 때문일 것이다. 그후 10년이 지난 다음 『법구경』을 번역하신 월하(月下) 김달진(金達鎭) 선생을 만났다. 그분은 오래 전 문단을 떠나 세상과의 인연을 끊고 은둔하고 계셨지만 구도자적 생활을 계속하고 계심을 알았을 때 이제 막 문사가 되고자 하는 꿈을 키우던 필자가 받은 충격은 컸다.

『법구경』이 인연이 되어 김달진 선생을 만나게 되었고, 그것이 인연이 되어 이번에 다시 『한글 세대를 위한 법구경』을 간행하는 일에 조그만 일조를 하게 되었다. 물론 원문은 김달진 선생의 뛰어난 번역을 실었으며, 새로운 세대를 위해 주(註)를 약간 보완하고, 거기에 동서양(東西洋)의 금언명구(金言名句)를 추가하여 원문과 함께 음미할 수 있도록 하였다. 특히 『법구경』이 동양의 지혜를 담고 있다는 점에서 서양의 명언들을 폭넓게 수용하고자 하였다.

김달진 선생은 『법구경』을 초판본에서 다음과 같이 해설한 바 있다.

> 법구(法句)란, 두 가지 뜻을 가지고 있습니다. '법'을 석가모니의 가르침으로 볼 때는, 법구는 곧 석가모니의 가르치신 글귀란 뜻이요, '법'을 우주 구극의 진리의 본체로 보고, '구'를 '길', 혹은 '발자국'의 뜻으로 볼 때는, 법구는 곧 진리로 나아가는 길이란 뜻입니다.
>
> 석가모니의 설법에는, 묻는 사람이 있어서 거기에 대답하는 경우와 묻는 사람이 없는 데도 스스로 나아가 가르치는 경우가 있습니다. 앞의 경우에는 그 '사람'과 '때'와 '경우'에 따라 적당하게 가르치는 것이지만, 뒤의 경우에 속한 것인 만큼, 석가모니의 심금에서 바로 우러나오는 시구로서, 불교의 본의를 단도직입적으로 이해하기에 가장 적합한 것입니다.
>
> 『법구경』의 작자는 물론 석가모니이지만, 그것을 모아서 엮은 사람은 인도의 법구(法救)요, 한문으로 번역한 사람은 오(吳)나라 '유기난'들이라고 전해지고 있습니다. '법구'의 연대는 자세하지 않지만, 부처님의 열반하신 뒤 약 4백 년, 서기전 1세기쯤으로 어림잡고 있습니다.

돌이켜보니 지난 30년여 동안 마음의 동요를 느낄 때마다 틈틈이 이 책에 씌어진 말씀과 함께 살아왔음을 고백해 두지 않을 수 없다. 좌절과 방황이 있을 때마다 진리로 나아가는 길 『법구경』이 곁에 있음으로 인해 닫힌 마음의 문을 열고 하나씩 그 실

마리를 풀어왔던 것이다.

수많은 잡서들이 독자들의 기호를 현혹시키는 오늘날 『법구경』을 책상 가까이 두고 매일매일 아침 저녁으로 조금씩 음미하면서 읽으면 읽을수록 그 영원한 가치가 우리들의 마음을 풍요롭게 만들어 줄 것이라 믿는다.

이 책은 이미 간행된 법구경을 누구나 손에서 가까이 읽을 수 있도록 새로운 판본으로 엮은 것이다. 본문 다음에 추가된 구절들은 *는 김달진 선생이, **는 최동호가 추가한 것임을 밝혀둔다.

많은 독자들이 난관에 부딪칠 때마다 이 책을 애독하기를 바라며 새해를 맞는다.

2011년 2월

최동호 씀

◈ 차 례 ◈

제1. 쌍서품(雙叙品)

한때, 부처님이 '기사굴'산에서 정사(精舍)로 돌아오시다가 길에 떨어져 있는 낡은 종이를 보시고, 비구를 시켜 그것을 줍게 하시고, 그것이 어떤 종이냐고 물으셨다.

비구는 여쭈었다.

"이것은 향을 쌌던 종이입니다. 향기가 아직 남아 있는 것으로 보아 알 수 있습니다."

부처님은 다시 나아가시다가 길에 떨어져 있는 새끼를 보시고, 그것을 줍게 하여 그것은 어떤 새끼냐고 물으셨다.

제자는 다시 여쭈었다.

"그것은 생선을 꿰었던 것입니다. 비린내가 아직 남아 있는 것으로 보아 알 수 있습니다."

부처님은 이에 말씀하셨다.

"사람은 원래 깨끗한 것이지만, 모두 인연을 따라 죄와 복을 부르는 것이다. 어진 이를 가까이하면 곧 도덕과 의리가 높아가고, 어리석은 이를 친구로 하면 곧 재앙과 죄가 이르는 것이다. 저 종이는 향을 가까이해서 향기가 나고, 저 새끼는 생선을 꿰어 비린내가 나는 것과 같은 것이다. 사람은 다 조금씩 물들어 그것을 익히지마는 스스로 그렇게 되는 줄을 모를 뿐이니라."

—『법구비유경』, 「쌍서품」

특이한 간다라불

쌍서품 · 1

마음은 모든 일의 근본이 된다
마음이 주가 되어 모든 일을 시키나니
마음속에 악한 일 생각하면
그 말과 행동도 또한 그러하리라
그 때문에 괴로움은 그를 따르리
마치 수레를 따르는 수레바퀴 자취처럼

심 위법본 심존심사 중심염악
心[1]爲法本 心尊心使 中心念惡

즉언즉행 죄고자추 차력어철
卽言卽行 罪苦自追 車轢於轍

* 어리석은 사람이 사람을 물들이는 것은 마치 상한 고기를 가까이하는 것 같아서, 미혹에 빠지고 허물을 되풀이해서 어느새 더러운 사람이 되게 한다.

** 말과 행동을 숨길 수 없나니 수레바퀴 자취는 수레를 따르고 말과 행동은 마음을 따른다.

---

1) 마음[心, citta]↔색(色) : 일반적으로 불교에서 마음을 말할 때는 아뢰야식(阿賴耶識)을 뜻함. 경계[色]의 일반상(一般相)을 인지하는 정신작용, 즉 세상을 아는 주체이다.

쌍서품 · 2

마음은 모든 일의 근본이 된다
마음이 주가 되어 모든 일을 시키나니
마음속에 착한 일 생각하면
그 말과 행동도 또한 그러하리라[1]
그 때문에 즐거움은 그를 따르리
마치 형체를 따르는 그림자처럼

심위법본 심존심사 중심염선
心爲法本 心尊心使 中心念善

즉언즉행 복락자추 여영수형
卽言卽行 福樂自追 如影隨形

* 어진 사람이 사람을 물들이는 것은 마치 향을 가까이하는 것 같아서, 지혜가 나아가고 착함을 익혀서 마침내 꽃다운 선비가 되게 한다.

** 말과 행동 숨길 수 없나니 그림자는 형체를 따르며
즐거움은 착한 생각을 따르며
마음속의 생각은 말과 행동을 따른다.

---

1) 여기서 마음과 일[法]의 관계를 심선사후(心先事後)로 보지 않는다.

쌍서품 · 3

'그는 나를 욕하고 나를 때리고
나를 이기고 내 것을 빼앗았다'
이렇게 굳이 마음에 새기면
그 원한은 끝내 쉬지 않는다.

인약매아 승아불승
人若罵我[1] 勝我不勝

쾌의종자 원종불식
快意從者 怨終不息

* 남에 대한 원한을 아무리 마음에 새겨 갚아 놓아도……
힘 위에 힘이 있고 칼 뒤에 칼이 있다.

** 세상에서 원한보다 인간을 빨리 소멸시키는 것은 없다.
— 니체, 『이 사람을 보라』

---

1) 아(我, Ātman) : 주재(主宰) · 자아(自我) · 신체(身體)의 뜻. 자기의 자체, 곧 자기 주관의 중심. 불교에서는 이것을 실아(實我) · 가아(假我) · 진아(眞我)의 3종으로 분별. 1. 실아는 인도 재래의 사상으로 범부의 망정(妄情)에 스스로 존재한 아(我)를 뜻한다. 2. 가아는 실제로 나라는 것이 존재하는 것이 아니고 5온(蘊)이 화합하여 인과가 상속하는 몸이기 때문에 다른 것과 구별하기 위하여 나라고 이름한 것. 3. 진아는 대승에서만 말하는 것으로 열반의 4덕(德)인 상(常) · 낙(樂) · 아(我) · 정(淨)의 아덕(我德)을 말함. 진(眞)으로써 성품을 삼는 뜻으로 진아라 한다.

쌍서품 · 4

'그는 나를 욕하고 나를 때리고
나를 이기고 내 것을 빼앗았다'
이렇게 마음에 새기지 않으면
그 원한은 이내 고요해진다.

·

인 약 치 훼 매 역 승 아 불 승
人若致毁[1]罵 役勝我不勝

쾌 락 종 의 자 원 종 득 휴 식
快樂[2]從意者 怨終得休息

* 남에 대한 원한을 아예 마음에 두지 말라.
외손바닥은 저 혼자 울지 않고
하늘을 향해 뱉은 침은 도로 제게로 돌아가나니……

** 원한은 의존의 다른 면이다. 모든 것을 다 주어도, 결코 보상받지 못한다. — 보봐르, 『제2의 성』

---

1) 훼(毁) : 헐 훼. 무너뜨림. 험담을 함.
2) 낙(樂, sukha) : 고(苦)에 반대되는 말로 신심(身心)의 좋은 감정 상태를 말한다. 삼수(三受)의 하나인 낙수(樂受)라고도 하며 오수근(五受根), 이십이근(二十二根)의 하나인 낙근(樂根)이라고도 한다.

쌍서품 · 5

원망으로써 원망을 갚으면

마침내 원망은 쉬어지지 않는다

오직 참음으로써 원망은 쉬나니

이 법은 영원히 변하지 않는다

불가원이원 종이득휴식

不可怨以怨 終以得休息

행인 득식원 차명여래법

行忍[3]得息怨 此名如來法[4]

* 어떻게 불을 불로써 끌 수 있는가?

어떻게 물을 물로써 씻을 수 있는가?

** 복수하는 방법을 터득하려면 인내하는 방법부터 터득해야 한다.

— 볼테르, 『메도트』

---

9) 참음[忍] 인내(忍耐)하는 뜻. 자기의 마음에 거슬리는 일에 대해서 진심(嗔心)을 내지 않음. 4선근(善根)의 하나

4) 여래(如來, Tathāgata) : 부처님의 명호 중 하나. 합성어인 이 말을 tatha[진실, 진리] 또는 tathā[如是, 如實, 같이]와 āgata[도달, 오다(來)] 또는 gata[가다]로 나누어 그 의미를 살펴보면 : 1 tātha+gata는 지금까지의 부처님네와 같은 길을 걸어서 열반의 피안(彼岸)에 이른 사람. 2 tatha+āgata라 하면 진리에 도달한 사람. 3 tatha+āgata라 하면 지금까지의 제불과 같이 같은 길을 걸어서 동일한 이상경(理想境)에 도달한 사람

쌍서품 · 6

'남의 허물만을 꾸짖지 말고
힘써 내 몸을 되살펴보자'[1]
사람이 만일 이렇게 깨달으면
그 때문에 다툼은 길이 쉬어지리라

불 호 책 피 무 자 성 신
不好責彼 務自省身

여 유 지 차 영 멸 무 환
如有知此 永滅無患

* 원수를 사랑하라 — 예수
그러나 우리에게는 사랑해야 할 원수도 없다.

** 다툼이 일어나는 것은
스스로의 허물을 돌아보지 않기 때문이다.
자신의 허물을 진정으로 깨달으면
모든 다툼으로부터 자유로워지리라.

---

1) 허물하는 마음은 허물의 마음인가, 청정(淸淨)의 마음인가.

쌍서품 · 7

생활의 즐거움만을 좇아 구하고
모든 감관(感官)을 보호하지 않으며
먹고 마심에 정도가 없고
마음이 게으르고 겁이 많으면
악마는 마침내 그를 뒤엎나니
바람이 약한 풀을 쓸어 넘기듯

행견신정 불섭제근 음식부절
行見身淨 不攝諸根[1] 飮食不節

만타겁약 위사소제 여풍미초
慢墮怯弱 爲邪所制 如風蘼草

* 흐릉흐릉 오늘도 하루 해 저물고
호득호득 꿈속에 문득 눈뜨면, 아아, 어이하랴, 나도 몰랐네.
쓰러진 화병의 시들은 꽃처럼.

** 악마는 게으르고 약한 자를 좋아한다.
먹고 마시고 즐기기만 하는 마음의 근본을 돌보지 않는 사람은
가벼운 바람에 휘날리는 약한 풀과 같다.

---

1) 근(根, mula) : 근본. 5관(官) 등의 기관이란 뜻으로 보고, 듣고, 냄새 맡고, 맛보고, 접촉하는 5감각기관인 눈, 귀, 코, 혀, 몸의 5근(根).

쌍서품 · 8

생활의 즐거움만을 구하지 않고
모든 감관을 잘 지키며
먹고 마심에 정도가 있고
항상 정진하여 믿음이 있으면
악마는 그를 뒤엎지 못하나니
마치 바람 앞에 우뚝 선 산처럼

관신부정 능섭제근 식지절도
觀身不淨[1] 能攝諸根 食知節度

상락정진 불위사동 여풍대산
常樂精進 不爲邪動 如風大山

* 발등에 붙는 불, 눈썹에 붙는 불,
행여 잊을라, 여섯 문 꼭꼭 닫고,
올연히 앉아 언제나 깨어 있어,
가을 밤 하늘의 밝은 달처럼.

** 항상 정진하는 자는 절도가 있나니 거센 바람 앞에 우뚝 선 산처럼 아무도 그를 뒤엎을 수 없네.

---

1) 앞의 게송에서는 신체를 깨끗한 것으로 보는 경우이고[身淨], 여기서는 그렇지 못한 것으로 보는 경우이다[身不淨].

쌍서품 · 9

마음에 독한 태도 버리지 못하고
욕심을 따라 휘달리면서
스스로 자기를 다스리지 못하면
그는 법의에 알맞지 않다

불 토 독 태　욕 심 치 빙
不吐毒態 欲心馳騁

미 능 자 조　불 응 법 의
未能自調 不應法衣[1]

* 빤질빤질 머리를 깎고 천만 번 가사를 수하여도, 마음이 더러우면 그는 비구되기 십만 팔천 리……. 모래를 삶아 밥을 만들라.

* 옷이 날개라지만 더러운 마음을 감쌀 수 있는 옷은 어디서도 구할 수 없다네.

---

1) 법의(法衣): 비구, 비구니가 입는 옷. 승의(僧衣) · 승복(僧服) · 법복(法服)이라고도 한다. 석가모니가 정한 법의로는 삼의(三衣 : 비구가 입는 옷으로 僧伽梨 · 鬱多羅僧 · 安陀會와 오의(五衣 : 비구니가 입는 옷으로 三衣 외에 僧祇支 · 厥修羅 등이 있는데 이것을 법의라고 한다. 중국, 한국, 일본 등에서는 기후 풍토에 따라 가사 아래에 입었는데, 이 가사와 장삼을 합쳐 법의라고 한다. 선종(禪宗)에서는 법을 전하는 표시로 주는 금난의(金襴衣)를 법의라고 한다.

쌍서품 · 10

마음에 독한 태도 뱉아 버리고
고요히 모든 계를 잘 생각하며
마음을 항복받아 스스로 다스리면
그는 법의를 입기에 알맞다

능토독태 계 의안정
能吐毒態 戒[1]意安靜
항심이조 차응법의
降心已調 此應法衣

* 조금 아는 것이 있다 해서
스스로 높아 마음이 교만하면,
그것은 장님이 촛불을 든 것 같아
남은 비추나 자기는 밝지 않다.

** 마음을 다스릴 수 없는 자는 법의를 입지 말라.
법의는 사치품이 아니다.

---

1) 계(戒, śila) : 3학(三學 : 戒·定·慧)의 하나. 불교 도덕의 총칭. 몸(행위)과 말을 저지르는 죄를 막아 악을 멈추게 하는 것. 소승불교에는 재가(在家)·구족계(具足戒)가 있으며 대승불교에는 성문계(聲聞戒)·대승보살계(大乘菩薩戒)가 있다.

쌍서품 · 11

진실한 것을 거짓으로 생각하고
거짓인 것을 진실로 생각하면
이것은 끝내 그릇된 소견이라
마침내 참 이익을 얻지 못한다.

이진위위 이위위진
以眞爲僞 以僞爲眞

시위사계 불득진리
是爲邪計 不得眞利

* 한 일, 한 일을 겪어 보면 겪어 볼수록,
하루하루를 살아 보면 살아 볼수록,
우리의 마음에 자유와 안정과 용기를 가져오는 것은,
결국 '참된 것', '바른 것'밖에 없었다.

** 분별을 떠나라고 하지만
거짓과 진실을 구별하는 것이야말로
참다운 분별의 처음이자 마지막이다.

쌍서품 · 12

진실을 알아 진실로 생각하고
거짓을 보아 거짓으로 알면
이야말로 바른 소견이라
그는 반드시 참 이익을 얻는다.

知眞[1]爲眞 見僞知僞
是爲正計 必得眞利

* 진(眞)이나 선(善)이나 자유의 새는, 결코 애매와 암담의 숲에서 그의 깃드는 보금자리로 하지 않는다. 모든 확실하지 못한 어둠 속에는, 다만 두려움이 있을 뿐이기 때문이다. 죽음! 행복을 그리는 우리에게 한치 앞이란 얼마나 무서운 깊은 못인가!

** 눈이 있는 자는 볼 것이요, 귀가 있는 자는 들을 것이다.
참을 구하는 자는 참을 얻을 것이요, 거짓을 구하는 자는 거짓을 얻을 것이다.

---

1) 진(眞) : 진실. 가(假) · 속(俗) · 위(僞) 등과 반대된다. 진실이 궁극적인 목표라면 가 · 속 · 위 등은 진실에 도달하기 위한 일시적 · 방편적 과정이라는 뜻을 내포하고 있다.

쌍서품 · 13

지붕 잇기를 성기게 하면
비가 오면 곧 새는 것처럼
마음을 조심해 가지지 않으면
탐욕[1]은 곧 이것을 뚫는다.

개옥불밀 천우즉루
蓋屋不密 天雨則漏

의불유행 음일위천
意不惟行 淫泆爲穿

* 우리의 생활에는 너무나 틈이 많다.
그러므로 항상 바람과 티끌이 시달림을 받는다.

** 성긴 마음과
올곧은 마음은
정말 누가 다스리는가.

---

1) 탐욕(貪慾, lobha) : 독(毒)의 하나. 자기의 뜻에 맞는 일이나 물건은 애착하여 탐내고 만족할 줄 모르는 것. 곧 세간의 색욕(色慾)·재물 등을 탐내어 그칠 줄 모르는 욕심. 번뇌의 근본 원인 중 하나.

쌍서품 · 14

지붕 잇기를 촘촘히 하면
비가 와도 새지 않는 것처럼
마음을 단단히 거두어 가지면
탐욕은 이것을 뚫지 못한다.

개 옥 선 밀　우 즉 불 루
蓋屋善密 雨則不漏

섭 의 유 행　음 일 불 생
攝意惟行 淫泆[1]不生

* 인생은 유혹이다.
그러나 그것은 자신 있는 자기 힘의 시험이어야 한다.

** 탐욕은 뚫을 수 없는 것이 없지만
끝내 자기를 지키는 자의 마음은 어떤 것도 뚫을 수 없다.

---

1) 음일(淫泆) : 정욕(情慾)을 말한다.

쌍서품 · 15

이승에서 걱정하고 죽어서 걱정하고
악을 행한 사람은 두 곳에서 걱정한다.
이것도 걱정이요 저것도 두려움
죄를 지은 자기의 더러운 업[1])을 보고

조우후우 행악양우
造憂後憂 行惡兩憂

피우유구 견죄심거
彼憂惟懼 見罪心懅

* 죄를 짓고도 벌을 면할 수 있다. 그러나 벌을 면하였다 하여 죄가 없어진 것은 아니다.
선(善)을 행하고도 칭찬을 받지 못하는 수가 있다. 그러나 남이 모른다 하여 선이 없어진 것은 아니다.
숨기는 곳에 그 죄 도리어 커 가고, 모르는 곳에 그 선은 더욱 참다이 되는 것이다.

** 죄를 지은 자는 죄지은 눈으로 세상을 본다.

---

1) 업(業, karma) : 몸[身]·입[語]·뜻[意]으로 짓는 선악(善惡)의 소행(所行), 이것이 미래에 선악의 결과를 가져오는 원인이 된다고 한다.

쌍서품 · 16

이승에서 기뻐하고 죽어서 기뻐하고
선을 행한 사람은 두 곳에서 기뻐한다.
이것도 기쁨이요 저것도 즐거움
복을 지은 자기의 깨끗한 업을 보고

조희후희 행선양희
造喜後喜 行善兩喜

피희유환 견복 심안
彼喜惟歡 見福[1]心安

* 보수를 또 어디서 구하려 하느뇨?
그대의 할 일을 정성껏 한 뒤의 열락, 그 이상의 깨끗하고 거룩한 보수는 없다.

** 선을 행한 자의 기쁨은 언제나 자신에게서 발견된다. 밝은 미소, 명랑한 말소리, 낮고 은은해도 감추기 어렵다.

---

1) 복(福, punya) : 공덕(功德) · 복덕(福德)이라고도 한다. 즐거움을 초래하는 오계(五戒) · 십선(十善) · 보시(布施) 등의 선업(善業)을 복(福) · 복덕(福德)이라 하며 괴로움을 초래하는 오역(五逆) · 십악(十惡) 등의 악업(惡業)을 죄(罪) · 죄악(罪惡)이라 한다.

쌍서품 · 17

이승에서 뉘우치고 저승에서 뉘우치고
악을 행한 사람은 두 곳에서 뉘우친다.
'나는 악을 행했다' 생각에 번민하고
죄를 바로 받아 더욱 크게 고통받는다.

금회후회 위악 양회
今悔後悔 爲惡[1]兩悔

궐위자앙 수죄열뇌
厥爲自殃 受罪熱惱

* 장미 나무에서 어째서 모란꽃이 피지 않을까?

** 악을 행한 사람의 번민도 자신에게서 발견된다.
불안한 눈길, 음침한 말소리 남들에게 감추어도 끝내 자신을 속일 수는 없다.

---

1) 악(惡, akuśala) : 3성(三性 : 善・惡・無記)의 하나. 불선(不善)이라고도 한다. 현세 또는 내세에 자기나 남에게 좋지 않은 결과를 가져올 성질을 가진 바탕.

쌍서품 · 18

이승에서 기뻐하고 저승에서 기뻐하고
선을 행한 사람은 두 곳에서 기뻐한다.
'나는 선을 행했다' 생각에 기뻐하고
복을 바로 받아 더욱 크게 기뻐한다.

금환후환 위선 양환
今歡後歡 爲善[1]兩歡

궐위자우 수복열예
厥爲自祐 受福悅豫

* 그대는 언제 어디서 그대의 목숨이 끊어지더라도,
아무런 유감이 없을 만한
그대의 생명에 대한 준비가 되어 있는가?

** 오늘을 준비하는 자는 금전을 모으고,
내일을 준비하는 자는 명예를 구하고,
영원한 기쁨을 구하는 자는 선을 행한다.

---

1) 선(善) : 3성(性)의 하나. 소승에서는 결과로 보아서 편안하고 즐거운 낙보(樂報)를 받을 만한 것. 대승에서는 현재·미래에 걸쳐 자기와 남에게 이익을 주는 것을 말한다.

쌍서품 · 19

경전을 아무리 많이 외워도
행하지 않는 방일(放逸)한 사람은
남의 소를 세는 목자(牧者)와 같아
사문[1]된 결과를 얻기 어렵다.

수 송 습 다 의　방 일 부 종 정
雖誦習多義　放逸不從正
여 목 수 타 우　난 획 사 문 과
如牧數他牛　難獲沙門果

* 사상(思想)의 팬, 그것은 이 세대의 인텔리들의 자랑인 동시에 또한 일종의 창백한 비애임에 틀림없다.
어둑거리는 인생의 변두리를 하염없이 거니는 그 여윈 마음의 조바심.

** 지식이 많아도 행하지 않는 자는 진정한 지성인이 아니다.
자신의 잘못을 유창하게 변명할 수는 있어도 참다운 삶을 살 수는 없다.

---

1) 사문(沙門, śramana) : 부지런히 모든 좋은 일을 닦고, 나쁜 일을 일으키지 않는다는 뜻. 외도(外道)・불교도를 불문하고, 처자 권속을 버리고 수도 생활하는 이를 총칭함. 후세에는 오로지 불문에서 출가한 이를 말한다. 비구와 같은 뜻으로 쓰인다.

쌍서품 · 20

경전을 아무리 적게 알아도
법을 따라 도를 행하고
탐욕과 성냄과 어리석음을 버리어
지식은 정당하고 마음은 해탈해서
이승에도 저승에도 집착이 없으면
그야말로 부처님의 제자이니라.

시언소구 행도여법 제음노치
時言少求 行道如法 除婬怒癡[1]

각정의해 견대불기 시불제자
覺正意解 見對不起 是佛弟子

* 속의 충실은 반드시 바깥으로 나타나는 형식을 가지는 것이다. 꽃을 피우는 꽃봉오리를 보라. 엄을 내는 종자를 보라. 모든 진(眞)도, 선(善)도, 애(愛)도 오직 행위의 세계에 있어서만 생의 본연적(本然的) 성취의 광영(光榮)이 있는 것이다.

** 부처님의 참다운 제자는 집착하지 않음을 행하는 자이다. 경전도 이승도 집착하지 않는 마음의 해탈자들이다.

---

1) 이를 삼독(三毒)이라 함. 탐욕(貪慾) · 진에(瞋恚) · 우치(愚癡)의 세 가지 번뇌.

제2. 방일품(放逸品)

부처님은 말씀하셨다.

"옛날 소를 먹이는 사람이 있었는데, 자기 소는 버리고 남의 소를 세어 자기의 소유로 생각하였다. 그래서 버려 둔 자기 소는 혹은 모진 짐승의 해를 당하고, 혹은 숲속에 잃어버려 그 수가 날로 줄어들지마는, 그는 그것을 깨닫지 못했다. 그래서 공연히 남의 웃음거리만 되었다. 공부하는 사람으로서 아무리 많이 들었다 해도, 스스로 법을 따르지 않고, 함부로 남을 가르치려 한다면, 그것은 마치 저 소 먹이는 사람이나 다름이 없는 줄 알라. 스스로 자기를 바루지 못하고 어떻게 능히 남을 바룰 수 있겠는가."

— 『출요경』, 「방일품」

부처님의 보관(寶冠)을 숭배하는 장면

방일품 · 1

계(戒)를 감로의 길이라 하고
방일을 죽음의 길이라 하나니
탐하지 않으면 죽지 않고
도(道)를 잃으면 스스로 죽느니라

계 위 감 로 도 방 일 위 사 경
戒爲甘露[1]道 放逸[2]爲死徑

불 탐 즉 불 사 실 도 위 자 상
不貪則不死 失道爲自喪

* 쾌락, 혐오, 또 쾌락, 혐오…. 이리하여 나의 생활은 계속된다. 도대체 그 유혹은 어디서 왔을까? 어찌하여 그 유혹은 나를 유혹할 수 있었을까?

** 아아, 모두가 방일의 길을 탐하고, 도의 길을 잃은 지 오래이다. 누가 이 말법(末法)의 세상에서 부처님의 진정한 제자가 될까. 진정한 길을 가지 않는 자에게 방일의 길은 즐겁고, 감로의 길은 괴롭다.

---

1) 감로(甘露, amrta) : 소마(蘇摩)의 즙, 천신들의 음료, 하늘에서 내리는 단 이슬이라 하여 감로라 한다.

2) 방일(放逸, pramadā) : 이십수번뇌(二十隨煩惱)의 하나. 인간으로서 해야 할 착한 일이나 방지해야 할 악한 일을 뜻에 두지 않고, 방탕하고 함부로 하는 정신작용.

방일품 · 2

이 이치를 밝게 알아서
마침내 방일하지 않는 사람은
방일하지 않는 속에 기쁨이 있어
성자의 경계를 얻어 즐긴다.

혜 지 수 도 승 종 불 위 방 일
慧[1]智守道勝 終不爲放逸

불 탐 치 환 희 종 시 득 도 락
不貪致歡喜 從是得道樂

* 사회의식의 활동에서 인간의 위대한 힘이 나타나고, 자기 비판의 가능에서 동물과 구별되는 인간의 묘미가 나타난다.

** 방일한 자에게는 눈앞의 즐거움이 있고,
참고 견딤의 즐거움을 아는 자는
성자의 경지를 어렴풋이 느낄 수 있다.
이치를 모르는 것이 아니다.
참고 견딜 수 없는 것이다.

---

1) 혜(慧, prajñā) : 사물이나 도리(道理)를 식지(識知) · 추리 · 판단하는 정신 작용. 계(戒) · 정(定)과 함께 불교의 중요한 실천 덕목 중 하나이다. 반야(般若)라고도 한다.

방일품 · 3

그들은 항상 도를 생각해
스스로 굳세게 바른 행실 지키며
용맹하고 슬기롭게 세상을 건너
위 없는 편안한 행복[1]을 얻는다

常當惟念道[2] 自強守正行
健者得度世 吉祥無有上

* 지식의 과실을 따먹기 이전의 인간.
그는 평화로운 에덴의 낙원 속에서 졸면서, 완전한 행복을 맛본 인간이었다. 그러나 조그만 가치도 가지지 못한 인간이었다.

** 용맹하고 슬기로운 자에게는 도가 벗이 되고, 비겁하고 우둔한 자에게는 악마가 벗이 된다.
악마는 즐거움을 주고, 도는 고뇌를 준다.
굳센 자는 뚫고 나가고, 어리석은 자는 눈앞의 즐거움을 탐한다.

---

1) 열반(涅槃)을 의미한다.
2) 도(道, mārga) : 1. 통입(通入) · 윤전(輪轉) · 궤로(軌路) 등의 뜻이 있어 여러 다른 의미로 쓴다. 삼악도(三惡道) · 삼선도(三善道) 등의 도는 바퀴처럼 돌고돈다는 윤전의 뜻으로 쓴다.

방일품 · 4

바른 생각을 떨쳐 일으켜
깨끗한 행동으로 악을 멸하고
스스로 억제하여 법다이 살면
그 사람의 이름은 날로 자란다

정념 상흥기 행정악역멸
正念[1]常興起 行淨惡易滅

자제이법수 불범선명증
自制以法壽 不犯善名增

* 모든 행복이 거짓에 불과하다면 차라리 잠 속에 들어 꿈이나 이어가랴. — 아이멜
그러나 인생이란, 실상 우리가 생각하는 그대로의 고역만은 아니었다.

** 바른 생각을 갖지 못하면 훌륭하게 행동할 수도 없다.
헛된 이름을 탐하는 자는 악을 더욱 더 멀리 펼친다.

---

1) 정념(正念) : 8정도(八正道)의 하나. 사념(邪念)을 버리고 항상 향상을 위하여 수행하기에 정신을 집중하는 것.

방일품 · 5

기운을 떨쳐 방일하지 않고
스스로 억제하고 마음을 다루어
지혜 있는 사람은 주(洲)[1]를 만들어
사나운 물결[2]에도 떠가지 않는다.

發行不放逸 約以自調心
慧能作定明 不返冥淵中

* 아무런 일 하나도 단념하지 못하는 사람은 아무런 일 하나도 이루지 못할 것이다. 하나의 일을 이루지 못하면 하나의 지혜를 얻지 못한다. 여러 가지 관심은 여러 가지의 번뇌를 가져오고 하나의 애정은 모든 것을 관통하는 위력을 낳는다.

** 소용돌이치는 물결이 더욱 비옥한 땅을 만든다.
방일한 기운이 떨쳐 일어나도 흔들리지 않는 굳센 자는 끝내 지혜로움을 얻는다.

---

1) 주(洲) : 피난처. 소용돌이치는 윤회의 바다에서 우리가 의지해야 할 귀의처(歸依處)를 뜻한다.
2) 마음의 갈등인 번뇌를 말한다.

방일품 · 6

어리석은 사람은 깊은 뜻 몰라
방일에 빠져 다투기를 좋아하고
지혜 있는 사람은 항상 삼가서
보물을 보호하듯 방일을 막는다

우인의난해 탐란호쟁송
愚人意難解 貪亂好諍訟

상지상중신 호사위보존
上智常重愼 護斯爲寶尊

* 한 번 단념한 이상이면 그리 어름어름할 것 없이, 단연히 잊어버릴 것이다.
그리하여 돌려놓는 발끝에 새 피를 쏟아 불을 붙일 것이다.

** 그러나 난 고요한 별 중의 하나
나는 아직도 나 자신의 빛을 보내고 있노라 – G. 벤, 『진테제』

방일품 · 7

방일하지 말라 다투지 말라
탐욕의 즐거움을 길들이지 말라
고요히 생각하고 방일하지 않으면[1])
큰 즐거움을 얻을 수 있다

막탐막호쟁 역막기욕락
莫貪莫好諍 亦莫嗜欲樂

사심불방일 가이획대안
思心不放逸 可以獲大安

* 감정보다 이성의 명령을 따르라 한다.
그러나 그것은 이성을 인간의 본질이라는 의미에서보다, 본질이라 결정짓는 그것까지도 생활의 안전을 꾀하는 의미에서가 아닐까?

** 생각하는 것은 자기 자신과 친해지는 것이다.
— 우나무노, 『생의 비극적 감정』

---

1) 선정(禪定)에 들어 있는 상태를 말한다.

방일품 · 8

방일한 마음을 스스로 금해
방일을 물리친 어진 사람은
이미 지혜의 높은 집에 올라
두려움도 없이 걱정도 없이
어리석은 사람을 내려다보나니
마치 산 위에서 평지를 바라보듯[1)]

방일여자금 능각지위현 이승지혜각
放逸如自禁 能却之爲賢 已昇智慧閣

거위위즉안 명지관어우 비여산여지
去危爲卽安 明智觀於愚 譬如山與地

* 종교적인 풍류삼매(風流三昧)에서만 우리는 우리의 의지의 자유를 바로 느낄 수 있을 것이다. 욕구의 보챔에서 벗어난 세계. 거기에는 자유와 자유의 완전한 실현인 자비와 희열이 있을 뿐이다.

** 사람은 자기 생각을 사용하는 것밖에 자기 고유의 것을 가진 것이 없다. — 에픽테토스

---

1) 이 문장과 거의 같은 의미의 문장이 서사시 「마하바라타」에도 나온다. "현인(賢人)은 지혜의 고각(高閣)에 올라, 세상 사람들은 근심 · 걱정에 싸여 있다는 것을 지혜로써 이해한다. 마치 산 위에 서 있는 사람처럼."

방일품 · 9

방일한 속에 있어 방일하지 않고
잠든 속에서 깨어 있는 사람은
준마(駿馬)와 같이 빨리 달려서
노마(駑馬)를 뒤로 두고 멀리 나아간다

불자방일 종시다오
不自放逸 從是多寤

리 마비량 기악위현
羸[1]馬比良 棄惡爲賢[2]

* 천상 천하에 오직 '나'만이 높다.
그러므로 '나'를 지배하는 이상의 위인은 없다.

** 잠든 자는 꿈속을 헤매고
깨어 있는 자는 앞으로 나아간다.

1) 이(羸) : 파리할 리, 약할 리, 강하지 아니함.
2) 현(賢) : 불도를 수행하는 사람 중에서 견도(見道) 이상에 달한 사람을 성인(聖人)이라 하고, 아직 견도에는 이르지 않았지만 이미 악(惡)을 떠난 사람을 현인(賢人)이라 한다.

방일품 · 10

방일하지 않으면 칭찬을 받고
방일하면 그것은 비난받는다
저 마갈범도 방일하지 않으므로
천상(天上)에 나서 주인이 되었나니

不殺而得稱 放逸致毀謗
不逸摩竭人1) 緣淨得生天

* 우리의 행위의 건축을 남의 훼예(毀譽)의 초석(礎石) 위에 쌓는다는 것은 어리석은 일이다. 남의 의견이란 끝없이 변화하여 행운(行雲), 유수(流水)와 같기 때문이다. 모름지기 그대 자신 속에, 그대 자신의 법률과 그대 자신의 법정과 그대 자신의 법관을 두어, 그것을 따르라.

** 너무나 적게 생각하는 사람 너무나 많이 생각하는 사람 모두가 방일하다.

---

1) 마갈(Maghavā) : 너그럽고 어질다는 뜻으로서, 인드라 신(神)의 한 이름. 공계(空界)를 지배하는 최고 신(神). 『리그베다』에서는 가장 유력한 신으로 나온다. 불교에서는 제석천(帝釋天)으로 쓰인다.

방일품 · 11

방일하지 않음을 삼가 즐기고
방일을 두려워 걱정하는 비구는
마음에 걸려 있는 번뇌의 얽힘을
불꽃과 같이 살라 없앤다

비구근신락　방일다우건
比丘謹愼樂[1]　放逸多憂愆[2]

결사소전리　위화소이진
結使所纏[3]裏　爲火燒已盡

* 인간의 본연적인 자유성을 우리는 행(行)의 종교에서 볼 수 있다. 그의 인욕[4]은 자발적이다.

** 참다운 인욕은 자발성으로부터 비롯된다.
번뇌의 얽힘을 불태우려는 자발성이 인간 본성에 없다면 깨달음은 끝내 불가능했을 것이다.

---

1) 근신락(謹愼樂) : 수행에 힘쓴다는 뜻.
2) 건(愆) : 허물 건.
3) 전(纏) : 두를 전.
4) 인욕(忍辱, kṣānti) : 인내하는 것. 6바라밀, 10바라밀의 하나로서 인바라밀(忍波羅蜜), 인욕바라밀(忍辱波羅蜜)이라고도 한다.

방일품 · 12

방일하지 않음을 삼가 즐기고
방일을 두려워 걱정하는 비구는
삼계의 고통을 다시 받지 않나니
그는 벌써 열반에 가까워 있다

수계복치선 범계유구심
守戒福致善 犯戒有懼心

능단삼계 루 차내근니원
能斷三界[1]漏 此乃近泥洹[2]

* 남이 참을 수 없는 바를 능히 참아야 비로소 남이 할 수 없는 바를 할 수 있을 것이다. 그러나 그 '참음'이란 그저 오는 것이 아니다. 그것은 반드시 다른 시간과 공간에 대한 위대한 소신(所信)의 안정된 일념에서 오는 것이다.

** 방일은 기쁨으로 시작되고 열반은 고통으로 시작된다.

---

1) 삼계(三界) : 나고 죽음의 굴레가 쉴 새 없는 미계(迷界)를 셋으로 분류한 것. 1. 욕계(欲界) : 탐욕 특히 식욕·음욕·수면욕이 치성한 세계. 2. 색계(色界) : 욕계와 같은 탐욕은 없으나 미묘한 형체가 있는 세계. 3. 무색계(無色界) : 색계와 같은 미묘한 몸도 없는 순 정신적 존재의 세계.

2) 니원(泥洹) : 나지도 죽지도 않은 것, 보통은 석가모니의 죽음을 말한다. 열반(涅槃)과 같은 뜻.

제3. 심의품(心意品)

부처님은 어느 달 밝은 밤에, 나무 밑에 있는 한 도인을 찾아가 마주앉으셨다. 그때 거북이 한 마리가 물 속에서 나와 나무 밑으로 왔다. 또 어디서 물개 한 마리가 먹이를 구하러 나왔다가 거북이를 보고 잡아먹으려고 했다. 거북이는 곧 머리, 꼬리, 그리고 사지를 옴츠려 갑 속에 넣어 감추었다. 그러자 물개는 어떻게 할 수 없어 그만 가버렸다.

그때 도인은 말했다.

"이 거북이에게는 몸을 보호하는 갑옷이 있는데, 물개는 그것을 모른다."

부처님은 말씀하셨다.

"내 세상 사람을 보매 이 거북이보다도 못하구나. 모든 것이 덧없는 줄 모르고 여섯 정(情)을 함부로 놀려, 악마에 시달리면서 일생을 마치지 않는가! 인생 모든 일은 다 그 뜻으로 되는 것인데 어찌 스스로 힘써 구경(究竟)의 안락을 구하지 않겠는가!"

— 『법구비유경』, 「심의품」

명상에 든 부처님

심의품 · 1

마음은 가벼이 이리저리 날뛰어
지키기 어렵고 어거하기[1] 어렵다
지혜 있는 사람은 이것을 다루나니
활 만드는 장색[2]이 화살을 다루듯

심다위경조 난지난조호
心多爲輕躁 難持難調護

지자능자정 여장닉전직
智者能自正 如匠搦箭直

* 안심(安心) · 입명(立明)은 종교의 궁극의 목적일 것이다.
그러나 바르지 못한 생활의 개조에 의한 안심과 바르지 못한 생활 그대로의 안심과는 다른 것이다.
후자에 있어서 종교는 확실히 아편인 것이다.

** 활이 화살을 날리는 것은
다루기 어려운 탄력 때문이다.
탄력을 가질수록 다루기 어려운 활이
화살을 멀리 날려 보낸다.

---

1) 어거하다 : 억제하다.
2) 장색(匠色) : 장인(匠人).

심의품 · 2

고기가 물에서 잡혀 나와
땅바닥에 버려진 것과 같이
악마 무리[1]가 날치는 속에서
우리 마음은 두려워 떨고 있다

여어재한지 이리어심연
如魚在旱地 以離於深淵

심식극황구 마중이분치
心識極惶懼 魔衆而奔馳

* 누가 '당신은 지금 무슨 생각을 하고 있느냐?' 라고 묻는다면, 당신은 얼굴을 붉히지 않고 곧 대답할 수 있는 생각을 갖고 있습니까?

** 신과 악마가 싸우고 있다. 그 전장(戰場)이야말로 인간의 마음이다. ― 도스토예프스키, 『카라마조프가의 형제들』

---

1) 번뇌에 의한 생사윤회(生死輪廻)의 수레바퀴를 말한다.

심의품 · 3

욕심을 따라 함부로 날뛰는
마음을 지키기는 어려운 일이다
그 마음 항복받음 훌륭한 일이니
항복한 마음은 즐거움을 가져온다

경조난지 유욕 시종
輕躁難持 唯欲[1]是從

제의위선 자조즉녕
制意爲善 自調則寧

* 우리가 우리의 깨끗한 마음을 가지고 또 그에 따라 행할 때, 신의 명령처럼 부드럽고, 이롭고, 자비로운 것은 없을 것이다.

** 마음의 괴로움은 육체의 고통보다 더 견디기 힘들다.
— 푸블릴리우스 시루스, 『격언집』

---

1) 욕(欲, chanda) : 희망을 욕구하는 마음 작용. 유부(有部)에서는 모든 마음에 따라 일어나는 마음 작용이라 하고 유식종(唯識宗)에서는 원하는 대상에 대해서만 일어나는 마음 작용이라 한다. 욕(欲)은 보통 욕망, 애착, 특히 음욕, 성욕 등을 말한다.

심의품 · 4

욕심을 따라 함부로 날뛰는
마음은 미묘하여 보기 어렵다
지혜 있는 사람은 스스로 지키나니
지켜진 마음은 즐거움을 가져온다

의미난견 수욕이행
意微難見 隨欲而行

혜상자호 능수즉안
慧常自護 能守卽安

* 사람의 가슴속이 거울처럼 서로서로 보이지 않는다는 것은 얼마나 다행한 일인가!
거리의 사람 사람들의 의젓한 걸음걸이는 눈물겨운 희극이다.

** 지키는 것의 어려움 속에
지키는 마음의 즐거움이 있다.
지혜로운 이가 지닌 마음의 거울은
얼마나 깊은 것을 비추는가.

심의품 · 5

멀리 혼자 가며
그윽한 곳에 숨어 형체가 없는
마음을 제어하여 도를 따르면
악마의 속박은 스스로 풀리나니

獨行遠逝 覆藏無形
(독행원서 복장무형)

損意近道 魔繫乃解
(손의근도 마계내해)

* 남을 속이지 않고 속일 줄도 모르는, 꼿꼿하고 정직한 사람이, 의외로 자기 자신을 잘 속이는 정직하지 못한 데가 있다. 그러므로 남을 두고 하는 비난이 오히려 자기에게 보다 적절한 것임을 우리는 흔히 들을 수 있다. 정직한 이 한 사람도 없다.

** 욕망에 날뛰는 사람은 형체가 없는 마음의 거울을 보지 못한다. 악마의 독백은 번뇌이며 그것은 삶과 죽음의 수레바퀴이다.

심의품 · 6

마음이 편안히 머물지 않고
법다운 법도 또한 모르며
세상일에 함부로 들떠 헤매면
원만한 지혜는 있을 수 없다

심 무 주 식 역 부 지 법
心無住息 亦不知法

미 어 세 사 무 유 정 지
迷於世事 無有正智

* 아직, 아직. 몰라서 못한 우치(愚痴)는 없다.
알면서 못하고, 알면서 끌리는 우치가 있을 뿐이다.
지(知)의 지(知)와 행(行)의 지(知)—여기서 현(賢) · 우(愚)와 범(凡) · 성(聖)이 갈리는 것이다.

** 알면서 속고, 모르면서 속고 돌고 도는 세상일에 골몰하면
참다운 법 모르고, 언제나 근심 걱정 마음이 편안치 않다.
있어서 걱정, 없어서 걱정
원만한 지혜는 이 모두를 깨닫도록 가르치는데
저잣거리에는 진정한 길을 말하는 자는 많아도
진정으로 그 길을 가는 자는 왜 이렇게 적은가.

심의품 · 7

마음은 고요히 머물지 않고
끊임없이 변화해 끝이 없나니[1]
어진 이는 이것을 깨달아
악을 돌이켜 복을 만든다

염무적지 부절무변
念無適止 不絶無邊

복능알악 각자위현
福能遏惡 覺自爲賢

* 개성의 힘과 운명. 바람, 비 너무 세면 나무는 부러지고, 너무 약하면 나무는 못 견딜 적막일 것이다.

** 마음이 살아 움직인다. 고요한 마음에 그것이 느껴진다. 정지된 마음은 죽은 것이요, 살아 있는 도의 표현이 아니다. 죽어 있는 깨달음이라면, 그것은 이제 부처님과 함께 죽어버린 것이리라.

---

1) 유형의 세계가 끊임없이 변화하여 항상됨이 없듯이[無常], 무형의 마음도 생각생각 변한다. 따라서 '나'라고 하는 것도 그 변화 가운데 있으니 정해진 모습이 없어 항상됨이 없다[無我]. 스스로 구하고자 하는 사람은 끊임없이 변하는 그 자신의 모습을 돌이켜보아 자신의 마음을 날뛰게 하지 않는다.

심의품 · 8

이 몸을 빈 병과 같다고 보고
이 마음의 성처럼 든든히 있게 하여
지혜로써 악마와 싸워 이겨
다시는 그들을 날뛰게 하지 말라

관신여공병 안심여구성
觀身如空甁 安心如丘城

이혜여마전 수승물복실
以慧與魔戰 守勝勿復失

* 악을 피해 달아나는 것은 비겁이다.
악을 쳐부수는 것은 용감이다.
그것을 미화(美化) · 선화(善化)하는 것을 진정한 사랑의 빛이요, 향기이다.

** 빈 병 속에 악마가 가득하다.
병 속의 새를 누가 꺼내는가.

심의품 · 9

아아 이 몸은 오래지 않아
도로 땅으로 돌아가리라
정신이 한번 몸을 떠나면
해골만이 땅 위에 버려지리라

시신불구 환귀어지
是身不久 還歸於地

신식이리 골간독존
神識已離 骨幹獨存

* 죽음은 인생의 영원한 풍자다.
동시에 영원한 생의 찬미자다.

** 정신이 떠나간 육체는
고깃덩어리, 뼈다귀 더미에 불과하다.
먼지에서 먼지로 돌아가는데
어찌 불생불멸을 참구하지 않을까.

심의품 · 10

원수의 하는 일이 어떻다 해도
적의 하는 일이 어떻다 해도
거짓으로 향하는 내 마음이
내게 짓는 해악보단 못한 것이다

심예조처 왕래무단
心豫造處 往來無端

염 다사벽 자위초악
念[1]多邪僻 自爲招惡

* 선에는 당장의 성패 이외에 보다 직접적인 별다른 기쁨이 있다.
악에는 당장의 성패 이외에 보다 직접적인 두려움이 있다.
당신 혼자 하는 소리를 주의해 들으십시오.

** 모두를 속일 수 있어도 자기 자신은 속일 수 없구나.
원수보다도 적보다 더 두려운 것은 자기를 속이는 마음이다.

---

1) 염(念, ṣmṛti) : 일찍이 경험했던 것을 확실히 기억하고 잊어버리지 않는 것. 염근(念根), 염력(念力)이라고도 한다. 10념(十念)의 하나

심의품 · 11

아버지 어머니가 어떻다 해도
친척들의 하는 일이 어떻다 해도
정직으로 향하는 내 마음이
내게 짓는 행복보단 못한 것이다

시의자조 비부모위
是意自造 非父母爲

가면향정 위복물회
可勉向正 爲福勿回

* 그에게 이(利)를 주기 위해서는 그를 속여도 좋은가?
그에게 해를 주어도 그에게 진실하여야 하는가?

** 자기를 속일 수 없는 자
그는 참다운 길에 가깝다.
남도 속이고 자기도 속이는 자는
끝내 아비규환에 떨어져
영원한 형벌을 받으리라.
단테의 『신곡(新曲)』을 읽어보라.

제4. 화향품(花香品)

옛날 '사위'성에 한 '전타라'(천민)가 있어, 똥 치는 일로 겨우 목숨을 이어갔다. 부처님은 그를 보고 말씀하셨다.

"너 중이 되겠는가?"

그는 대답했다.

"지옥・아귀・축생도 도(道)에 들어갈 수 있습니까?"

"내 먼 옛날로부터 수없는 행을 닦아 불도를 이룬 것은, 바로 죄와 고통에 빠진 사람을 구하기 위한 것일 뿐."

부처님은 곧 그를 데리고 기원정사로 들어가 계를 주어 '사미'로 만들었다.

그때 바사닉왕은 이 소식을 듣고, '부처님은 석가 족의 귀한 집에 태어났고, 그 좌우의 제자들도 모두 장로・바라문・찰제리족 들이다. 그런데 이제 전타라를 제자로 삼다니, 내 어찌 그를 대해 차마 굴복하고 예경하겠는가?' 라고 생각했다. 그래서 이내 수레를 몰아 부처님 처소로 갔다. 거기서 먼저 전타라의 출가한 신통을 보고, 또 진흙 속의 연꽃의 게송(「화향품・15」, 「화양품・16」 참조)을 듣고는, 마음에 즐거움이 가득해 돌아갔다.

—『출요경』, 「화향품」

걸터앉아 설법하는 부처님

화향품 · 1

누가 살 만한 땅을 가릴 것인가
누가 지옥을 버리고 천계[1]를 취할 것인가
누가 거룩한 법을 설하기를
꽃을 가려 꺾는 것과 같이할 것인가

숙능택지 사감취천
孰能澤地 捨鑑取天

수설법귀 여택선화
誰說法句 如擇善華

* 어떤 목적에 강제된 혜물(惠物), 어떤 이유에 이용된 동정은 항상 받는 자에게 슬픔을 주고 중량을 주는 것이다.
마치 무리하게 딴 신과(辛果)처럼.
연착(戀着)의 인력(引力)이 더해 있기 때문이다.

** 들꽃이 어떻게 자라는가 보아라. 그것들은 수고하지도 않고 길쌈도 하지 않는다. 그러나 온갖 영화를 누린 솔로몬도 이 꽃 한 송이만큼도 화려하게 차려 입지 못했다. ─ 「마태복음」

---

1) 천계(天界, deva) : 욕계(欲界) · 색계(色界) · 무색계(無色界)의 총칭.

화향품 · 2

공부하는 사람은 좋은 땅을 가린다
지옥을 버리고 천계를 취한다
그는 거룩한 법을 설하기를
좋은 꽃은 가려서 꺾는 것같이 한다

학자택지 사감취천
學者擇地 捨鑑取天

선설법구 능채덕화
善說法句 能採德華

* 이 세계는 선을 하기에 적당하게 되어 있다 — 사바[1] 세계.
그러므로 신은 어떠한 불행, 어떠한 불합리라도,
인간과 인간의 서로 돕고, 서로 사랑하고, 서로 위안하는 행복을 제지할 권력은 없다.

** 여자여, 말하지 않는 꽃이여 — 소포클레스
거룩한 법이여, 영원히 시들지 않는 꽃이여.

---

1) 사바(娑婆 sahā) : 처음에는 인간이 사는 세계를 의미했으나 후에는 석가모니의 교화가 삼천대천세계에 해당한다는 생각에서 백억(百億)의 수미산 세계를 의미하게 되었다.

화향품 · 3

이 몸은 물거품 같다고 보고
모든 일은 아지랑이라 깨달은 이는
악마의 꽃화살[1]을 꺾어버리고
죽음의 왕을 보는 일없다

견신여말 환법자연
見身如沫 幻法自然

단마화부 부도사왕
斷魔華敷 不覩死王

* 우리는 환(幻)의 세계에 산다.
환의 세계에 살면서 환의 세계를 뛰어넘을 수 있다.
환의 세계를 뛰어넘는다는 것은, 환의 세계를 그대로를 실상으로 파악하고 생활하는 것이다.

** 죽음이 없다면 깨달음이 없을 것이다.
죽음은 삶을 바로 보게 하는 위대한 교사.

---

1) 우리 마음을 유혹하는 모든 욕심의 경계.

화향품・4

예쁜 꽃[1]을 따 모으기에
오로지 마음이 빠진 사람을
죽음은 어느새 잡아가나니
마치 잠든 마을을 물이 휩쓸 듯

여유채화 전의부산
如有埰華 專意不散

촌수수표 위사소견
村腄水漂 爲死所牽

* 거리의 군중을 바라볼 때, 더구나 밤거리의 군중을 바라볼 때, 나는 언제나 무거운 짐을 지고 끝없는 사막을 허덕이는 낙타 떼를 연상하는 불행을 가진다.
그리고 하늘 한 끝에서 노려보는 싸늘한 조각달의 조소의 눈동자에 전율하면서……

** 잠든 마을은 물이 휩쓸어가고
사랑에 빠진 이는 세월이 휩쓸어 간다.

---

1) 예쁜 꽃 : 오욕(五慾)의 비유. 재욕(財慾)・색욕(色慾)・음식욕(飮食慾)・명예욕(名譽慾)・수면욕(睡眠慾).

화향품 · 5

예쁜 꽃을 따 모으기에
마음이 오로지 빠진 사람은
몸은 어느새 시들고 마나니
그 욕심 아직 채우기도 전에

如有採華[1] 專意不散
(여유채화 전의부산)

浴意無厭 爲窮所困
(욕의무염 위궁소곤)

* 쾌락은 고통의 어머니.
그는 시간이라는 아버지를 맞아들여,
곧 애정(愛情)이라는 아들을 낳는다.

** 고통은 쾌락의 어머니.
고통을 견디는 자는
열반의 길에 가깝다.

---

1) 꽃(華·花) : 인도에는 불·보살에게 꽃을 헌화(獻花)하는 불교의식이 있었다. 인도에는 여러 종류의 꽃이 많았기 때문이었을 것이다. 향가의 「헌화가」, 김소월의 「진달래꽃」 등의 시도 이와 관련된 의식의 표현이다.

화향품 · 6

꽃의 빛이나 향기를 해치지 않고
오직 꿀을 앗아가는 벌처럼
지혜 있는 사람도 그러하고자
마을 들어 행걸(行乞)[1]할 때 그러하고자

如蜂集華(여봉집화) 不嬈色香(불요색향)
但取味去(단취미거) 仁入聚然(인입취연)

* 오직 하나의 우정은 다른 여러 우정의 책무를 풀어준다.
오직 하나의 사랑은 다른 여러 사랑의 유혹을 끊어준다.
오직 하나의 길은 다른 여러 갈래 길의 유혹을 구해준다.

** 분명한 목표를 향해 나아가는 자는 잘못된 길에 들지 않는다.

---

1) 음식물이 바루(鉢) 속에 떨어지는 것을 뜻하는 핀다파타(piṇḍapāta)는 탁발(托鉢)이라 하여 한역해 행걸 · 걸식(乞食)이라고도 했다. 인도의 승려들은 사유재산을 조금도 소유할 수 없었으므로 매일 남의 집 대문 밖에 서서 밥을 빌어다가 먹었는데, 일정한 규율을 따라 오전 중에 한하여 남에게 피해가 안 가는 범위 안에서 행하도록 되어 있었다.

화향품 · 7

남의 잘못을 보지 말고
행하고 행하지 않는 것 보지 말고
오직 항상 자기를 돌보아
법에 맞나 안 맞나를 살펴보고자

불무관피 작여부작
不務觀彼 作與不作

상자성신 지정부정
常自省身 知正不正

* 그것은 도리어 자신을 허물하는 것이라 하여, 자기에 대한 나무람을 비웃는다.
'네게도 그런 허물이 있지 않느냐?' 하며, 도리어 반항하고 꾸짖는다.
개 앞에서도 고요히 머리를 숙여라. 네 허물은 언제나 네 허물이 아니냐?

** 자기를 돌보지 않고 남을 돌보는 사람이 많다.
그들은 틀림없이 남의 잘못을 돌본다.
자기를 돌보는 이는 남의 장점을 찾아보고
자기의 잘못을 깨우친다.

화향품 · 8

사랑스러운 예쁜 꽃이
빛깔만 곱고 향기가 없듯
아무리 좋고 아름다운 말도
행하지 않으면 결과가 없나니

여가의화 색호무향
如可意華 色好無香

공어여시 불행 무득
工語如是 不行[1]無得

* 그것이 아무리 훌륭하다 하더라도, 원리는 어디까지나 원리인 것뿐이다. 그것이 직접 실행에 응용되어 일상생활의 용광로에서 시련되기까지는, 우리의 인격에 있어서 그의 가치는 매소부(賣笑婦)의 머릿기름과 분(粉)에 불과할 것이다.

** 좋은 사상도, 그것을 행하지 않으면 좋은 꿈과 다를 것이 없다.

— 에머슨

---

1) 행(行)의 뜻은 다양하다. 5온(五蘊)의 하나. 12인연의 하나. 무명(無明)을 근원으로 하고 감각 등 여러 가지를 발생하는 신·구·의의 3업. 제행무상(諸行無常)의 행은 변화하는 현상제법(現象諸法)이며, 명행족(明行足)의 행은 부처님이 지혜와 함께 행의 체험자임을 나타낸다. 원행(願行)의 행은 이상과 희망에 이르기 위한 수행이며, 교행((敎行)의 행은 부처님의 가르침에 대한 수행이다. 육도만행(六度萬行)의 행은 번뇌를 대치(對治)하는 것 등 여러 가지 뜻으로 쓰인다.

화향품 · 9

사랑스럽고 예쁜 꽃이
빛깔도 곱고 향기가 있듯
아름다운 말을 바르게 행하면
반드시 그 결과 복이 있나니

여가의화 색미차향
如可意華 色美且香

공어유행 필득기복
工語有行 必得其福

* 피우십시오. 마음껏 활짝 피우십시오.
지금은 꽃피는 시절, 열매를 생각하는 공리성(功利性)을 버리십시오.
열매의 시절은 바빠하지 않아도, 기다리지 않아도 너무나 빨리 올 것입니다.
그리고 충실한 열매는 오직 꽃에 있습니다.

** 말할 줄 알면 말해야 할 때도 알게 된다. – 알카다마스

화향품 · 10

여러 가지 고운 꽃을 모아
많은 화만[1]을 만드는 것과 같이
사람도 좋은 업을 모아 쌓으면
저승의 좋은 결과 복을 받나니

다집중묘화 결만위보요
多集衆妙華 結鬘爲步瑤

유정적선근 후세전수승
有情積善根 後世轉殊勝

* 등뒤에 무한한 어둠의 시간, 눈앞에 무한한 어둠의 시간……
그 중간의 한 토막, 이것이 나의 생이다.
불을 붙이자. 빛을 내자.

** 좋은 일을 하지 않고, 좋은 결과를 얻으려 하지 말라.

---

1) 화만(華鬘, kusumamālā) : 꽃으로 만든 꽃다발. 실로 많은 꽃을 꿰거나 또는 묶어서 목이나 몸에 장식하는 것. 꽃은 주로 향기가 많은 것을 고른다. 본래 인도의 풍습이나 비구는 이것으로 몸을 꾸미는 것이 허락되지 않고, 다만 방안에 걸어두거나 또는 부처님께 공양하는 데 쓴다. 후세에는 주로 금속으로 만든 꽃을 많이 씀.

화향품 · 11

부용이나 전단[1]의 좋은 향기도
바람을 거슬러선 피우지 못하지만
덕의 향기는 바람을 거슬러도
모든 방위에 두루 피운다

화향불역풍 부용전단향
花香不逆風 芙蓉栴檀香

덕향역풍훈 덕인편문향
德香逆風熏 德人徧聞香

* 꼭 집어낼 만한 단점은 발견할 수 없으면서, 어딘가 사귀기가 거북한 사람이 있다.
또한 이렇다 할 장처(長處)는 발견할 수 없으면서, 어딘가 남의 마음을 온통 앗아가는 사람이 있다.
인격의 조화성, 즉 인격의 향기에 있는 것이다.

** 좋은 향기는 바람에 따르지만
덕의 향기는 바람이 따른다.

---

1) 부용이나 전단 : 부용은 연꽃, 부용향은 혼인 때 향꽂이에 꽂아 새색시 앞에 들고 가는 향의 한 가지. 전단은 인도에서 나는 향나무로서 목재는 불상을 만드는 재료로 쓰이고, 뿌리와 목재를 가루로 하여 단향(檀香)으로 함.

화향품 · 12

전단이나 다갈라[1]
청련화 발사길[2]
아무리 그 향기 좋다 해도
계(戒)의 향기만 같지 못하다.

전 단 다 향 청 련 방 화
梅檀多香 靑蓮芳花

수 왈 시 진 불 여 계 향
雖曰是眞 不如戒香

* 가장 친절한 교사(教師)도 자기 자신뿐이다.
가장 진실한 교재(教材)도 자기 자신뿐이다.
가장 정밀한 교안(教案)도 자기 자신뿐이다.

** 꽃의 향기는 사람을 자극하지만
덕의 향기는 언제나 가득해도
아무나 가까이 할 수 있는 것이 아니다.

---

1) 다갈라 :향 이름.
2) 발사길 : 향나무 이름.

화향품 · 13

다갈라 전단의 그 향기도
보잘것없는 이 세상 것뿐
계를 가진 사람의 그 향기는
하늘에까지 미쳐 가나니

화향기미 불가위진
花香氣微 不可謂眞

지계 지향 도천수승
持戒[1]之香 到天殊勝

* 구슬은 어느 모로나 빛나고, 부서져도 빛난다.

** 아무리 아름다워도 이 세상의 향기는 물거품 같은 것,
왜 하늘까지 미치는 향기를 구하지 않는가.
스스로 지키는 자의 향기는 다갈라 전단의 향기에 비할 수 없다.

---

1) 지계(持戒) : 6바라밀의 하나. 계율을 지켜 범하지 않음. 계상(戒相)에는 비구의 250계, 비구니의 500계가 있다.

화향품 · 14

계를 갖추어 이루고
행실이 방일하지 않음에 머물러
바르게 알아 해탈[1]한 사람에게
악마는 그 틈을 타지 못한다

戒具成就 行無放逸
定意度脫 長離魔道

* 우리의 생활로 하여금, 거기에는 행복이라거나 불행이라는 신의 아무런 가치도 없게 하라.

** 세상에는 악마의 향료를 사랑한다. — H. W. 롱펠로우

1) 해탈(解脫, vimokṣa; mukti) : 번뇌의 속박을 벗어나 자유로운 경계에 이르는 것. 열반(涅槃) · 선정(禪定)이라고도 한다.

화향품 · 15

큰길 가에 버려진
쓰레기, 진흙 무더기 속에
아름다운 연꽃[1]이 피어나
꽃다운 향기를 피우는 것처럼

여작전구 근우대도
如作田溝 近于大道

중생연화 향결가의
中生蓮華 香潔可意

* 구태여 많은 경험을 요할 필요가 없을 것 같다. 사고(四苦), 팔고(八苦)는 인생에 있어서 영원한 것이요, 또 보편적인 것이다. 그러나 석가는 참으로 보았다.

** 진흙 무더기가 없다면 어찌 꽃이 피겠는가.
죽음이 없다면 어찌 깨달음이 있겠는가.
진정으로 큰 도는 고깃덩이 육체와 함께 있다.

---

1) 불교에서 연꽃으로 비유하는 것은 더러움 속에서도 청정하게 자라기 때문이다. 진리에 어두운 범부들은 티끌과 다름없으나 그런 속에서도 참된 지혜의 길을 걷는 불제자(佛弟子)들은 연꽃처럼 청정하기만 하다고 하였다.

화향품 · 16

이와 같이 쓰레기 같은
어둠 속을 헤매는 중생[1]들 속에
지혜 있는 사람은 즐거이 나타나
거룩한 부처님의 제자가 된다

유생사연 범부처변
有生死然 凡夫處邊

혜자낙출 위불제자
慧者樂出 爲佛弟子

* 위대한 체험적 인격자를 생각할 수 없는 진리, 그것은 어딘가 쓸쓸하다.
마치 꽃 없는 봄처럼.

** 어둠 속을 헤매는 자들 중에 홀연히 깨닫는 사람이 나타난다.
거룩한 자는 언제나 헤매는 중생과 함께 있다.

---

1) 중생(衆生, jantu) : 생존하는 모든 것. 보통은 미혹한 세계에 살아 있는 것을 의미하나 불·보살을 포함해서 말하기도 한다.

제5. 우암품(愚闇品)

부처님은 말씀하셨다.

"밖으로 적을 물리치고, 안으로 간사한 놈들을 잘 막는 것을 대장이라고 한다. 만일 대장으로서 그 생각이 여러 사람 중에서 뛰어나지 못하고, 한갓 이름만 탐내어 적 속에 깊이 들어가 헤쳐 나오지 못한다면 어떻겠는가. 혹은 안으로는 겁쟁이이지만 밖으로는 사나운 모양을 나타내어, 싸울 때에는 적을 두려워해 물러나고, 상 줄 때에는 함부로 남 앞에 나서려 한다면 어떻겠는가. 이런 대장은 스스로 자기 몸을 편안하게 하지 못할 뿐 아니라, 또 남까지도 편안하게 하지 못할 것이다. 조달 비구도 이런 사람이다. 함부로 아사세 태자의 재물을 받아 도리어 자기의 재잉을 받을 뿐 아니라, 또 남까지 재앙에 빠지게 하니, 그 두 죄는 쌓이고 쌓여 말할 수 없는 것이다."

— 『출요경』, 「이양품」

계유명 전서 아미타삼존불비상

우암품 · 1

잠 못 드는 사람에게 밤은 길어라
피곤한 사람에게 길은 멀어라
바른 법[1]을 모르는 어리석은 사람에게
아아 생사의 밤길은 길고 멀어라

불매야장 피권도장
不寐夜長 疲倦道長

우생사장 막지정법
愚生死長 幕知政法

* 고달피 잠든 사람의 얼굴을 들여다보는 것은 슬픈 일이다. 인생에 대해서 나를 낭패시키고, 나 자신을 포기시키기 쉽다. 그러나 자기 이탈의 좋은 교훈이요, 자기 영사(影寫)의 좋은 거울이다.

** 죽음이란 영원한 잠 이외의 무엇이겠는가? 삶이란 자면서 또한 먹는 데 있는 것이 아니겠는가. — 아리스토파네스

---

1) 부처님의 가르침. 또는 부처님이 열반한 뒤에 교법이 유행하는 기간을 3단으로 나눈 3시(三時 : 正法時, 像法時, 末法時)의 하나. 그 기간은 5백년과 1천년 두 가지 설이 있다.

우암품 · 2

나보다 나을 것 없고
내게 알맞은 길벗 없거든
차라리 혼자 가서 착함을 지켜라
어리석은 사람의 길동무되지 말라

학무붕류 부득선우
學無朋類 不得善友[2]

영독수선 불여우해
寧獨守善 不與愚偕

* 당신은 먼저 고독과 친하십시오. 고독은 당신의 마음을 보여줄 것입니다. 그리고 당신은 그 마음을 사랑하십시오. 당신의 마음은 모든 비밀을 숨김없이 보여 줄 것입니다.
참으로 사랑하는 자에게만 모든 것은 그 진실을 보여 주는 것입니다.

** 자연은 우리들에게 혼자 자기와 대화할 수 있는 위대한 능력을 주었다. 그리고 때때로 우리들을 그곳으로 유도하여, 우리들이 자기의 존재를 유지하고 있는 것은 어느 정도는 사회의 덕택이지만 대부분 자기의 힘이라는 것을 가르쳐 준다. — 몽테뉴, 『수상록』

---

1) 선우(善友) : 도반(道伴), 길벗.

우암품 · 3

내 아들이다 내 재산이다 하여
어리석은 사람은 괴로워 허덕인다
나의 '나'가 이미 없거니
누구의 아들이며 누구의 재산인고!

유자유재 우유급급
有子有財 愚唯汲汲

아차비아 하유자재
我且非我[1] 何有子財

* 다 같은 한 세계에 같이 살면서, 다 같이 제각각 다른 세계에 산다는 것은 슬프고 외로운 일이다. 그러나 다 같이 제각각 다른 세계에 살면서 서로 눈짓하고, 서로 허여(許與)하고, 서로 이해의 미소를 바꾼다는 것은 얼마나 신비롭고 기쁜 일인가.
"여기 내가 있다 – 어디 내가 있느냐?"

** 자녀는 확실한 걱정거리이며, 불확실한 위로이다.
– 클라크, 『격언집』

---

1) 비아(非我, anātman) : 흔히 무아(無我)라고 번역. '나'라고 하는 것은 이미 '나'의 대상이 된 것으로 '나' 자체는 아니다. '나'라고 하는 것은, 마치 눈(目)이 세상 만물을 보는 것이지만 눈 자체는 볼 수 없는 것과 마찬가지로 사실은 '나'밖에 있고 '나'는 언제나 부재(不在)한다. 그러나 '나'는 그 부재의 관계 속에 엄연한 주체이다.

우암품 · 4

어리석은 사람으로서 '어리석다'고
스스로 생각하면 벌써 어진 것이다
어리석은 사람으로서 '어질다' 생각하면
그야말로 어리석은 사람이다

우 자 자 칭 우　상 지 선 힐 혜
愚者自稱愚　常知善黠慧

우 인 자 칭 지　시 위 우 중 심
愚人自稱智[1]　是謂愚中甚

* 너 자신을 알라 – 소크라테스
우주와 자기 자신과의 관계, 그에 대한 자기 자신의 위치의 확인. 여기서 지식과 논리의 합리적 철학이, 그의 가능성의 한계를 아는 총명을 가질 때, 비로소 무한한 가능의 신앙과 행지(行知)의 종교세계가 눈앞에 전개될 것이다.

** 슬하에 일곱 형제가 있기는 해도 어머니의 마음을 위로 못하네.
—『시경』

---

1) 지(智, jñāna) : 결단(決斷)하다는 뜻. 모든 사상(事象)과 도리(道理)에 대하여 그 시비(是非)·사정(邪正)을 분별 판단하는 마음의 작용. 지는 혜(慧)의 여러 작용의 하나이나 지혜(智慧)라 붙여 쓴다.

우암품 · 5

어리석은 사람은 한평생 다하도록
어진 사람을 가까이 섬기어도
참다운 법을 알지 못하나니
숟가락[1]이 국맛을 모르는 것처럼

우인진형수 승사명지인
愚人盡形壽 承事明智人

역부지진법 여작짐작식
亦不知眞法 如杓斟酌食

* 안 보이는 것이 없다. 내가 못 보는 것이다.
안 들리는 것이 없다. 내가 못 듣는 것이다.
안 되는 것이 없다. 내가 못 하는 것이다.

** 나팔의 쇳조각은 인간의 입김을 알지 못한다.

---

1) 숟가락은 산스크리트 darvī(木材라는 뜻)에서 유래되었다. '杓'은 북두자루 표, 구기 작으로 읽는다. 구기는 술 같은 것을 뜨는 국자와 같은 숟가락.

우암품 · 6

지혜로운 사람은 잠깐이라도
어진 사람을 가까이 섬기면
곧 참다운 법을 아나니
혀가 국 맛을 아는 것처럼

지 자 수 유 간 승 사 현 성 인
智者須臾間 承事賢聖人

일 일 지 진 법 여 설 료 중 미
一一知眞法 如舌了衆味

* 말없는 가운데 강한 호흡이 맞고, 떠나 있어 심장의 고동을 같이 하는 느낌의 세계.
얼마나 아름답고 신비로운 인생인가!

** 국을 뜨는 것은 국자이고, 국 맛을 아는 것은 혀이다.
참다운 것을 깨닫는 것은 국 맛을 아는 혀이다.
과학은 실증되는 것이요.
깨달음은 체험되는 것이다.

우암품 · 7

어리석어서 지혜 없는 중생은
자기에 대해서 원수처럼 행동한다
욕심을 따라 악한 업[1]지어
스스로 고통의 결과를 얻는다

우인시행 위신초환
愚人施行 爲身招患

쾌심작악 자치중앙
快心作惡 自致重殃

* 사람은 자기 자신과 무슨 원수를 맺었는가?

** 마침내 이 원수가 우리 등에 발을 디딜 때
우리는 희망을 품고 외칠 수 있으리니, 앞으로!

— 보들레르, 『여행』

1) 악업(惡業) : 입 · 몸 · 뜻으로 악한 결과를 받을 동작을 짓는 것. 오악(五惡 : 살생 · 도둑질 · 음행 · 거짓말 · 음주)과 십악(十惡) 등이 있다.

우암품 · 8

악한 업을 지은 뒤에
갉음을 받아 스스로 뉘우치며
눈물을 흘려 슬퍼하나니
그 갚음은 어디서 온 것인가

행위불선 퇴견회린
行爲不善 退見悔恡

치체류면 보 유숙습
致涕流面 報[1]由宿習

* 운명이란 어떤 인(因)에서 오는 과(果)일 것이다.
그러므로 그에 대한 불평 불만은, 그 인이 자작(自作)의 인임을 자각하지 못하는 데서 오는 것이다.

** 우연은 필연의 아들이다.
우연과 필연이 하나로 합해질 때,
우리는 그것을 운명이라 부른다.

---

1) 보(報, phala) : 과거의 행위 때문에 어떤 결과를 받는 일. 과보(果報) · 업보(業報)라고도 한다.

우암품 · 9

착한 업[1]을 지은 뒤에
갚음을 받아 뉘우침 없고
스스로 복을 누려 기뻐하나니
그 갚음은 어디서 온 것인가

행 위 덕 선　진 도 환 희
行爲德善 進覩歡喜

응 래 수 복　희 소 열 습
應來受福 喜笑悅習

*　착한 사람의 고난, 이것은 얼른 보아 모순의 극이다.
그러나 착한 사람이기 때문에, 또한 그 고난에 순일하기 때문에 착한 사람이 착한 사람으로 되는 것은 아닐까?

**　착한 사람의 보상은 밖으로부터 오는 것이 아니다.
진정 그 내심에서 억누를 수 없이 솟아오르는 기쁨이 바로 그 보상이다.
말없이 혼자 미소짓는 사람의 행복한 얼굴을 보라.

---

1) 선업(善業) : 즐거운 결과를 받을 수 있는 몸·입·뜻의 동작·언어·의념(意念)·5계(五戒), 10선(十善) 등의 선행위(善行爲).

우암품 · 10

그릇된 죄가 아직 익기 전에는
어리석은 사람은 꿀같이 생각한다
그릇된 죄가 한창 익을 때에야
어리석은 사람은 비로소 고통스러워한다

과죄미숙 우이념담
過罪未熟 愚以恬淡[1]

지기숙시 자수대죄
至基熟時 自受大罪

* 자기의 죄악을 숨기기 위해서 거짓을 꾸미고, 자기의 주장을 세우기 위해서 본의 아닌 진리를 억지로 우긴다.
하나의 죄 위에 하나의 죄를 더하는 것이다.
자기는 벌써 질식했다.

** 죄는 은밀한 기쁨으로부터 시작된다.

---

1) 염담(恬淡) : 염담(恬膽). 명리를 탐내는 마음이 없어 담박함.

우암품 · 11

어리석은 사람은 형식만 따라
달마다 음식에 고행을 본받아도[1]
그는 참된 법을 아는 사람의
16분의 1에도 미치지 못한다

종월지어월 우자용음식
從月至於月 愚者用飮食

피불신어불 십육불획일
被不信於佛 十六不獲一

* 우상이란 목석이나 쇠붙이만이 아니다.
섬기지 않을 것을 섬기는 것, 내가 마땅히 시키고 부려야 할 것을, 도리어 거기에 붙여 섬기고 복종하는 것은 모두 우상 숭배인 것이다.
부귀 · 명예 · 지식 · 색정 등……

** 행실과 절차만 따지는 사람은 참다운 법에서 아주 멀리 있다.
아무리 밥을 굶는 고행을 계속해도 끝내 밥만 굶는다.

---

1) 몇 달이고 절식(節食)의 고행을 한다는 의미.

우암품 · 12

금세 짜낸 쇠젖은 상하지 않듯
재에 덮인 불씨[1]는 그대로 있듯
지어진 업이 당장에는 안 보이나
그늘에 숨어 그를 따른다

악불즉시 여곡우유
惡不卽時 如穀牛乳

죄재음사 여회복화
罪在陰伺 如灰覆火

* 죄업이 두려워, 고뇌를 벗어나려고 너는 산 속으로, 바닷가로, 공중으로 가보려무나.
그러나 그 방소(方所)는 바이없을 것이다.
먼저 네 마음에서 벗어나라! 마음에서!

** 죄인은 법을 두려워하고, 무고한 사람은 운명을 두려워한다.
— 푸블릴리우스 시루스, 『격언집』

---

1) 좀처럼 꺼지지 않는 불씨처럼 악업(惡業)의 힘도 어지간해서는 없어지지 않는다는 의미.

우암품 · 13

어리석은 사람의 악한 생각은
언제나 끊임없이 어둠을 흐르면서
그의 좋은 운수를 좀먹어 가다가
마침내 갚음으로 머리를 잘리나니[2]

우생염려 지종무리
愚生念慮 至終無利

자초도장 보유인장
自招刀杖 報有印章

* 남 앞에서의 부끄러움이란, 어떤 악의를 가지고 있다는 것이 아니라 어떤 악행을 했다는 것이다.
사람과 범인(犯人)은 '제어(制御)했다', '제어하지 못했다'의 차가 있을 뿐이다.
그러나 이 범인에게 돌을 던지는 그대는 누구뇨? 붉은 뺨을 가진 어떤 짐승은……

** 미련한 놈의 가슴의 고드름은 안 녹는다. — 한국 격언

---

1) 고(古)『우파니샤드』속에는 나쁜 짓을 하면 그 과보로서 그 사람의 머리를 잘라버렸다고 하는 이야기가 종종 나온다. 이마 이 문장도 이와 같은 전통적인 관념에서 나온 것 같다.

우암품 · 14

어리석은 사람은 이익을 탐하고
부질없는 존경이나 이름을 구하며
자기 집에서는 주권을 다투고
남의 집에서는 공양[1]을 바란다

우인탐리양 구망명예칭
愚人貪利養 求望名譽稱
재가자흥질 상구타공양
在家自興嫉 常求他供養

* 칭찬이란 사람을 기쁘게 하는 동시에, 또 불안과 두려움을 주는 것이다.
도리어 후자가 더 클지도 모른다.
그리하여 그것은 잘도 사람을 인형으로 조종하는 힘을 가지고 있다.

** 어리석은 사람은 이익을 탐하고
영리한 사람은 명예를 구하며
탐욕스러운 사람은 모든 것을 바란다.

---

1) 공양(供養, pūjanā) : 공급하여 자양(資養)한다는 뜻. 음식 · 옷 따위를 삼보(三寶) · 부모 · 스승 · 죽은 이 등에게 공급하여 자양하는 것. 음식 먹을 때도 공양이라고 한다. 공양물의 종류, 공양 방법, 공양 대상은 여러 가지로 나뉜다.

우암품 · 15

'모든 것은 나를 위해 생긴 것이다'
'모든 것은 내 뜻대로 될 수 있다'고
속인도 중도 이렇게 생각한다
그러나 이것은 바른 생각 아니어니
어리석은 사람은 이렇게 생각하여
욕망과 교만은 날로 자란다

물의차양 위가사죄 차비지의
勿猗此養 爲家捨罪 此非支意

용용하익 우위우계 욕만 용증
用用何益 愚爲愚計 欲慢[1]用增

* 저보다 약한 자만을 가려서, 자기의 우월감을 향락하려는 사람이 많이 보인다. 슬픈 풍경이다.

** 뜻이 있는 곳에 길이 있고
마음이 있는 곳에 머무름이 있다.
욕망과 교만을 키우는 것은
그 누구의 뜻이며, 그 누구의 마음인가.

---

1) 만(慢, māna) : 자기와 남을 비교해서 남을 경멸하고 업신여기는 것. 7만(七慢) · 8만(八慢) 등 여러 종류가 있다.

우암품 · 16

하나는 이양(利養)[1]의 길
하나는 열반[2]의 길
이것을 밝게 아는 사람은
참 비구요 부처님 제자다
그는 부귀를 즐기지 않고
한가히 살아 마음이 편안하다

이재실리 이원부동 체지시자
異哉失利 泥洹不同 諦知是者
비구불자 불락이양 한거각의
比丘佛子 不樂利養 閑居却意

* 물질생활이 궁핍할 때, 정신생활의 풍부함이 필요하다.
그러나 물질생활이 풍부할 때는, 더욱 정신생활의 풍부함이 필요하다.

** 좁은 문으로 들어가라. —「마태복음」

---

1) 이양의 길이란 세속적인 부귀의 길이고, 열반의 길이란 모든 속박에서 벗어나는 영원한 자유의 길이다.
2) 열반(涅槃, nirvana) : 모든 번뇌와 속박에서 벗어나 깨달음의 지혜, 즉 보리의 경지에 이른 것. 이것은 불교의 궁극적인 실천 목적이다.

제6. 현철품(賢哲品)

옛날, 어떤 바라문이 있었다. 총명하고 재주 있어 못하는 일이 없었다.

그는 스스로 맹세했다. '한 가지 재주라도 능하지 못한 것이 있으면 그것은 천재가 아니다. 나는 천하의 기술을 두루 통해서 이름을 세계에 떨치겠다'고.

그래서 사방으로 유학해서 인간의 일이란 모조리 통달한 뒤 천하를 두루 다녔지마는, 누구 하나 감히 재주로써 그를 맞서지 못했다.

그때 부처님은 이것을 교화하시기 위해서 중의 모양으로 그에게 가셨다.

바라문은 물었다.

"그대는 어떤 사람이건대, 행색이 보통 사람과 다른가?"

부처님은 대답하셨다.

"나는 자기 자신을 다루는 사람이다."

그리고 곧 다음의 게송(「현철품 · 5」, 「현철품 · 6」, 「현철품 · 7」 참조)을 설하셨다. 바라문은 곧 몸을 땅에 던져 예배하고, 몸 다루는 법을 물었다.

—『법구비유경』,「현철품」

고행하는 싯다르타

현철품 · 1

착하고 악함을 자세히 살피고
피해야 할 일을 마음으로 알아
그것을 두려워해 범하지 않으면
마침내 걱정은 없어지리니
그 길을 알려 주는 친구를 만나거든
이 어진 사람을 따라 짝하라
이런 사람을 짝으로 할 때는
복록은 갈수록 끝이 없나니

심관 선악 심지외기 외이불범 종길무우
深觀[1]善惡 心知畏忌 畏而不犯 終吉無憂

고세유복 염사소행 선치기원 복록전승
故世有福 念思紹行 善致基願 福祿轉勝

* 충고. 그것은 흔히 하나의 지배욕, 혹은 자기 우월의 지위적 요구의 가장에 불과할 수도 있다.

** 가장 귀중한 재산은 사려가 깊고 헌신적인 친구이다.

— 다리우스 왕

---

1) 관(觀, vipaśyanā) : 지혜로써 대상을 관찰하는 것. 관은 깨달음의 경지에 이르는 길이므로 법상종(法相宗) · 화엄종(華嚴宗)에서는 이를 관도(觀道)라고 한다.

현철품 · 2

밤낮을 부지런히 힘써
굳세게 계를 지켜
착한 사람의 공경하는 바 되라
악한 사람의 사랑이 되지 말라

주야당정근 뇌지어금계
晝夜當精勤 牢持於禁戒

위선우소경 악우소불념
爲善友所敬 惡友所不念

* 회피하는 한, 두려움은 영원하다.
기다리는 한 기회는 달아난다.
한번 부닥쳐 보라! 돌입해 보라! 현실의 교재(敎材)는 살아 있다.

** 착한 벗은 사귀고, 악한 벗은 멀리하라.
악한 벗은 눈앞의 달콤함만 꾀하게 하고,
착한 벗은 하늘에 미치는 길을 가르쳐 준다.

현철품 · 3

악한 사람과 짝하지 말고
어리석은 사람과 짝하지 말라
착한 친구를 생각해 따르고
뛰어난 선비를 친구로 하라

상피무의 불친우인
常避無義 不親愚人

사종현우 압 부상사
思從賢友 狎[1]附上士

* 전언(顚言) · 도어(倒語)도 하나의 의미를 가진 철학이다. 그것은 인생의 뒷문을 엿본 비밀이요, 인간의 심장을 쏜 화살이다. 그러므로 모든 사람은 그를 가까이하기를 두려워한다.

** 도움이 되는 벗이 셋이요, 해로운 벗이 셋이다. 정직한 벗, 성실한 벗, 박학한 벗은 도움이 되며, 편벽한 벗, 굽실거리기 잘하는 벗, 빈 말 잘하는 벗은 해롭다. —『논어』

---

1) 압(狎) : 허물없이 가까이 함.

현철품 · 4

법을 즐기면 언제나 편안하다
그 마음은 기쁘고 그 뜻은 깨끗하다
이런 어진 사람은 성인의 법을 들어
그것을 항상 즐거이 행한다

喜法臥安 心悅意淸
(희법와안 심열의청)

聖人演法 慧常樂行
(성인연법 혜상락행)

* 모든 종교적 안심은 체관(諦觀)[1]이다.
이 체관이란, 단순한 소극적인 단념이 아니다.
그것은 자연적 추이에의 노력이요, 사물의 영원상(永遠相)에서의 파악이다.

** 종교는 순응이 아니라 혁명이다. 그것은 지적으로 얻어진 신념이 아니다.
그것은 그때의 전체적인 존재성의 전환이다.
— 라즈니시, 『마음으로 가는 길』

---

1) 체관(諦觀) : 충분히 살펴보는 것. 또한 그러한 관찰. 샅샅이 살핌.

현철품 · 5[1]

활 만드는 사람은 화살을 다루며
배 부리는 사람은 배를 다루며
목수는 나무를 다루고
지혜 있는 사람은 자기를 다룬다

궁공조각 수인조선
宮工調角 水人調船

재장조목 지자조신
材匠調木 智者調身

* 자율적인 도덕관념이 결핍될 때, 제재적인 법의 타율이 생겼다. 그 법률마저 힘이 없어질 때는 또 무엇이 생겨날 것인가!

** 비록 신이 존재하지 않는다 할지라도 종교는 성스러운 것이요, 신적인 것이다. — 보들레르, 『내밀의 일기』

---

1) 「현철품 · 5」는 「도장품 · 17」과 거의 같은 내용이다. 그러므로 『법구경』의 실질적인 시의 수는 422편이라고 할 수 있다.

현철품 · 6

아무리 바람이 불어도
반석은 흔들리지 않는 것처럼
어진 사람은 뜻이 굳세어
비방과 칭찬 속에 움직이지 않는다

비여후석 풍불능이
譬如厚石 風不能移

지자의중 훼예불경
智者意重 毁譽不傾

* 아아, 나는 얼마나 나의 생명을 낭비하였던고!
이웃 사람의 애교 있는 눈의 일별을 사기 위해서,
친구들의 진실 없는 교언영색을 향락하기 위해서.

** 나의 의지가 가장 악화한 밤에 나는 감히 모든 것에 질문을 던져 보았다. — T. 레트키, 『죽어 가는 사람』

현철품 · 7

깊은 못은 맑고 고요해
물결에 흐려지지 않는 것처럼
지혜 있는 사람은 도를 들어
그 마음 즐겁고 편안하다

비여심연 징정청명
譬如深淵 澄淨淸明

혜인문도 심정환연
慧人聞道 心淨歡然

* 항구에 매여 있는 배는 언제나 편안하다.
그러나 배는 언제나 항구에 매여 있기 위해 지어진 것은 아니다.

** 고요하여라 한가히 앉아
물을 관하고 또 산을 관한다.
한 기운이 모든 것을 잘 감싸
만상 사이에 두루 흐른다. — 묵암최눌

현철품 · 8

선사(善士)는 탐하는 욕심이 없어
가는 곳마다 그 모습 환하다
즐거움을 만나도 괴로움을 만나도
허덕이거나 슬퍼하지 않는다

대 인 체 무 욕 재 소 소 연 명
大人體無慾 在所昭然明

수 혹 조 고 락 불 고 현 기 지
雖或遭苦樂 不高現基智

* 진도, 선도, 미도 모두 자기에게 있어서만 진이 되고, 선이 되고, 미가 되는 것이다.
자기를 속이는 것은 불(佛) · 신(神)을 속이는 것이다.
평판과 칭찬만을 제일의 행복으로 생각하는 사람, 저주받을 사람이다.

** 욕심을 같이하는 자는 서로 미워하고,
사랑을 같이하는 자는 서로 친하다. —『전국책』

현철품 · 9

대인(大人)은 세상일에 빠지지 않아
자손, 재물, 토지를 바라지 않고
항상 계(戒)와 지혜와 도를 지키어
그릇된 부귀를 탐하지 않는다

대현무세사 불원자재국
大賢無世事 不願子財國

상수계혜도 불탐사부귀
常守戒慧道 不貪邪富貴

* 어떻게 보면 거의 대부분의 사람은 부(富)나 귀(貴), 또는 명예에 자기의 자유 정신의 활동이 완전히 속박된 때에 비로소 명사(名士)가 되는 성싶다.

** 사람 목숨 물거품, 빈 것이어서
팔십 내년 세월이 꿈속에 흘러갔네
지금 이 가죽부대 내던지노니
한바퀴 붉은 해가 서산을 넘네

— 태고보우 「임종게」

현철품 · 10

세상은 모두 욕심에 빠져
피안(彼岸)[1]에 이른 사람은 아주 드물다
혹 사람 있어 마음을 가졌어도
이쪽 언덕[1] 위에서 헤매고 있다

세 개 몰 연 선 극 도 안
世皆沒淵 鮮剋度岸

여 혹 유 인 욕 도 필 분
如或有人 欲度必奔

* 우리의 이상이 현실을 부인할수록,
현실에 알맞은 우리의 수단이어야 한다.

** 나는 나룻배
당신은 행인(行人)

— 한용운, 「나룻배와 행인(行人)」

---

1) 피안(彼岸, pāramitā) : 도피안(到彼岸). 모든 번뇌에 얽매인 고통의 세계인 생사고해를 건너서, 이상경(理想境)인 열반의 저 언덕에 도달하는 것.

2) 이쪽 언덕 : 모순과 갈등으로 생사 유전하는 일상생활.

현철품 · 11

진실로 도를 뜻하는 사람은
바른 가르침을 받아 행한다
생사의 세계 건너기 어려워도
그 사람만은 피안에 이르나니

성탐도자 람수정교
誠貪道者 覽受正教[1]

차근피안 탈사위상
此近彼岸 脫死爲上

* 구하면서 있는 마음은 행복하다.
거기에는 노력이 있고 빛나는 침묵이 있다.
그리하여 열이 있고, 냉혹이 있고, 사념(邪念)에서 구제되는 순일이 있다.

** 진실은 악마의 얼굴을 붉히게 한다.
— 셰익스피어, 『헨리4세』

1) 교(教, śāstra) : 가르침. 성자가 행동 등으로 나타내 보인 것이므로, 성교(聖教), 말로 나타낸 것이므로 언교(言教)라고 한다.

현철품 · 12

지혜 있는 사람은 어두운 법을 떠나
고요히 착한 법을 생각하나니
집을 떠나 멀리 숲속으로 들어가
즐기기 어려운 고독을 맛본다

단오음 법 정사지혜
斷五陰[1]法 靜思智慧

불반입연 기의기명
不反入淵 棄猗基明

* 고적은 지금껏 눈물과 감상을 내게 주었다.
그것은 고적의 허물이 아니다.
고적이 가진 자랑스러운 영광인, 미와 향기와 힘을 내가 배우지 못했기 때문이다.

** 오온으로 집 삼으니 비바람 얼마인고
흰 구름 오가지만 이 집주인은 알지 못하네 — 청허휴정

---

1) 오음(五陰) : 오온(五蘊) · 오취온(五趣蘊) · 오중(五衆) · 오취(五聚)라고도 한다. 존재의 근원은 오온, 즉 색수상행식(色受想行識)으로 화합하여 일어나는 것[生]이므로 그것이 흩어지면 사라진다[滅]. 그러므로 그 변화 가운데는 한결같은 것이 존재하지 않는다. 이 무상(無常)의 법을 알면 오온에 헛되이 머물러 집착하지 않을 것이다.

현철품 · 13

지혜 있는 사람은 욕심을 버려
한 가지 물건도 가지지 않고
스스로 자기를 깨끗이 하여
모든 번뇌[1]를 지혜로 돌이킨다

억제정욕 절락무위
抑制情欲 絶樂無爲

능자증제 사의위혜
能自拯濟 使意爲慧

* 행복의 추구는 행복의 창조다.
그리고 행복은 깨끗한 영혼에만 깃든다.

** 소유함으로써 욕망을 채우려는 사람은 지푸라기를 가지고 불을 끄려는 것과 같다. — 중국 격언

---

1) 번뇌(煩惱, kleśa) : '나'라고 하는 생각에서 일어나는 나쁜 경향의 마음 작용, 곧 눈앞의 고(苦)와 낙(樂)에 미혹하여 생기는 탐욕 · 진심(瞋心) · 우치(愚痴) 등에 의하여 마음에 동요를 일으켜 몸과 마음을 산란하게 하는 정신작용

현철품 · 14

마음은 바른 지혜를 따르고
뜻은 항상 바를 도를 생각해
오로지 한마음 진리를 알아
집착을 버림으로써 즐거움을 삼으면
마음의 때가 다한 지견(知見)[1]을 갖추어
이승에서 이미 열반에 든 것이다

학취정지 의유정도 일심수체
學取正智 意惟正道 一心受諦

불기위락 누진습제 시득도세
不起爲樂 漏盡習除 是得度世

* 극락이 어딘고?
그것은 방위도 없고 거리도 없다.
어둠의 고뇌 속을 파고들라.
거기, 지옥을 지나 극락이 있다.

** 무지에 머물러 있는 자는 암흑에 빠진다. 그러나 학식에만 만족하는 자는 더욱 어두운 암흑에 빠진다. – 우파니샤드

---

1) 지견(知見) : 학식과 견문(見聞). 곧 사물을 분별하여 알아낼 수 있는 능력. 식견(識見)이라고도 한다.

제7. 아라한품(阿羅漢品)

옛날에 어떤 바라문이 있어, 모든 경전을 통달해서 그 뜻을 다 알았다. 스스로 천하에 겨눌 이 없다 하여 적을 찾아다녔으나, 아무도 맞서는 이가 없었다.

그래서 크게 교만한 마음을 일으켜 대낮에 횃불을 들고 성안으로 들어갔다.

누가 물으면 "세상이 하도 어두워 눈이 어두워 눈이 있어도 보이는 것이 없다. 그래서 횃불을 들어 세상을 비추는 것이다"라고 했다. 부처님은 이것을 불쌍히 여기셔서, 그에게 나아가 물으셨다.

"경전에 사명(四明)의 법이 있는데 그대는 아는가?"

바라문은 대답할 수 없어 사과하고, 이내 제자 되기를 원했다.

—『법구비유경』, 「다문품」

깨달음을 얻기 위해 고행하는 모습

아라한[1]품 · 1

지나야 할 길[2]을 이미 지나고
끊어야 할 걱정 일체 떠나서
모든 얽매임에서 벗어난 사람에겐
괴로움도 번뇌도 있을 수 없다

거리우환 탈어일체
去離憂患 脫於一切

박결이해 냉이무난
縛結已解 冷而無煖

* 내게 세계를 지배할 수 있는 권리가 주어지지 않았다는 것은, 하나의 커다란 행복이다.

** 원의 중심에서 몇 개라도 반경을 그을 수 있듯이 길은 얼마든지 있다. — H. D. 소로, 『월든』

---

1) 아라한(arhat) : 존경받을 사람, 가치 있는 사람, 수행을 완성한 사람이란 뜻. 소승불교 교리에서는 성인의 단계를 네 가지로 구분하는데 그 중에서 최고위에 있는 것이 아라한이다.
2) 지나야 할 길 : 생사의 길, 집착의 길을 말한다.

아라한품 · 2

그들은 깊은 생각에 마음이 편안하여
다시는 사는 집[1]을 즐겨하지 않나니
기러기가 놀던 못을 버리고 가듯
이 세상의 사는 곳을 버리고 간다

심정득념 무소탐락
心淨得念 無所貪樂

이도치연 여안기지
已道癡淵 如雁棄池

* 짐이 가벼우면 가벼울수록 우리의 행동은 보다 더 자유로울 것이다.
그러나 우리는 얼마나 많은 짐을 현재에 가지고 있고, 또 애를 써 가면서 지려고 하는가?
우리는 어떻게 할 수 없는 짐인 살덩이조차 거북해 하면서……
더구나 우리는 나그네가 아닌가!

** 강물을 건넌 자는 뗏목을 버리고 간다.

---

1) 사는 집 : 생사의 길, 집착의 길.

아라한품 · 3

만일 사람이 의지하는 바가 없고
쓰임새에는 절도가 있음을 알아
마음은 비고 상(相)도 없이 해탈에 놀 때에는
그 사람의 자취는 찾을 길 없다[1]
마치 허공에 나는 새의
그 자취를 찾을 수 없듯

약인무소의 사유이위행
若人無所依 思惟以爲行

조비허공 이무족적
鳥飛虛空 而無足跡

여피행인 언설무취
如彼行人 言設無趣

* 아무리 훌륭하게 꾸며 보아도 원숭이는 원숭이에 지나지 않는다. ……차라리 돌아가 발가벗은 알몸으로 첫새벽의 숲을 거닐면서, 혼자 별이 떨어져 있는 샘물을 마시고 싶다.

** 부처님이 권한 진정한 법은 자취가 없다. 나는 아무 것도 말한 것이 없다고 이미 부처님이 말씀하셨다.

---

1) 열반을 비유한 말이다.

아라한품 · 4

만일 그 마음의 더러움이 다하고
거짓된 즐거움에 집착[1]이 없이
마음은 비고 상도 없이 해탈에 놀 때에는
그 사람의 자취는 찾을 길 없다
마치 허공에 나는 새의
그 자취를 찾을 수 없듯

피인획무루 이무유소애
彼人獲無漏 而無有所礙

공무상원정 여조비허공
空無相願定 如鳥飛虛空

* 불(佛)이나 신(神)은 '나'가 없다.
차라리 '나'가 없기 때문에 불이요, 신이다.

** 자취를 남기려고 한다. 역사를 기록하려 한다.
허공을 나는 새는 자취가 없고,
진인(眞人)이 걸어간 길 또한 자취가 없다.

---

1) 집착(執着, grāha) : 실재가 아닌 것을 참으로 있는 줄로 생각하며, 참으로 있는 것을 공하여 없는 줄로 생각하는 미혹한 생각. 미집(迷執) · 망집(妄執).

아라한품 · 5

만일 사람이 잘 길든 말처럼
욕심을 따르는 감관을 억제해서
교만한 마음의 더러움을 다하면
모든 천신[1]들도 그를 공경하나니

제근종정 여마조어
制根從正 如馬調御

사교만습 위천소경
捨憍慢習 爲天所敬

* 구함이 없는 자,
세계는 그 앞에 와서 엎드린다.

** 뻐기는 인간은 현명한 자에게는 경멸되고, 바보에게는 감탄되고, 기생적 인간에게는 받들어지고, 그들 자신의 거만심의 노예가 된다. — 베이컨, 『수필집』

---

1) 천신(天神, devatā) : 범천(梵天) · 제석(帝釋) 등 천상의 여러 신.

아라한품 · 6

땅과 같아서 다투지 않고
산과 같아서 움직이지 않으며
진흙이 없는 못과 같아서
이 참사람[1]에게는 생사가 없다

불노여지 부동여산
不怒如地 不動如山

진인무구 생사세절
眞人無垢 生死世絶

* 대지에 빛나는 피와 살의 기쁨,
그 속에 물결치는 생명의 호흡,
'사랑과 평화…… 사랑과 평화……'
그윽한 침묵 속의 속삭임……

** 우리들 속에 존재하는 것은 모두 동일하다. 생과 사, 깨어남과 졸림, 젊음과 늙음. — 헤라클레이토스

---

1) 참사람 : 아라한. 아라한은 응공(應供)으로 번역되며, 모든 사람의 존경을 받을 만한 자격이 있다는 뜻이다. 또 살적(殺賊)이란 뜻으로서, 번뇌의 적을 이미 다 죽였다는 뜻이다.

아라한품 · 7

마음이 이미 고요해지고
말도 행동도 또한 고요해
바른 지혜로써 해탈한 사람은
이미 적멸에 돌아간 사람이다

심이휴식 언행역정
心已休息 言行亦正

종정해탈 적연귀멸
從正解脫 寂然歸滅

* 참된 고요 — 그것은 죽은 재나 마른나무의 뜻이 아니다.
자연과 완전히 하나가 된 맑은 마음의 경지다.
그러므로 그것은 무료가 아니다.

** 텅 비고 고요해 한 물건도 없지만
신령한 그 빛 혁혁하게
온 누리를 비추네.
몸도 마음도 없지만
나도 또 죽으니
가도 간 바가 없고 와도 온 바가 없네. — 함허기화

아라한품 · 8

욕심을 버리고 집착을 떠나
삼계(三界)의 속박을 이미 벗어나
유혹을 물리쳐 욕망을 버린 사람
이야말로 가장 뛰어난 사람이다

기욕무착 결삼계장
棄欲無着 缺三界障

망의이절 시위상인
望意已絶 是謂上人

* 희망은 즐거운 것이다.
그러나 청춘은 괴롭다.

** 단 한 가닥의 머리털이라도 유혹의 바퀴에 끼면 온몸이 말려든다. — 아미엘, 『일기』

아라한품 · 9

촌락에 있어서나 숲속에 있어서나
평야에 있어서나 고원에 있어서나
저 아라한[1]이 지나가는 곳
누가 그 은혜를 받지 않으리

재 취 재 지 평 야 고 안
在聚在地 平野高岸

응 진 소 과 막 불 몽 우
應眞所過 莫不蒙祐

* 내 몸을 완전히 기댈 만한 든든한 벽을 가지고 싶다.
참마음으로 나를 안아 주는 크고 안전한 가슴을 가지고 싶다.
나를 속이는 내 마음의 괴로움을 숨김없이 말할 수 있는 사랑을 가지고 싶다.

** 남에게 은혜를 베풀 때는 처음에는 가볍게 하라. 만약에 처음에 무겁고 나중에 가볍게 한다면 그 은혜를 모르고 도리어 푸대접 한다고 원망 듣기가 쉽다. – 채근담

---

1) 원래 아라한은 '붓다'라는 칭호와 동의어(同義語)였는데 후세에 이르러 '붓다'는 초인적인 부처님으로, '아라한'은 소승불교에서의 수행 완성자로 구별하게 되었다. 그러나 자이나교에서는 지금도 아라한을 최고의 숭배 대상으로 여기고 있다.

아라한품 · 10

보통 사람이 좋아하지 않는
고요한 곳을 그는 즐긴다
바랄 것 없고 구할 것 없어
위 없는 즐거움을 즐긴다

피락공한 중인불능
彼樂空閑 衆人不能

쾌재무망 무소욕구
快哉無望 無所欲求

* 고독의 혓바닥을 핥으면서, 일생을 남몰래 지내는 것은 못 견딜 적막일 것이다.
그러나 일생을 언제나 남의 앞에서, 여러 사람의 눈앞에서 지내 본다면 그것은 더욱 못 견딜 고독일 것이다.
인생의 어디에 순수한 행복이 있는가?

** 고독은 비와 같을 것이다.
해질녘을 향해서 바다에서 오른다.
아주 먼 들판에서 고독은 하늘에 올라가 언제나 거기 있다.
그리고 하늘로부터 처음으로 거리 위로 내린다.
— 릴케, 『형상시집』

제8. 술천품(述千品)

부처님이 사위국에 계실 때에 반특이라는 비구가 있었다. 원체 재주가 없어서 오백 명의 아라한이 날마다 그를 가르치길 삼 년, 그러나 한 게송도 깨닫지 못하였다. 천하 사람이 그의 우둔을 알았다. 부처님은 그를 불쌍히 여겨 "입을 지키고, 뜻을 거두고, 몸으로 범하지 말라"는 한 게송을 일러주시고, 그 뜻까지 자세히 설명해 주셨다. 반특은 문득 크게 깨쳐 아라한이 되었다.

어느 날, 파사익왕은 부처님과 여러 제자를 청했다. 부처님은 반특에게 바루를 들리시고 뒤를 따라 그의 위신(威神)을 나타나게 하였다. 왕이 놀라 물었을 때에 부처님은 대답하셨다.

"반드시 많이 배울 필요는 없다. 그것을 행하는 것이 제일이다. 아무리 많이 배우고 알더라도 그것을 행하지 않는다면 무슨 이익이 있겠는가?"

곧 다음의 게송(「술천품 · 1」, 「술천품 · 2」, 「술천품 · 3」 참조)을 설하시매, 모두들 기뻐했다.

— 『법구비유경』, 「술천품」

발자국을 숭배함

술천품 · 1

비록 천 글귀를 외더라도
그 글 뜻이 바르지 못하면
단 한마디 말을 듣더라도
편안함을 얻으면 그것이 낫다

수송천언 구의부정
雖誦千言 句義不正

불여일요 문가멸의
不如一要 聞可滅意

* 우주를 주어도 바꿀 수 없는 목숨.
이 목숨마저
오직 한마디를 위해,
한마디 법을 위해
즐거이 버리나니.

** 글자만 가지고 말을 오해하지 말며,
말만 듣고 글을 오해하지 말 것이다. — 김굉필, 『경현록』

술천품 · 2

비록 천 게송[1]을 외더라도
그 글 뜻이 없으면 무엇이 유익하리
단 하나의 뜻을 들어도
편안함을 얻으면 그것이 나으리

雖誦千章(수송천장) 不義何益(불의하익)
不如一義(불여일의) 聞行可度(문행가도)

* 아침에 도를 들으면 저녁에 죽은들 무슨 뉘우침이 있으랴[朝聞道 夕死可矣] — 공자

** 뜻이 견고한 사람은 행복하다. 그는 고통을 겪지만, 길게는 가지 않고, 또 잘못되어 고통을 겪는 일이 없다. — A. 테니슨

---

1) 게송(偈頌, gāthā) : 부처님의 공덕을 찬미한 노래. 외우기 쉽도록 게구(揭句)로 지어졌다.

술천품 · 3

아무리 경전을 많이 외워도
그 글 뜻을 모르면 무엇이 유익하리
단 한 구의 법을 알아도
그것을 행하면 도를 얻으리

수다송경 불해하익
雖多誦經 不解何益

해일법구 행가득도
解一法句 行可得道[1]

* 입으로 읽지 말고, 뜻으로 읽자.
뜻으로 읽지 말고, 몸으로 읽자.

** 대어(大魚)는 작은 지류에서 놀지 않고, 현자는 항상 고상한 뜻을 지닌다. －『열자』

1) 득도(得道) : 보살이 자리(自利), 이타(利他)의 덕(德)을 완성해서 궁극적인 깨달음의 경지를 실현하는 것.

술천품 · 4

전쟁에 있어서 수천의 적과
혼자 싸워서 이기기보다
하나의 자기를 이김이야말로
참으로 전사(戰士) 중의 최상이니라

천천위적 일부승지
千千爲敵 一夫勝之

미약자승 위전중상
未若自勝 爲戰中上

* 우리의 생활은 싸움이다.
그러나 남보다도 자기와의 싸움이다.

** 자기와의 싸움에서 이기는 자가
최고의 승자이다.
절대의 권력과 헤아릴 수 없는 수없는 부(富)도
진정으로 자기를 지켜주는 힘이 되는 것은 아니다.
누가 밖에서만 구하는가.

술천품 · 5

자기를 이기는 것이 제일이니라
그러므로 그는 사람 중의 왕
다른 여러 사람을 이기는 것이 아니다
오직 자기를 다루어 따르라

자승최현 고왈인왕
自勝最賢 故曰人王

호의조신 자손지종
護意調身 自損至終

* 산 속에 잠복한 적을 쳐부수기보다 자기 마음속의 적을 쳐부수기가 보다 어렵다. – 왕양명

** 자기를 일으키는 것도 자기 자신이요,
자기를 무너뜨리는 것도 자기 자신이다.

술천품 · 6

언제나 자기를 다루어 따르면
그 사람의 그 빛나는 승리에는
신도 건달바[1]도 악마도 범(梵)[2]도
그 사람의 승리에는 반항할 수 없나니

수 왈 존 천 신 마 범 석
雖曰尊天 神魔梵釋

개 막 능 승 자 승 지 인
皆莫能勝 自勝之人

* 이기고도 지는 수 있고
지고도 이기는 수 있다.

** 모든 사람은 다만 자기의 앞만 본다. 그러나 나는 오직 자기의 내부를 본다. 나는 오직 자기만이 상대인 것이다. 나는 항상 자기를 고찰하고 검사하고 그리고 음미한다. — 몽테뉴, 『수상록』

---

1) 건달바 : 음악을 맡은 신(神).

2) 범(梵, brahman) : 인도의 우파니샤드 철학과 바라문교에서 세운 우주 최고의 원리. 곧 우주 만유의 근본을 범이라 한다. 여기서는 욕계의 음욕을 여의어서 항상 깨끗하고 조용한 하늘나라의 신을 말한다. 범천왕(梵天王)

술천품 · 7

한 달에 천 번씩 제사[1]를 드려
목숨이 다하도록 쉬지 않아도
오로지 한마음으로 법을 생각하는
잠깐 동안에 짓는 그 공덕[2]만 못 하나니라

월천반사 종신불철 불여수유
月千反祠 終身不輟 不如須臾

일심염법 일념도복 승피종신
一心念法 一念道福 勝彼終身

* 모든 빛이 내게서 떠나갈 때
태양이 잠기고,
달이 떨어지고,
모든 빛이 내게서 떠나갈 때
오직 나만이 하나의 등불이다.

** 강요된 제사는 의미가 없다.

---

1) 옛날 바라문교의 제사의식 중에는 수행자들이 산짐승을 잡아 바치는 의식이 있었다.

2) 공덕(功德, guna) : 좋은 일을 쌓은 공(功)과 불도를 수행한 덕(德)을 말한다.

술천품 · 8

비록 한평생 목숨이 다하도록
날마다 아기니[1]를 받들어 섬기어도
삼세(三世)의 부처님[2]께 돌아가 공양하는
잠깐 동안에 짓는 그 공덕만 못하니라

수종백세 봉사화사 불여수유
雖終百歲 奉事火祠 不如須臾

공양삼존 일공양복 승피백년
供養三尊 一供養福 勝彼百年

* 단순한 필요가 일체의 사물을 지배할 때, 이 우주는 하나의 노동 시장으로 화할 것이다. 화초의 꽃다운 향기도, 별들의 신비도, 하나의 어지러운 티끌 속이 고역상(苦役相)에 지나지 않을 것이다. 사랑의 희생이 없는 곳에 법칙의 자유가 있을 것인가?

** 최후의 단계에 오르는 일이야말로 가장 어렵고, 이것을 오르는 인간은 드물다고 할 수 있다. — 괴테, 『빌헬름 마이스터의 수업시대』

---

1) 아기니 : 화신(火神). 바라문교(敎)에서는 제사 때 쓰는 불을 소중히 여기고 또한 그 불을 신성시(神聖視)했다.
2) 과거 · 현재 · 미래에 출현하는 여러 부처님네 들.

술천품 · 9

신에게 제사[1]하여 복을 구하고
또 다음에 올 갚음을 바란다 해도
아라한을 경배하는 그것보다는
4분의 1에도 값하지 못하나니

제 신 이 구 복 종 후 관 기 보
祭臣以救福 從後觀基報

사 분 미 망 일 불 여 예 현 자
四分未望一 不如禮賢者

* 사람은 지배욕을 가지고 있는 동시에 숭배욕도 가지고 있다. 모든 존재에 대해서 최고자로서 군림할 수 있는 동시에, 그 앞에 꿇어앉을 수 있는 절대적인 어떤 대상을 찾는 열정과 희원(希願)도 가지고 있다.

** 신은 진실을 보이지만, 그렇다고 빨리 보이지는 않는다.
— 톨스토이, 『바보 이반』

---

1) 바라문교에서는 제사 때 불 속으로 공양물을 던져서 그것이 연기가 되어 하늘로 올라가면 사후(死後)에 신(神)의 곁으로 갈 수 있다고 믿었다.

술천품 · 10

항상 예절을 잘 지키고
장로를 높이는 사람에게는
네 가지 복이 더하고 자라나니
수(壽)와 아름다움과 즐거움과 힘이

능선행예절 상경장로 자
能善行禮節 常敬長老[1]者

사복자연증 색력수이안
四福自然增 色力壽而安

** 도의에 어긋나고 염치를 모르는 말씨와 행동을 함부로 하여, 남을 모욕한 뒤, 그것을 자랑인 듯, 사람 앞에서 뻐기는 사람이 있다!

** 노인은 민중의 위엄이다. — 주베르, 『팡세』

---

1) 장로(長老) : 불도(佛道)에 들어간 지 오래 되었으며 학덕(學德)이 높은 스님의 총칭. 선종(禪宗)에서는 스승에 대한 존칭으로 사용되며 일종의 신분을 나타내는 것으로 사용되기도 했다. 상좌(上座), 상수(上首)라고도 한다.

술천품 · 11

비록 사람이 백년을 살아도
계를 버려 어지러이 날뛰면
하루를 살아도 계를 갖추어
고요히 생각함만 같지 못하다

약 인 수 백 세 원 정 부 지 계
若人壽百歲 遠正不持戒

불 여 생 일 일 수 계 정 의 선
不如生一日 守戒正意禪[1]

* 오래 사는 것이 문제가 아니다.
어떻게 살 것인가를 생각하라.

** 삶의 기쁨은 크지만, 자각 있는
삶의 기쁨은 더욱 크다. — 괴테, 『서동시집』

---

1) 선(禪, dhyāna) : 진정한 이치를 사유(思惟)하고 생각을 고요히 하여 산란하게 하지 않는 것. 마음을 한곳에 모아 고요한 경지에 드는 일.

술천품 · 12

비록 사람이 백년을 살아도
악한 지혜가 어지러이 날뛰면
하루를 살아도 지혜를 갖추어
고요히 생각함만 같지 못하다

약인수백세 사위무유지
若人壽百歲 邪僞無有智

불여생일일 일심학정지
不如生一日 一心學正智

* 운명의 힘도 살 줄 아는 자에게는 할 수 없는 것이다.
또한 죽을 줄 아는 자에게도 할 수 없는 것이다.
대개 죽음이란, 그 사람의 삶과 같지 않아서는 안 되기 때문이다.

** 하느님께서 벌을 내리실 때는 우선 그 사람의 지혜부터 빼앗는다. – 도스토예프스키, 『백치』

술천품 · 13

비록 사람이 백년을 살아도
게으르고 약해 정진(精進)하지 않으면
하루를 살아도 용맹하고 굳세어
꾸준히 노력함만 같지 못하다

약인수백세 해태부정진
若人壽百歲 懈怠不精進

불여생일일 면력행정진
不如生一日 勉力行精進

* 마음껏 힘껏 노력해 보라.
시간은 공평한 것.
미지의 내일이 그대에게만 음험할 까닭이 없을 것이다.

** 게으름은 마음의 잠이다. — 보브아르

술천품 · 14

비록 사람이 백년을 살아도
일의 성패를 알지 못하면
하루를 살아도 기미를 보아
피할 바를 아는 것만 같지 못하다

약인수백세 부지성패사
若人壽百歲 不知成敗事

불여생일일 견징지소기
不如生一日 見徵知所忌

* 내가 무엇 하러 났느냐? 나는 모른다. 그러므로 나의 생의 구국의 목적도 모른다.
그러나 한 가지 – '뜻있는 노력'이 생의 제일의(第一義)요, 제일의 가치임을 나는 나의 체험으로 알았다. 그러므로 우리는 행복을 주관적인 것으로 만들 필요가 있다.

** 아까워라, 이백 년 집이여 왼쪽 오른쪽 기울어 쓰러졌네.
담과 벽은 무너져 흩어지고 나무는 어지러이 쓰러져 있네.
기왓장은 조각조각 갈라지고 또 낡고 썩어 건잡기 어렵나니,
미친 바람 한번 휘몰아치면 다시 세우기 끝내 어려우리라.

– 『한산시』

술천품 · 15

비록 사람이 백년을 살아도
감로(甘露)의 길을 보지 못하면
하루를 살아도 그 길을 보아
그 맛을 보는 것만 같지 못하다

약인수백세 불견감로도
若人壽百歲 不見甘露道

불여생일일 복행감로미
不如生一日 服行甘露味

* 인생과 우주는 영원한 처녀림이다.
그는 그의 최후의 것까지 벌써 오래 전부터 우리에게 허락해 준
첫날밤의 신부.
키스도 거절하지 않고 포옹에도 반항하지 않는다.

** 실컷 울어라!
그리고 그대의 슬픔이 날아가 버렸을 때
나는 비애의 사치를 맛보리라. – T. 무어 「소년시」

술천품 · 16

비록 사람이 백년을 살아도
감로(甘露)의 도를 보지 못하면
하루를 살아도 그 길을 보아
불법의 맛을 보는 것만 같지 못하다

약인수백세 불견감로도
若人壽百歲 不見甘露道

불여생일일 학추불법요
不如生一日 學推佛法要

* 우리들의 생의 진리가
삼척평방(三尺平方)의 무덤에 구극(究極)했다면,
이 인류의 역사가 없어진 지 벌써 오래였을 것이다.

** 백 년을 살아도 짧은 인생,
하루를 살아도 영원한 기쁨,
그것이 고깃덩이로 뭉쳐진 인간의 비애다.

제9. 악행품(惡行品)

나열기국의 남쪽에 큰 산이 있다. 남방의 여러 나라로 가려면 이 산을 지나야 한다. 산 중에는 도둑이 있어 골짜기에 숨었다가 지나가는 사람을 겁탈하는데, 나라에서 토벌을 해도 잡을 수가 없었다.

이때에 부처님은 저 도둑들이 사람의 죄와 복도 모르고, 세상에 부처님이 계셔도 만나볼 줄 모르며, 법의 북이 날마다 울려도 그것을 듣지 않아서, 이것을 제도하지 않으면 마치 바다에 잠기는 돌처럼 될 것을 불쌍히 여겨 그들에게 나아가 말씀하셨다.

"천하의 병은 걱정보다 무거운 것이 없고, 사람 해치기에는 어리석음보다 심한 것이 없다. 너희들은 마음속에 탐욕의 걱정과 해침의 어리석음을 품고 있다. 이 두 가지는 뿌리가 깊고 단단해서 아무리 힘 있는 장사라도 뺄 수가 없다. 오직 경전의 계율을 많이 들어 그 마음의 병을 고치면, 길이 편안할 수 있을 것이다."

뭇 도둑들은 모두 마음이 열려 기뻐하면서 곧 오계(五戒)를 받았다.

—『법구비유경』, 「다문품」

베두사탐원의 정면

악행품 · 1

선을 보고도 따르지 않으면
오히려 악한 마음이 따르게 되고
복을 구하나 바르지 않으면
오히려 사음을 즐기게 되나니
사람이 악을 행하고도
깨닫지 못한다면 어리석음이 즐거워하니
그때부터 독이 무성하게 되리라

견선부종 반수악심 구복부정 반락사음
見善不從 反隨惡心 救福不正 反樂邪婬

범인위악 불능자각 우치쾌의 금후울독
凡人僞惡 不能自覺 愚癡快意 今後鬱毒

* 인생에 있어 혐오 받을 자는 호인이나 양민이다.
그들은 우리의 나아가는 발자취를 보다 촉진시키거나 굳세게 할 아무런 힘이 되지 못하기 때문이다.
그러나 악인은 보다 많이 창조하고 파괴한다.

** 선을 보고 따르는 것이 인간의 마음이요,
악을 행하고 잘못을 깨닫는 것 또한 인간의 마음이다.

악행품 · 2

사람이 비록 악을 행했더라도
그것을 자주 되풀이하지 말라
그 가운데에는 기쁨이 없나니
악이 자꾸 쌓이는 것은 괴로움이다

인 수 위 악 행　역 불 수 수 작
人雖爲惡行　亦不數數作

어 피 의 불 락　지 악 지 위 고
於彼意不樂　知惡之爲苦

* 악임을 모르는 것이 아니다.
선임을 모르는 것이 아니다.
알면서 행하는 것이요,
알면서 행하지 않는 것이다.

** 반성하지 않는 자는 잘못을 되풀이한다.
반성하더라도 고치지 않는 자는
끝내 자신의 악을 벗어나지 못하리라.

악행품 · 3

사람이 만일 복을 짓거든
그것을 자주 자주 되풀이하라
그 가운데에는 기쁨이 있나니
복이 자꾸 쌓이는 것은 즐거움이다

인능작기복 역당수수조
人能作基福 亦當數數造

어피의수락 선수기복보
於彼意須樂 善受基福報

* 잠자리 속에 들어 오늘 하루의 생활을 돌이켜 생각해 본다.
그러나 새로 얻은 것은 하나도 없다.
'일상의 관습'에서 탄력을 잃은 정신, 마비된 신경 — 하루 생명의 낭비다.

** 복을 되풀이하라. 기쁜 마음으로
날마다 날마다 복을 되풀이하라.
복이 쌓이는 즐거움이 그대의 마음을 충만하게 하리라.

악행품 · 4

악의 열매가 익기 전에는
악한 사람도 복을 만난다
악의 열매가 익은 때에는
악한 사람은 죄를 받는다

요얼 견복 기악미숙
妖孼1)見福 基惡未熟

지기악숙 자수죄학
至基惡熟 自受罪虐

* 지구 인력의 법칙이 변하지 않는 한,
한번 던져진 돌은 반드시 떨어지지 않으면 안 될 것이다.

** 네가 악을 받아들일 때 은근히 움직이고 있는 생각은 너의 것이 아니다.
악의 것이다. — F. 카프카

---

1) 요얼(妖孼) : 재앙. 재앙의 조짐. 얼(孼) : 서자 얼, 재앙 얼.

악행품 · 5

선의 열매가 익기 전에는
착한 사람도 화를 만난다
선의 열매가 익은 때에는
착한 사람은 복을 받는다

정상 견화 기선미숙
貞祥[1]見禍 基善未熟

지기선숙 필수기복
至基善熟 必受基福

* 괴로움이나 즐거움이 어떤 단순하고 일정한 법칙 밑에서 행해진다면, 결국 그것은 의미 없는 동일한 사실이 되고 말 것이다. 시간에 의한 관습적 무감각이라는 사실로.

** 선을 실행에 옮기는 것을, 바람의 신속함과 같게 하라.

— 주자

1) 정상(貞祥) : 경사롭고 복스러운 조짐이 보인다는 말로, 착한 사람.

악행품 · 6

그것은 재앙이 없을 것이라고 해서
조그마한 악이라고 가벼이 여기지 말라
한 방울 물은 비록 작아도
듣고 들어서 큰 병을 채우나니
이 세상의 그 큰 죄악도
작은 악이 쌓여서 이뤄진 것이다

막경소악 이위무앙 수적수미
莫輕小惡 以爲無殃 水適雖微

점영대기 범죄충만 종소적성
漸盈大器 凡罪充滿 從小積成

* 조그마한 악이라 하여도 그것을 행하지 말라 — 공자

** 악이란 무엇인가? — 연약한 것에서 유래한 모든 것. — 니체

악행품 · 7

그것은 복이 되지 않을 것이라 해서
조그마한 선이라고 가벼이 여기지 말라
한 방울 물은 비록 작아도
듣고 들어서 큰 병을 채우나니
이 세상의 그 큰 행복도
작은 선이 쌓여서 이뤄진 것이다

막경소선 이위무복 수적수미
莫輕小善 以爲無福 水滴雖微

점영대기 범복충만 종섬섬적
漸盈大器 凡福充滿 從纖纖積

* 조그마한 선이라 하여 그것을 그치지 말라 ― 공자

** 천리 길도 한 걸음부터 시작된다.
작은 것이 없다면 큰 것도 없다.
한 방울의 물이 커다란 바다가 된다.

악행품 · 8

재물은 많고 길동무가 적으면
장사꾼이 위태한 길을 피하듯이
탐욕의 적은 목숨을 해치므로
어진 사람은 탐욕을 피하나니

반소이화다 상인출척구
伴少而貨多 商人怵惕懼

기욕적해명 고혜불탐욕
嗜欲賊害命 故慧不貪慾

* 인생에 있어서 의미 없는 존재란 있을 수 없다.
어떠한 악, 어떠한 폐물도 인생에 있어서 의미 없는 존재는 아니다.
아이를 배는 태장(胎藏)으로서,
부활을 준비하는 무덤으로서.

** 탐욕 때문에 모든 덕이 빛을 잃었다.
그러나 실은 그 하나의 악이
다른 모든 덕보다 세었다.

악행품 · 9

내 손바닥에 헌 데가 없으면
손으로 독을 잡을 수 있다
헌 데가 없으면 독물도 어쩔 수 없듯
악을 짓지 않으면 악도 오지 않는다

유신무창우 불위독소해
有身無瘡疣[1] 不爲毒所害

독내무창하 무악무소작
毒奈無瘡何[2] 無惡無所作

*　연잎에는 물방울이 붙지 않는다.

** 차일드 롤란드는 그 어두운 탑에 가까이 왔다. 그의 말은 조용했다.
에잇, 피, 흠, 나는 한 안주인의 피냄새를 맡는다.
— 셰익스피어, 『리어왕』

1) 창우(瘡疣) : 부스럼과 혹.
2) 창하(瘡何) : 부스럼, 헌 데.

악행품 · 10

아무리 말을 꾸며 남을 해쳐도
죄 없는 사람을 더럽히지 못하나니
바람 앞에서 흩는 티끌과 같이
재앙은 도리어 자기를 더럽힌다

가악무망인 청백유불오
加惡誣罔人 淸白猶不汚

우앙반자급 여진역풍분
愚殃反自及 如塵逆風坌

* 도척[1]의 개가 요(堯)임금을 향해 짖었다.

** 죄 없는 사람의 결백은
누구도 더럽히지 못한다.

1) 도척(盜跖) : 중국 춘추시대의 큰 도둑이다. 공자와 같은 시대의 노(魯)나라 사람. 몹시 악한 사람을 비유하여 이르는 말이기도 하다.

악행품 · 11

어떤 생명은 사람의 태중에 들고
악한 사람은 지옥에 들며
착한 사람은 천상에 나고
마음이 맑은 사람 열반에 든다

유 식 타 포 태 악 자 입 지 옥
有識墮胞胎 惡者入地獄[2)]

행 선 상 승 천 무 위 득 니 원
行善上昇天 無爲[3)]得泥洹

* 만일 이 세계가 이대로 종극(終極)으로서,
어떤 다른 세계가 우리를 위해서 준비되어 있지 않다면.
우리의 정신이란 하나 의미 없는 고뇌의 종자에 불과할 것이다.

** 일체의 이론은 회색이고, 생명의 황금수(黃金樹)만이 푸른빛이다. — 괴테, 『파우스트』

---

1) 지옥(地獄, naraka) : 가장 고통스러운 세계. 오취(五趣) · 오도(五道) · 육도(六道) · 십계(十界)의 하나.

2) 무위(無爲, a-saṁskṛta) : 인연에 따라 만들어지는 것이 아니라 생멸, 변화를 떠난 절대의 법으로 무위법(無爲法)이라 한다. 열반(涅槃)의 다른 이름이기도 하다.

악행품 · 12

허공도 아니요 바다도 아니다
깊은 산 바위틈에 들어 숨어도
일찍 내가 지은 악업의 재앙은
이 세상 어디에도 피할 곳 없나니

비공비해중 비은산석간
非空非海中 非隱山石間

막능어차처 피면숙악앙
莫能於此處 避免宿惡殃

** 할(喝)[1]!
그대의 주위에 번쩍이는 무수한 독사들의 화설(火舌)을 보라. 그러나 거기에는 오직 '한 길'이 그대를 위하여 준비되어 있음을 확인하라.

** 악한 일은 악에 의하여 더욱 굳어진다.
— 셰익스피어, 『맥베스』

1) 할(喝) : 꾸짖음을 뜻함. 선가(禪家)에서 말이나 글로 나타내기 거북한 도리를 나타내는 소리. 사견(邪見)이나 망상(妄想)을 꾸짖어 반성하게 하는 소리이다. 보통 '갈'이라고도 한다.

악행품 · 13

허공도 아니요 바다도 아니다
깊은 산 바위틈에 들어 숨어도
죽음의 힘이 미치지 못하는 곳은
이 세상 어디에도 있을 수 없다

비공비해중 비입산석간
非空非海中 非入山石間

무유타방소 탈지불수사
無有他方所 脫之不受死

* 피하다니, 그것을 어떻게 피하렵니까?
어디로 그 고난을 피하렵니까?
도피는 해탈이 아닙니다. 해탈은 극복입니다.

** 너는, 흙에서 난 몸이니 흙으로 돌아가기까지 이마에 땀을 흘려야 낟알을 얻어먹으리라.
너는 먼지이니 먼지로 돌아가리라. – 구약, 「창세기」

제10. 도장품(刀杖品)

어떤 비구가 있어, 오래 앓아 더러운 몸으로 현제정사에 누워 있었다. 사람들은 모두 그 냄새를 꺼려 아예 바라보지도 않았다. 부처님은 몸소 나아가 더운물로 그 몸을 씻어 주셨다.

나라의 임금이나 백성들은 모두 와서 부처님께 여쭈었다.

"부처님은 세상에 높으신 분. 삼계(三界)에 뛰어나신 분. 어째서 몸소 이 병든 더러운 비구의 몸을 씻으시나이까?"

부처님은 말씀하셨다.

"부처가 이 세상에 나타난 까닭은 바로 이런 궁하고 외로운 사람을 위한 것 뿐. 병들어 말라빠진 사문이나 도사, 또 모든 빈궁하고 고독한 노인을 도와 공양하면, 그 복은 한이 없을 것이다. 그 공덕이 차츰 쌓이면 반드시 도를 얻을 것이다."

부처님은 이에 병든 비구의 전생을 말씀하시고, 다음의 게송(「도장품·9」, 「도장품·10」, 「도장품·11」, 「도장품·12」)을 설하셨다.

병든 비구는 이 말씀을 듣고, 부처님 앞에서 깊이 뉘우친 뒤에 몸은 편안해지고 마음은 진정되어 곧 도를 얻었다. 국왕도 기쁘게 믿어 깨닫고 이내 오계(五戒)를 받았다.

—『법구비유경』, 「도장품」

베두사탐원의 불탑과 열주

도장품 · 1

모든 생명은 채찍을 두려워한다
모든 생명은 죽음을 무서워한다
자기 생명에 이것을 견주어
남을 죽이거나 죽게 하지 말라

일체개구사 막불외장통
一切皆懼死 莫不畏杖痛

서기가위비 물살물행장
恕己可爲譬 勿殺勿行杖

* 황혼의 산길을 거닐다가 한 마리 곤충의 시체를 발견했다.
바라보고 또 들여다본다……
지금 이 우주의 아무도 이 곤충의 죽음을 아는 이는 없다.

** 죽음을 배운 자는 굴종을 잊고 죽음의 깨달음은 온갖 예속과 구속에서 우리들을 해방한다. – 몽테뉴, 『수상록』

도장품 · 2

모든 생명은 즐거움을 즐기나니
그것을 때리거나 죽임으로써
그 속에서 즐거움을 찾는 사람은
뒷세상의 즐거움을 얻지 못한다

선락어애욕 이장가군생
善樂於愛慾 以杖加群生
어중자구안 후세부득락
於中自求安 後世不得樂

* 죽어서 사는 수 있다.
살아서 죽는 수 있다.

** 살아 있는 소를 때리는 자는
뒷세상의 자기를 때리는 자이다.
학대함으로써 얻어지는 즐거움은
언제나 일시적인 것이니.

도장품 · 3

모든 생명은 즐거움을 즐기나니
그것을 때리거나 죽이지 않고
그 속에서 즐거움을 찾는 사람은
뒷세상의 즐거움도 얻을 것이다

인욕득환락 장불가군생
人浴得歡樂 杖不加群生

어중자구락 후세역득락
於中自求樂 後世亦得樂

* 우리가 현인, 철인이라 부르는 그분들은
살지 않으면 안 될 때에만 살았다.
결코 살 수 있는 때까지는 살지 않았다.

** 돼지는 죽은 사람의 살을 먹고
사람은 죽은 돼지의 창자를 먹는다.
돼지는 송장 냄새를 꺼리지 않고
사람은 돼지 냄새를 구수하다 하네. —『한산시』

도장품 · 4

남 듣기 싫은 성난 말하지 말라
남도 그렇게 네게 답할 것이다
악이 가면 화는 돌아오나니
욕설이 가고 오고 매질이 오고가고……

不當麤[1]言 言當畏報
(부당추 언 언당외보)

惡往禍來 刀杖歸軀
(악왕화래 도장귀구)

* 엄정한 비판이 없는 곳에 미신과 폭력이 날뛴다.
그러나 서로 믿고 서로 사랑함이 없는, 단순한 비판을 위한 비판일 때는 인생은 스스로 추상(推象)의 귀굴(鬼窟)에 빠질 것이다.

** 재앙이 지나가면 성인은 금방 잊혀진다.

— 라블레, 『팡타그뤼엘』

---

1) 추(麤) : 거칠 추. 속자는 塵

도장품 · 5

종이나 경쇠를 고요히 치듯
착한 마음으로 부드러이 말하면
그의 몸에는 시비가 없어
그는 이미 열반에 든 것이니라

출언이선 여고종 경
出言以善 如叩鐘[1]磬

신무론의 도세즉역
身無論議 度世則易

* 우리가 참으로 요구하는 너그러운 마음과 큰 가슴은,
그저 고요하고 편안한 바람 없는 바다의 청징(淸澄)만이 아니다.
사납고 성난 물결이 휘몰아치는 바다의 청징(淸澄)이다.

** 밤에 들리는 종소리에 만사가 맑아진다. — 두보

---

1) 종(鐘) : 인도에서는 나무로 만든 건추(楗椎)를 사용했지만 중국에서는 쇠로 만든 종을 사용했다. 종에는 대중(大衆)을 소집할 때 사용하는 범종(梵鐘)과 법당 내의 한구석에 달아놓고 법회(法會) 등의 행사 때 사용하는 환종(喚鐘)이 있다.

도장품 · 6

소치는 사람이 채찍으로써
소를 몰아 목장으로 가는 것처럼
늙음과 죽음도 그러해
사람이 목숨을 쉼 없이 몰고 간다

비인조장 행목식우
譬人操杖 行牧食牛

노사유연 역양명거
老死猶然 亦養命去

* 늙음의 채찍이여!
우리의 목숨을 몰아 어디로 가느냐?
죽음의 손길이여!
우리의 목숨을 불러 어디로 가느냐?

** 소는 많은 비유에서 인간을 상징한다. 소치는 사람의 채찍에 맞으면서 도살장으로 끌려가는 소, 그는 그렇게 죽음(매)을 두려워하며 우둔하게 맹목적으로 걸어간다. — 『팔만대장경』

도장품 · 7

어리석은 사람은 악을 짓고도
스스로 그것을 깨닫지 못해
제가 지은 업에서 일어나는 불길에
제 몸을 태우며 괴로워한다

우준작악 불능자해
愚惷作惡 不能自解

앙추자분 죄성치연
殃追自焚 罪成熾然

* 앞에서 끄는 자여,
뒤에서 미는 자여,
나더러 어디로 가자는 말이뇨?
거기는 사철 푸른 황금의 나무가 있드뇨?

** 너의 원수로 해서 난롯불을 뜨겁게 지피지 말라. 오히려 그 불이 너 자신을 태우리라. — 셰익스피어

도장품 · 8

착한 사람을 매질하거나
죄 없는 사람을 거짓으로 모함하면
그 갚음은 용서 없어
다음의 열 가지를 몸으로 받는다

구장양선 망참무죄
毆杖良善 妄讒無罪

기앙십배 재신무사
基殃十倍 災迅無赦

* 개미 한 마리를 죽여도 이유가 없어서는 안 된다. – 유고
군자는 푸주를 멀리 하나니라. – 맹자

** 이상한 노릇이다. 어느 시대에 있어서도
악인은 자기의 비열한 행위를 종교나 도덕이나
애국심 때문에 했다고 하는
가면을 씌우려고 애쓴다 – H. 하이네

도장품 · 9

1. 태어남의 못 견딜 고통
2. 신체의 노쇠와 불구
3. 무서운 질병
4. 마음의 미침

생수혹통 형체훼절
生受酷痛 形體毁折

자연뇌병 실의황홀
自然惱病 失意恍惚

* 네 목숨이 귀한 것처럼
남의 목숨도 귀하나니,
네 목숨을 아끼듯
남의 목숨도 해치지 말라.
목숨 위에 목숨 없고
목숨 아래 목숨 없다.

** 모든 유기체는 자기 나름의 방식으로 죽기를 바란다.
— 프로이트, 『쾌락의 원리를 넘어서』

도장품 · 10

5. 사람의 모함
6. 관청의 형벌
7. 재물의 실패
8. 친척의 이별

人所誣咎(인소무구) 惑縣官厄(혹현관액)

財産耗盡(재산모진) 親戚離別(친척이별)

* 어떠한 빈곤도
그것을 가진 자의
그것에 주는 빈곤밖에
그 힘을 가지지 못한다.

** 빈곤은 가난한 사람을, 부(富)는 부자를 쫓아다닌다.

—『탈무드』

도장품 · 11

9. 가옥의 화재[1]
10. 사후의 지옥
이것이 열 가지 갚음이다

사택소유 재화분소
舍宅所有 災火焚燒

사입지옥 여시위십
死入地獄 如是爲十

* 온 집에 큰불이 붙는데
철없는 아이들은,
그것도 모르고
소꿉장난에 참척해 있구나.

** 불은 딱딱하고 무거운 것보다 가볍고 우아한 것을 빨리 태운다.

— 보카치오, 『데카메론』

1) 『법화경』에 보면, 부처님은 중생들 각자에 맞게 가르침을 폈지만 결국은 깨달음에 이르기 위한 것이라는 것을 나타내는 비유와 부처님의 법신(法身)은 불멸한다는 것을 나타내는 비유 7개가 있다. 이것을 법화칠유(法華七喩)라고 하며 화택(火宅)에 관한 비유는 그 첫 번째이다. 화택은 고뇌가 가득 찬 이 세계.

도장품 · 12

노형(露形)[1] · 나계(螺髻)[2] · 이회(泥灰)[3] · 단식(斷食)도 지와(地臥) · 진분(塵糞)[4] · 준거(蹲踞)[5] 들의 고행도 마음의 의심을 떠나지 못한 중생을 깨끗이 씻지는 못 한다

雖裸剪髮 長服草衣
(수나전발 장복초의)

沐浴踞石 奈癡結何
(목욕거석 내치결하)

* 사물에는 선악이 없다. 마음에 염정(染淨)이 있을 뿐이다.

** 마음은 '나'를 장소(場所)로 한다. — J. 밀턴, 『실락원』

---

1) 노형(露形, nirgrantha) : 인도에는 고행(苦行)을 정당한 수행 방법으로 여기는 종교가 많았는데, 노형도 그런 것 중의 하나. 나형(裸形)이라고 하는 이들은 옷을 전혀 안 입고 사는 나체주의자들인데, 자이나교의 공의파(空衣派)와 백의파(白衣派) 중에서 주로 공의파가 이런 생활을 했다.
2) 나계(螺髻) : 머리칼을 틀어올린 것이 소라 같다 해서 생긴 이름이며, 수행자들의 이런 머리 형태는 요즘의 인도에서도 행해지고 있다.
3) 이회(泥灰) : 진흙을 일부러 몸에 바르는 일.
4) 진분(塵糞) : 도회외도(塗灰外道)라 하여, 전신에 재를 바르고 고행하는 일파인데, 그들은 그렇게 함으로써 천국에 갈 수 있다고 믿었다.
5) 준거(蹲踞) : 앉아서 명상하는, 소위 요가가 유행했는데 명상보다도 오래 앉는 것에 팔려서 살이 떨어져 나가도 그만두지 않는 극도의 고행주의자도 있었다.

도장품 · 13

스스로 법다이[1] 몸을 가져서
마음이 고요하고 행실이 발라
모든 생물을 해치지 않으면
그는 바라문 · 사문이요 비구[2]다

자엄이수법 감손수정행
自嚴以修法 滅損受淨行

장불가군생 시사문도인
杖不加群生 是沙門道人

* 나는 현자(賢者)의 현(賢)을 없애고 지자(智者)의 지(智)를 해치련다 – 「고린도전서」
이 세상에 현자의 너무 많은 것을 보고 슬퍼하면서, 혼자 돌아오는 어둔 밤의 구두 소리가 외롭습니다.

** 살려고 하고 그 존재를 유지하려고 하는 것은 모든 생명체의 고유한 성질이다. – E. 프롬, 『인간의 마음』

---

1) 법에 맞게
2) 바라문은 바라문교의 수행자이고 사문은 일반 수행자, 비구는 불교의 출가 수행승이다.

도장품 · 14

채찍을 받아 훈련이 잘 되어
채찍질에 성내지 않는 말처럼
누가 이 세상의 비난을 받아도
스스로 참아 부끄러워할 줄 아는고

세당유인 능지참괴
世黨有人 能知慚愧[1]

시명유진 여책량마
是名誘進 如策良馬

* 채찍 그림자만 보아도
곧 달리는 잘 길든 좋은 말처럼,
그렇게 빨리
모든 악에서 피하라.
남의 비난을 피하라.

** 얼음처럼 정숙하고 눈처럼 순결하다. 그러면 그대는 남의 비방을 피하지 않게 될 것이다. — 셰익스피어, 『햄릿』

---

1) 참괴(慚愧) : 참(hrī)은 스스로 반성해 보고 자신이 지은 죄를 부끄러워하는 마음. 괴(apatrāpya)는 자신이 지은 죄를 남 앞에서 부끄러워하는 마음. 보통 이 두 자를 합하여 '참괴'라고 한다.

도장품 · 15

좋은 말에 채찍을 더하면
기운을 떨쳐 멀리 달리듯
마음에는 믿음, 행실에는 계가 있고
정(定)이 있고 지혜 있고 정진 있으면[2]
지혜와 행실을 두루 갖추어
모든 괴로움을 떠날 수 있으리

여책양마 진도능원 인유신계
如策良馬 進道能遠 人有信戒

정의정진 수도혜성 편멸중고
定意精進 受道慧成 便滅衆苦

* 자기를 보호하고 구원할 자는 부처도 신도 아니다.
그것은 자기 마음이 순수해졌을 때, 단순하고 원만해졌을 때, 거기서 솟아나는 생명이요, 힘이다.

** 좋은 신앙도 지혜의 채찍을 가하면 기운을 떨쳐 더 멀리 나아간다.

---

1) 부처님의 가르침에 믿음이 있는 이는 계정혜(戒定慧)의 삼학(三學)을 게을리 하지 않는다. 계는 몸·입·뜻으로 범할 나쁜 짓을 방지하는 것이며, 정은 산란한 마음을 한 경계에 머물게 하는 것이며, 혜는 진리를 깨닫는 법이다. 이 셋은 서로 도와서 증과(證果)를 얻는 것이므로 계에 의하여 정을 얻고 정에 의하여 지혜를 얻는다. 정진은 바른 가르침을 쉬지 않고 실천하는 것이다.

도장품 · 16[1]

활 만드는 사람은 줄을 다루고
배 부리는 사람은 배를 다루며
목수는 나무를 다루고
어진 사람은 자기를 다룬다

궁공조현 수인조선
弓工調絃 水人調船

재장조목 지자조신
材匠調木 智者調身

* 금욕이란, 흔히 말하는 그대로의 단순한 소극적 의미가 아닐 것이다.
그것은 소극적이자 동시에 적극적이다. 금욕을 위한 금욕이 아니기 때문에, 그러기에 그 부정의 가면 밑에는 가장 억세고 굳센 긍정이 생동하고 있다.

** 활을 다루고 배를 부리며
나무를 다루는 것보다
어려운 것은 자기를 다루는 일이다.

---

1) 「도장품 · 16」은 「현철품 · 5」와 거의 같은 내용이다. 「현철품 · 5」 참조

제11. 노모품(老耄品)

부처님이 기원정사에 계실 때에 많은 사람이 모여 법을 들었다. 그때에 멀리서 바라문 일곱 사람이 왔다. 머리는 희고 지팡이에 몸을 의지해 부처님께 여쭈었다.

"우리는 먼 데 있는 사람으로서 거룩한 이름을 들은 지는 오래입니다만, 여러 사정에 걸려 진작 찾아뵙지 못하다가 이제 존안(尊顔)을 뵙게 되었습니다. 원하옵건대 감로의 법을 드리워 모든 고통을 멸하게 하소서."

부처님은 제자를 시켜 한방에서 묵게 했다. 그런데 이들은 방에 있으면서도 세상일을 생각해서, 떠들고 웃다가 함부로 덤벼, 그 목숨이 언제 끝날지도 모르는 듯하였다.

그때 부처님은 일어나 그 방으로 가서 말씀하셨다.

"일체 중생들은 모두 다섯 가지 일을 믿는다. 젊음, 단정(端正), 세력, 재주, 귀족. 그런데 그대들은 지금 무엇을 믿고 이렇게 떠드는가?"

이내 게송(「노모품 · 1」 참조)을 설하시니, 그들은 그 뜻을 깨닫고 부처님 앞에서 도를 얻었다.

— 『출요경』, 「무상품」

부처님의 탄생

노모품 · 1

무엇을 웃고 무엇을 기뻐하랴
세상은 쉼없이 타고 있나니
너희들은 어둠 속에 덮여 있구나
어찌하여 등불을 찾지 않느냐

하희하소 명상치연
何喜何笑 命常熾然

심폐유명 불여구정
深弊幽冥 不如求錠

* 보일 듯 잡힐 듯 허덕거리며
골목길 돌아돌아 따라온 그림자,
어느 모를 어둠 속에 사라져 버렸나니,
내 이 찬 거리에 엉거주춤 섰을밖에……

** 그칠 줄 모르고 타는 나의 가슴은
누구의 밤을 지키는 약한 등불입니까?

— 한용운, 「알 수 없어요」

노모품 · 2

보라 이 부서지기 쉬운 병투성이
이 몸을 의지해 편타 하는가
욕망도 많고 병들기 쉬워
거기에는 변치 않는 자체(自體)가 없다

견신형범 의이위안
見身形範 倚以爲安

다상치병 기지비진
多想致病 豈知非眞

* 나의 조그마한 알맹이의 존재여, 활동이여,
우리 다같이 머리 숙이자.
이 온 우주에 감사를 드리자.

** 자기육체의 노예가 된 자는 자유가 없다. — 세네카

노모품 · 3

몸이 늙으면 얼굴빛도 쇠한다
그것은 병의 집 스스로 멸한다
형체는 무너지고 살은 썩어
삶은 반드시 죽음으로 마치나니

노즉색쇠 병무광택
老則色衰 病無光澤

피완기축 사명근촉
皮緩肌縮 死命近促

* 미인을 해부해서
구태여 해골을 보일 필요가
어디 있습니까?

** 육체의 노쇠는 지혜
젊었을 때 우리는 서로 사랑했으나 어리석었어라.
— 예이츠, 「오랜 침묵 속에서」

노모품 · 4

목숨이 다해 정신이 떠나면
가을 들에 버려진 표주박처럼
살은 썩고 앙상한 백골만 뒹굴 것을……
무엇을 사랑하고 즐길 것인가!

신사신사 여어기차
身死神徙 如御棄車

육소골산 신하가호
肉消骨散 身何可怙

* 만일 그대 내 품에 안길 때면
당신은 하나 그림자, 찬 해골……
아아, 나는 당신의 무엇을 사랑해야 하는가?
……핏줄이 터지듯
사랑해야 하는가……?

** 불교의 백골관이다. 해골바가지 표주박에 무엇을 담을까. 사랑했던 이의 눈물을 담을까. 싱싱했던 고깃덩이를 담을까.

노모품 · 5

뻐를 엮어서 성(城)을 만들고
살을 바르고 피를 거기 돌려
그 가운데는 늙음과 죽음
그리고 교만과 성냄을 간직하고 있다

신위여성 골간육도
身爲如城 骨幹肉塗

생지노사 단장에만
生至老師 但藏恚[1]慢

* 나는 당신의 관능을 안다.
나는 당신의 생리를 안다.
당신의 질투의 표정을 알고
당신의 허영과 위선을 안다.

** 처녀의 살갗 위에 흔들리는 선악의 수다한 그림자.

1) 에(恚) : 성낼 에. 성낸다는 것은 자기의 잘못을 감추기 위한 심적(心的)작용에서 나온 행위이다.

노모품 · 6

호화롭던 임금의 수레도 부서지듯
우리 몸도 늙으면 형체 썩는다
오직 착한 덕만이 괴로움을 면하나니
이것은 어진 이들이 하신 말이다

노즉형변 유여고차
老則形變 喩如故車

법능제고 의이역학
法能除苦 宜以力學

* 어떠한 활동이나 – 진에 있어서나, 선에 있어서나, 미에 있어서나 – 활동 그 자신이 그 목적의 전체가 되는 곳에 비로소 그 활동의 자유가 있고, 순수한 열락(悅樂)이 솟아나고, 인생의 완전하고 영원한 행복이 있는 것이다.

** 육체는 우리들의 존재가 야영(野營)하고 있는 임시 오두막이다.
– J. 주베르, 『팡세』

노모품 · 7

사람이 만일 바른 법[2)]을 모르면
그 늙음은 소의 늙음과 같다
한갓 자라나 살만 더할 뿐
하나의 지혜도 붙은 것 없나니

인지무문 노약특우
人之無聞 老若特牛

단장기비 무유지혜
但長肌肥 無有智慧

* 행복은 범인(凡人)에게 있다.
그러나 늙은 소 같은 우울한 행복이다.

** 지혜는 차고, 회색의 새를 닮았다.
빨갛게 불타고 있는 숯덩이를 감추고 있는 것이다.

— 비트겐슈타인

---

1) 부처님께서 가르친 바른 법은, "호화롭던 임금의 수레가 부서지듯" 세상의 형체 가진 모든 것은 변화하는 것이고 몸도 또한 그러하여 육신에 애착할 것이 없다는 것이다. 괴로움(苦)은 지금 여기 없는 것에 헛되이 집착하여 오는 것이다. 부처님의 가르침대로 세상의 법(일과 형상)이 무상(無常)하여 집착할 곳이 없는 곳임을 깨달으면 일마다 법에 맞을 것이다. 죽음으로부터의 자유는 삶으로부터의 자유이다.

노모품 · 8

내 이 집(몸) 지은 이 보지도 못하면서
얼마나 오고 가고 나고 죽으며
얼마나 많은 고통 두루 겪으며
몇 번이나 이 세상에 태어났는가

생사유무량 왕래무단서
生死有無量 往來無端緒

구어옥사자 삭삭수포태
求於屋舍者 數數受胞胎

* ……이리하여 사람들은
기다리던 손님 모습 영원히 볼 길 없이,
무한한 어둔 밤하늘의 궤도를 도는 목성처럼
걸어가고 걸어가고 있는 것이다.

** 시냇가 오막살이 한가히 살매
달 밝고 바람 맑아 손이라곤 오는 이 없고
산새들만 지저귀는데 대숲 아래 산 옮겨 놓고
누워서 글을 읽네. — 길재, 『야은집』

노모품 · 9

이제 이 집 지은 이 보였나니
너는 다시 이 집을 짓지 말라
너의 모든 서까래는 내려앉았고
기둥도 들보도 부서져 쓰러졌다
이제 내 마음도 짓는 일이 없거니
사랑도 욕망도 다해 마쳤다

이관차옥 경부조사 양잔이괴
以觀此屋 更不造舍 梁棧已壞
대각최절 심이리행 중간이멸
臺閣摧折 心已離行 中間已滅

* 그렇듯 즐거움도 이미 다함이여,
이렇듯 슬픈 정만 끝이 없구나.
아아, 나는 늙었도다.
어이하리, 어이하리. — 한무제

** 인생은 백년을 채우지 못하는데
언제나 천년의 걱정을 가지고 있네. — 『한산시』

노모품 · 10

깨끗한 행실도 닦지 못하고
젊어서 재물을 쌓지 못하면
고기 없는 빈 못을 속절없이 지키는
늙은 따오기처럼 쓸쓸히 죽는다

불수범행 우불부재
不修梵行[1] 又不富財[2]

노여자로 수사공지
老如自鷺 守伺空池

* 세월은 흘러 나를 기다리지 않나니
아아, 나는 늙었구나. 이 누구의 허물인가. — 주희

** 흘러가는 세월은 우리의 재보를 하나하나 빼앗아 간다.
— 호라티우스

---

1) 범행(梵行, brahma-cariya) : 청정한 행위를 뜻함. 원래는 바라문이 거쳐야 할 단계 중 첫 시기를 범행기(梵行期)라 하여, 이 기간에 스승의 집에 머물면서 신심을 정결히 하여 베다(veda)를 배우고 제사의 의식을 익힘을 뜻했으나, 불교에도 채택되어 계(戒)를 지키며 수행한다는 의미이다.

2) 부재(富財) : 석가모니불 전생의 몸인 선혜(善慧)바라문이 고행의 길을 떠나게 되는 이유는, 그의 부모와 조상들이 많은 재산을 쌓아 두고 있으면서 세상을 떠날 때는 한푼도 가져가지 못한 것을 생각하고 그것을 가져갈 수 있는 종자를 심으려는 데 있었다. 그 종자, 즉 죽어서도 가져갈 수 있는 부재(富財)는 부처님의 법(法) 내지 도(道)를 은유한다.

노모품 · 11

깨끗한 행실도 닦지 못하고
젊어서 재물을 쌓지 못하면
못 쓰는 화살처럼 쓰러져 누워
옛일을 생각한들 어이 미치랴

기불수계 우불적재
旣不修戒 又不積財

노리기갈 사고하체
老羸氣竭 思考何逮

* 과거에 머리를 돌리고 미래에 초조해 하는 자 — 현재는 거짓이던가?
남의 일에 간섭하고 신의 일까지 생각하는 자 — 자기가 빈약하던가?
행복은 현재의 충실에서만 꽃이 피고, 지선(至善)은 자기 완성에서만 빛나는 것이다.

** 후회 — 쾌락이 낳은 운명의 길 — 코페, 「아침의 신부」

제12. 기신품(己身品)

사위국에 바라문 500명이 있어, 언제나 틈만 있으면 부처님을 비방하려고 했고, 부처님은 또 이것을 잘 아시고 그들을 불쌍히 여기시어 제도하려 하셨다. 바라문들은 의논하기를 “백정을 시켜 부처님을 청하게 하고, 만일 부처님이 그 청을 들어 백정의 집에 오거든, 우리 그것을 따지자” 라고 했다.

백정은 부처님을 청했다. 부처님은 제자들을 거느리고 백정의 집으로 가셨다. 바라문들은 이것을 보고 기뻐하면서 “오늘에야 때를 만났구나. 부처님이 만일 보시의 공덕을 찬탄하거든 우리는 백정의 전후의 살생을 들어 이것을 따지고, 만일 그 살생의 유래의 죄를 말하거든 우리는 오늘의 그의 복을 들어 따지자. 이 둘 중의 한 가지는 틀림없이 맞힐 것이다” 라고 했다.

부처님은 여럿의 마음을 관찰하시고, 범성(梵聲)을 내어 두 게송(「기신품 · 8」, 「기신품 · 9」 참조)을 설하셨다. 바라문들은 스스로 뜻이 열려 두 손을 깍지 끼고, “우리들은 어리석어 아직 거룩한 가르침을 깨닫지 못했나이다. 원컨대 불쌍히 여기소서” 라고 했다.

— 『법구비유경』, 「기신품」

불타의 두상

기신품 · 1

사람이 만일 자기를 사랑하거든
모름지기 삼가 자기를 보호하라
지혜 있는 사람은 하루 세 때[1] 가운데
적어도 한번만은 자기를 살피나니

자 애 신 자 신 호 소 수
自愛身者 愼護所守

희 망 욕 해 학 정 불 매
俙望欲解 學正不寐

* 옛사람은 하루 세 번씩 내 몸을 돌아본다고 했다.
그러나 나는 오늘 어쩐지 순간순간을 남에게 말하고 싶다.

** 남을 아는 것은 지(知), 스스로를 아는 것은 명(明). — 노자

---

1) 고대 인도인들은 밤에 세 시분(時分)이 있다고 생각했다. 이와 마찬가지로 인생에도 세 시기가 있는데, 즉 소년기 · 장년기 · 노년기이다. 이 중 어느 한 시기만이라도 선행(善行)을 닦고 수행에 힘써야 한다.

기신품 · 2

처음에는 먼저 자기 할 일을 살펴
옳고 그름을 알아 거기 머물고
그 다음에 마땅히 남을 가르쳐라
거기는 다시 괴로울 일 없나니

學當先求解 觀察別是非
受諦應誨彼 慧然不復惑

* 자기를 위해서 한 일이 곧 남을 위한 이로운 행동이 된다는 것은, 우리가 남을 지배할 수 있는 능력을 얻기 전에 먼저 자기를 다스리기를 배우지 않으면 안 된다는 수양의 원리의 전개일 것이다. 그러므로 진실로 도덕적 수양은 언제나 자기의 내부에서 나오는 것이다.

** 스스로 사색하고, 스스로 탐구하고, 자기 발로 서라.

— I. 칸트

기신품 · 3

남을 가르치는 그대로
마땅히 자기 몸을 바르게 닦아라
다루기 어려운 자기를 닦지 않고
어떻게 남을 가르쳐 닦게 하랴

당자극수 수기교훈
當自剋修 隨基敎訓

기불피훈 언능훈피
己不被訓 焉能訓彼

* 우주를 나의 의지하는 곳으로 삼을 때,
나의 의지하는 곳은 하나뿐이다.
나의 의지하는 곳을 나로 할 때,
나는 아무런 의지할 곳이 없는 독일인(獨一人)이 될 것이다.

** 인간은 누구든지 자기 자신을 가장 사랑한다.
— 레싱, 『현자 나탄』

기신품 · 4

자기 마음을 스승으로 삼아라
남을 따라서 스승으로 하지 말라
자기를 잘 닦아 스승으로 삼으면
능히 얻기 어려운 스승을 얻나니

자기심위사 불수타위사
自己心爲師 不隨他爲師

자기위사자 획진지인법
自己爲師者 獲眞智人法

* 억만년 과거에도 없었다. 억만년 미래에도 없을 것이다.
천상 천하에 오직 하나인 존재, 둘 아닌 지금의 '나'요, 너 아닌 '나'요……
귀하기도 하다. 거룩하기도 하다.

** 나도 하나의 포도원, 나의 열매로 따져서
술틀에 밟히리. 나 또한 새 술처럼
영원한 그릇에 간직되리라. — K. 지브란, 『예언자』

기신품 · 5

원래 자기가 지은 업이라
뒤에 가서 자기가 스스로 받는다
자기가 지은 죄는 자기를 부수나니
금강석[1]이 보석[2]을 부수는 것처럼

본아소조 후아자수
本我所造 後我自受

위악자갱 여강찬주
爲惡自更 如剛鑽珠

* 인간은 본래 신의 지혜를 가졌다.
그러나 이것은 인간의 자랑이 아니다.
인간은 신의 지혜를 가지면서 동시에 인간의 고뇌를 가졌다.
이것이 인간의 위대한 승리다.

** 강한 것은 더 강한 것을 만나면 부스러진다.
어떤 악행도 부술 수 없는 선행을 닦아라.

---

1) 금강석 : 투명하고 환한 빛깔이 휘황찬란하여 밤낮으로 여러 가지 빛깔을 나타내는 보석으로 청·황·백·옥색 등이 있다. 주로 경론 가운데 굳고 단단한 것을 비유할 때 쓰인다.
2) 여의주.

기신품 · 6

사람이 만일 계를 안 가져
욕심을 따라 달릴 대로 달리면
넌출[1]이 무성한 사라수(沙羅樹)[2]처럼 우거져
적의 원대로 자기를 죽인다

인부지계 자만여등
人不持戒 滋蔓如藤
영정극욕 악행일증
淫情極欲 惡行日增

* 성인의 계를 지켜라.
성인의 계를 범하지 말라.
성인의 계를 범할 때
거기에는 악마의 만족하는 미소가 있다.

** 파우스트를 유혹하는
메피스토텔레스의 미소가 도처에 살아 있다.

---

1) 등(藤) · 다래 · 칡 따위의 줄기.
2) 사라수(沙羅樹, sālavṛkṣa) : 석존이 입멸하신 곳에 번성했던 나무로 유명하다. 수간(樹幹)은 크고, 잎은 장타원형(長橢圓形)으로 길이 5~8촌, 꽃에는 가지 끝이 뾰족하게, 띠는 화방(花房)이 있고, 화판은 담황색으로 2~3푼의 작은 꽃.

기신품 · 7

악한 일은 자기를 괴롭게 한다
그러나 그것은 행하기 쉽다
착한 일은 자기를 편안하게 한다
그러나 그것은 행하기 어렵다

악 행 위 신 우 이 위 이
惡行爲身 愚以爲易

선 최 안 신 우 이 위 난
善最安身 愚以爲難

* 자기의 빛나는 두각을 나타내려다가 도리어 누추한 궁둥이를 보이는 수가 있다.
그냥 고요히 좋은 씨만 뿌려 놓으십시오.
다음날 반드시 어진 이 있어, 깊은 그늘에서 그의 높은 향기를 맡아 알 것입니다.

** 네가 악을 받아들일 때 은근히 움직이고 있는 생각은 너의 것이 아니다. 악의 것이다. — F. 카프카

기신품 · 8

거룩하고 법다운 성인의 가르침은
바른 도로서 중생을 인도한다
어리석은 사람은 이것을 미워해
이것을 도리어 비방하나니
열매가 익으면 저절로 말라죽는
겁타라[1]처럼 자기를 망친다

여진인교 이도법신 우자질지
如眞人敎 以道法身 愚者疾之

견이위악 행악득악 여종고종
見以僞惡 行惡得惡 如種苦種

* 날 때부터의 장님은 자기에게 시각이 없는지를 모른다. 그러므로 세계에 대하여 아무리 훌륭하게 상상하고, 묘사하고, 생각해 보아도, 우리의 그것은 아니다. 모든 기적을 의심하는 것이 무엇이 이상하랴! 사람은 결국, 자기의 힘에 알맞은 자기의 세계밖에 가지지 못한다.

** 옛날의 진인은 그 행동이 의로워서 당파를 짓지 않고 모자란 듯하면서도 남에게 비굴하지 않았다. ― 『장자』

---

1) 대나무 혹은 갈대.

기신품 · 9

스스로 악을 행해 그 죄를 받고
스스로 선을 행해 그 복을 받는다
죄도 복도 내게 매였으니
누가 그것을 대신해 받으리

악자수죄 선자수복
惡自受罪 善自受福

역각수숙 피불자대
亦各須熟 彼不自代

* 선이 선인 까닭은 승리의 결과가 아니다. 그러므로 패배 속에도 선은 있을 수 있다.
악이 선인 까닭은 패배의 결과가 아니다. 그러므로 승리 속에도 악은 있을 수 있다.
운명의 사랑하고 미워함이 우리의 행복의 결정에 무슨 힘이 있으랴!

** 어떠한 것도 자연이나 조물주의 손에서 나올 때는 선이다. 인간의 손에 넘어와서 악이 된다. — 루소, 『에밀』

기신품 · 10

어떤 것이 자기의 해야 할 일인가
미리 생각하고 꾀하고 헤아려
마음을 다하고 힘써 닦아
그 할 일의 때를 놓치지 말라

범용필예려 물이손소무
凡用必豫慮 勿以損所務

여시 의일수 사무불실시
如是[1]意日修 事務不失時

* 기쁠 때는 기뻐만 하여
기쁜 일 이외에는 아무 것도 생각지 말라.
슬플 때는 슬퍼만 하여
슬픈 일 이외에는 아무 것도 생각지 말라.

** 오, 우주여! 너에게 조화하는 것은 모두 나에게도 어울린다. 너에게 알맞은 때는 나에게도 너무 이르거나 늦는 법이 없다.
— 마르쿠스 아우렐리우스, 『명상록』

---

1) 여시(如是) : 경(經)에 처음 나오는 말. [이와 같이 들었다(如是我聞)] 사물의 있는 그대로를 나타내는 말.

제13. 세속품(世俗品)

옛날, '다미사'라는 임금이 있었는데 이도(異道) 96종을 받들어 섬겼다. 하루는 큰 선심을 일으켜 크게 보시를 행하려 하였다. 바라문의 법은 칠보(七寶)를 산처럼 쌓아두고, 얻으러 오는 사람에게 한 줌씩 집어가게 하는 것이다.

부처님은 그를 교화시키기 위해서 바라문의 행색으로 그 나라에 가셨다. 왕은 나와 부처님을 맞이하고는 구하는 바를 물었다. 부처님은 "내가 멀리서 온 것은 보물을 얻어다 집을 짓고자 함이다" 라고 하셨다. 왕은 "좋다. 한 줌 쥐고 가라"고 했다.

부처님은 한 줌을 쥐고 몇 걸음 나오시다가 다시 돌아가 본디 있던 곳에 놓았다. 왕은 그 까닭을 물었다.

부처님은 "이것은 겨우 집밖에 못 짓겠다. 장가들 비용이 모자란다"고 했다. 왕은 다시 "그러면 세 움큼을 가져가라"고 했다.

부처님은 또 먼저와 같이 했다. 왕은 또 물었다. 부처님은 다시 대답했다. "이것으로 장가들 비용은 되지마는 밭도, 종도, 말도 소도 없는 것을 어찌하겠는가?"

왕은 이번에는 일곱 움큼을 가져가라고 했다. 부처님은 또 먼저와 같이했다. 왕은 또 물었다. 부처님은 다시 "길흉의 큰일이 있으면 어찌하겠는가?"고 했다. 왕은 그 보물을 모조리 내주었다. 부처님은 받았다가 도로 던져주었다.

왕은 이상히 여겨 그 까닭을 물었다. 부처님은 말씀하셨다.

"원래 내가 와서 구한 것은 모두 생활에 쓰기 위한 것뿐, 곰곰이 생각하니, 세상 모든 것은 덧이 없어 오래 가기 어렵다. 보물이 산처럼 쌓여 있어도 내게 이익 될 것은 없다. 탐욕이란 고통만 가져오는 것이니, 차라리 무위(無爲)의 도를 구함만 못하구나. 그래서 내가 보물을 받지 않는 것이다."

왕은 그 뜻을 깨달아, 다시 가르침을 청했다. 이에 부처님은 광명을 나타내시며 크게 연설하셨다.

—『법구비유경』, 「세속품」

세속품 · 1

천하고 더러운 법 배우지 말라
방일로 시간을 보내지 말라
그릇된 소견을 가지지 말라
세상의 악을 돕지 말라

불친비루법 불흥방일회
不親卑漏法 不興放逸會

부종사견 근 불어세장악
不種邪見[2]根 不於世長惡

* 나는 인생을 진실히 묘사하자,
진실히 말하자.
그리하여 인생의 가장 착한 적이 되자.

** 나는 이 세상을, 다만 이 세상을 보고 있다. 모든 사람이 저마다 한 역할씩 하지 않으면, 안 될 무대라고 생각하고 있다.

— 셰익스피어

2) 사견(邪見, mithyāḍṛṣṭi) : 인과(因果)의 도리를 부정하는 견해. 5견(五見)의 하나.

세속품 · 2

게으름 피우지 말고 힘차게 일어나라
좋은 법을 따라 즐거이 나아가라
좋은 법을 따르면 편안히 잔다
이승에서도 또 저승에서도

수시불흥만 쾌습어선법
隨時不興慢 快習於善法[1]

선법선안매 금세역후세
善法善安寐 今世亦後世

* 밤의 안정된 잠을 위해서 하루의 좋은 활동이 의의를 가진다면, 어디 그처럼 무의미한 인생이 있겠는가?
한낮의 좋은 활동은 으레 안정된 밤의 잠을 가져올 것이다.

** 게으르면 들보가 내려앉고, 손 놀리기 싫어하면 지붕이 샌다.
—「전도서」

---

1) 선법(善法) : 선한 교법. 5계 · 10선 · 3학 · 6도 등 이치에 맞고 자기를 이익케 하는 법.

세속품 · 3

좋은 법을 즐거이 행하라
악한 법을 삼가 행하지 말라
좋은 법을 행하면 언제나 즐겁다
이승에서도 또 저승에서도

낙법낙학행 신막행악법
樂法樂學行 愼莫行惡法

능선행법자 금세후세락
能善行法者 今世後世樂

* 도를 얻는 사람은 꿈이 없다.

** 마음이 즐거우면 앓던 병도 낫고, 속에 걱정이 있으면 뼈도 마른다. — 「잠언」

세속품 · 4

물거품 같다고 세상을 보라
아지랑이 같다고 세상을 보라
이렇게 세상을 관찰하는 사람은
죽음의 왕을 보지 않는다[1]

당관수상포 역관환야마
當觀水上泡 亦觀幻野馬

여시불관세 역불견사왕
如是不觀世 亦不見死王

* 눈을 감고 앉았으면, 눈앞에 벌어지는 모든 인간 생활의 전체가 아무런 의의도 없는 것으로 보이는 때가 있다.
그리하여 어딘가, 사람은 누구나 반드시 그렇게 생활하지 않으면 안 될, 인생에 있어서 가장 참되고 절대적인 어떤 세계의 생활이, 처녀지 그대로 숨어 있는 듯 느껴지는 때가 있다.

** 덧없는 세상이 꿈과 같다. — 이백

1) 죽음의 구렁텅이에 빠지지 않을 것이라는 뜻.

세속품 · 5

임금의 화려한 수레와 같다고
마땅히 이 몸을 그렇게 보라
어리석은 사람은 이 속에 빠지고
지혜 있는 사람은 집착하지 않는다

여시당관신 여왕잡색차
如是當觀身 如王雜色車

우자소염착 지자원리지
愚者所染着 智者遠離之

* 거머리처럼 끈덕지게 인간 생활의 밑바닥에 달라붙어 있는 사행심, 이 사행심을 완전히 없애지 못하는 한, 하늘에게도 말고, 사람에게도 말고, 인간은 영원히 스스로 모욕하고 모욕당하며 있는 것이다.

** 육체는 하나의 국토이며, 거기에는 선과 악이 가득 차 있다.
— S. 물크

세속품 · 6

사람이 먼저는 잘못이 있더라도
뒤에는 삼가 다시 짓지 않으면
그는 능히 이 세상을 비추리
달이 구름에서 나온 것처럼

인전위과 후지불범
人前爲過 後止不犯

시조세간 여월운소
是照世間 如月雲消

* 단순은 위대한 힘을 가졌다.
물, 불, 그리고 꽃향기를 보라.

** 과오와 고슴도치는 바늘 없이 태어난다. — 장 파울

세속품 · 7

사람이 먼저는 악업을 짓더라도
뒤에 와서 선으로 이것을 멸하면
그는 능히 이 세상을 비추리
달이 구름에서 나온 것처럼

인전위악 이선멸지
人前爲惡 以善滅之

시조세간 여월운소
是照世間 如月雲消

* 진지한 피, 정직한 눈물은
누구를 고려하거나 두려워하지 않는다.

** 잘못은 인간적이고, 잘못에 집착하는 것은 악마적이다.
— A. 아우구스티누스

세속품 · 8

어리석음 속에서 이 세상은 어둡다
이 속에서 바로 보는 사람은 드물다
그물을 벗어나 하늘을 나는
새가 드물 듯, 새가 드물 듯

치복천하 탐령불견
癡覆天下 貪令不見

사의각도 고우종시
邪疑却道 苦愚從是

* 신음 · 저주 · 전율 · 광망(狂妄)…….
나의 날개(허공을 자유자재로 날 수 있는)를 분질러 이 땅 위에 떨어뜨린 자 누구냐?
'나야, 나'—욕념(慾念)의 싸늘한 대답.

** 우매한 자의 눈에는 현인의 말도 어리석게 비친다.
— 에우리피데스

세속품 · 9

그물을 벗어난 기러기 떼가
하늘을 높이 나는 것처럼
어진 이는 악마와 그 떼를 쳐부수고
세상일 멀리 떠나 노닐고 있다

여안 장군 피라고상
如鴈[2]將群 避羅高翔

명인도세 도탈사중
明人導世 度脫邪衆

* 우리는 결코 미리부터의 기름진 땅을 찾아온 것은 아니다.
이 불모의 광야를 개간하고,
그 위에 우리의 피의 부드러운 잔디를 나게 하기 위하여 온 것이 아닐까?

** 명성을 좇는 자는 남의 행동에 자기 자신의 선(善)을 둔다. 쾌락을 좇는 자는 선을 자기의 관능에 둔다. 그러나 현자는 자기의 행동에 선을 둔다. – 마르쿠스 아우렐리우스, 『명상록』

---

2) 안(鴈) : 안(雁)과 같은 자.

세속품 · 10

한 가지 법을 잘못 범하고
알면서 일부러 거짓말로 꾸미며
뒷세상 두려움을 믿지 않는 사람은
지어서 안 될 악이 세상에 없다

一法脫過(일법탈과) 謂妄語(위망어)[1] 人(인)
不免後世(불면후세) 靡惡不更(미악불갱)

* 사람은 대개 어떤 틀에 끼워지기를 좋아하는, 또한 현실에 머물러 있기 쉬운 동물이다.
그러므로 우리의 생활에 있어서 "현실의 이것 말고, 현실의 이 속에 우리의 욕망을 전적으로 만족시킬 수 있는 완전한 자유의 세계가 있다"라고, 가다가 한 번씩 맹성(猛省)할 필요가 있다.

** 죄악에는 허다한 도구가 있지만 그 모든 것에 공통적으로 적용되는 것은 거짓말이다. – 호머

---

1) 망어(妄語) : 거짓말하는 것. 특히 사람을 속일 목적으로 거짓말을 하는 것. 10악(十惡)의 하나.

세속품 · 11

어리석은 사람은 하늘에 못 가나니
그는 보시를 즐겨하지 않는다
어진 사람은 보시를 즐겨하여
하늘에 가 즐거움을 받는다

우 불 수 천 행 역 불 예 보시
愚不修天行 亦不譽布施[1]

신 시 조 선 자 종 시 도 피 안
信施助善者 從是到彼安

* 부처는 인간을 필요로 하지 않는다.
그러므로 인간을 사랑하는 부처의 사랑은 지극한 사랑이다.
부처는 인간의 봉사를 요구하지 않는다.
그러므로 부처에 봉사하는 인간의 선은 지극한 선이다.

** 어리석은 자는 언제든지 자기를 찬미하는 가장 큰 바보를 만나는 법이다. – 리히트베아

---

1) 보시(布施, dāna) : 육바라밀의 첫째 수행으로서 그 본래 뜻은 베푼다는 것이 아니라 평등을 지향하여 나눈다는 것이다. 물질로 나누는 것은 재시(財施)라 하고, 불법을 함께 하는 것은 법시(法施)라 한다.

세속품 · 12

이 천하를 통치하는 것보다도
천상의 복을 받는 것보다도
모든 세계의 임금 자리보다도
성(聖)의 길로 드는 것을 낫다 하나니

부구작위재 존귀승천복
夫求爵位財 尊貴升天福

변혜세간한 사문위제일
辯慧世間悍 斯聞爲第一

* 신앙도 계율도 종교의 구극(究極)은 아니다.
무엇을 믿지 않고는 못 살고, 어떠한 계율을 필요로 하는 동안에는 진정한 안심입명(安心立命)[1]이 있을 수 없는 것이다.
먼저 일체를 버려라. 그 뒤에 오는 자율적 생의 획득 — 거기에는 종교 그것도 없는 것이다.

** 성스러움이 사라진 세상은 죄악이 번성한다.

---

1) 안심입명(安心立命) : 마음(또는 몸)을 하늘에 맡겨서 마음에 흔들림이 없는 것. 후세 선종에서 주로 쓰는 말.

제14. 불타품(佛陀品)

사위국의 동남에 큰 강이 있다. 그 강가에 있는 5백여 호의 마을은 아직도 덕을 들은 일이 없어, 남을 속이는 것으로 업을 삼고 있었다.

부처님은 그들을 교화시키기 위해서, 그 강가의 나무 밑에 앉아 계셨다. 마을 사람들이 모여들자 부처님은 법을 설하셨지마는, 아무도 받는 이가 없었다. 그때에 강 남쪽에서 강을 건너오는 어떤 사람이 있었는데, 물위를 걸어오는 데도 그 발목밖에 물이 닿지 않았다. 여러 사람들은 경탄하면서 그 재주를 물었다.

그는 말했다.

"나는 강남에 사는 무지한 사람으로서, 부처님이 여기 계시다는 말을 듣고 오려고 했으나 배가 없었다. 그래서 저쪽 언덕 사람에게 물었더니, 물이 발목밖에 안 찬다고 했다. 나는 그 말을 믿고 그렇게 했을 뿐, 다른 재주는 없다."

부처님은 찬탄하시었다.

"참으로 훌륭하구나. 대개 믿음만 진실하다면 생사의 바다도 건널 수 있는데, 몇 리도 못 되는 강 따위가 무엇이 이상하겠는가" 하시고 이내 게(偈)를 설하셨다.

마을 사람들은 모두 부처님의 설법을 듣고 마음이 열리고 믿음이 굳어져, 법으로 들어오는 자가 날로 불었다.

—『법구비유경』, 「독신품」

불타품 · 1

이미 세상의 모든 악을 이겨
어떤 누구에게도 지지 않고
지혜와 식견이 가이없는 불타[1]를
누가 그릇된 길로 이끌 것인가

이승불수악 일체승세간
已勝不受惡 一切勝世間

예지확무강 개몽령입도
叡智廓無疆 開曚令入道

* 행복은 폭군, 그러나 간사한 폭군이다.
그의 위세의 완력을 휘둘러보다가도, 한 번 자아의 혼이 왕국에 대한 충실한 절사(節士)를 만날 때는 그만 아유구용(阿諛苟容)[2] 한다.

** 사냥꾼은 개로써 토끼를 잡지만, 아첨꾼은 칭찬으로써 우둔한 자를 사냥한다. — 소크라테스

---

1) 불타(佛陀, buddha) : 미망(迷妄)을 여의고 스스로 모든 법의 진리를 깨닫고, 또 다른 중생을 교도하여 깨닫게 하는 자각(自覺) · 각타(覺他)의 이행(二行)을 원만히 성취한 이. 부처님. 각자(覺者)라 번역. 불(佛)이라 약칭.

2) 알랑거리며 구차하게 행동함.

불타품 · 2

유혹하는 욕심의 그물을 끊고
사랑을 위해 끌리는 일이 없는
지혜와 식견이 가이없는 불타를
누가 그릇된 길로 이끌 것인가

決網無罣[1]礙 愛盡無所積
佛意深無極 未踐迹令踐

* 돈으로 얻은 자유는 돈이 가면 따라가고, 권세와 지위와 미모로 얻은 자유는 권세와 지위와 미모가 가면 그 또한 따라가나니, 그것은 허망한 자유이기 때문이다.
그러면 진정한 자유는? – 벼랑에 달려 손을 놓아 버리는 것이 대장부다[撤手懸崖是丈夫].

** 미쳐버린 사랑은 사람들을 짐승으로 만든다. – F. 비용

---

1) 괘(罣) : 거리낄 괘.

불타품 · 3

굳세고 씩씩하게 마음을 세워
집을 떠나 부지런히 도를 닦아
바른 지혜로 고요히 생각하는
이 부처님에게는 하늘도 예배한다

용건립일심 출가 일야멸
勇健立一心 出家[1]日夜滅

근단무욕의 학정념청명
根斷無欲意 學正念淸明

* 우리가 가만히 눈을 감고, 생각은 세계 최고봉의 히말라야산 꼭대기를 달릴 때, 고금의 천재 · 거인의 심경을 바라볼 수 있다. 평원에서 오르는 자옥한 안개와 독한 연기를 감싸는 우울과 시름. 장밋빛 새벽빛을 남보다 먼저 바라보는, 속진(俗塵[2])을 떠난 의젓한 모습의 시원스러움.

** 가장 지혜로운 자와 가장 어리석은 자는 변하지 않는다.

— 『논어』

---

1) 출가(出家, pravrajita) : 번뇌에 얽매인 속세의 생활을 버리고 도(道)의 길로 들어감. 또는 그런 사람.

2) 속진(俗塵) : 세상의 번거로운 일.

불타품 · 4

사람의 몸을 얻기 어렵다
세상에 나서 오래 살기 어렵다
부처님이 세상에 나시기 어렵고
그 부처님 법을 듣기 어렵다

得生人道難 生壽亦難得
(득생인도난 생수역난득)

世間有佛難 佛法難得聞
(세간유불난 불법난득문)

* 내 어쩌다가 지옥이나 축생으로 떨어지지 않고
사람 몸으로 태어나 이렇게 살고 있는 아슬아슬한 다행,
내 이렇게 사람으로 태어나 부처님 법을 듣는,
진정 어렵고 귀한 다행한 일이다.

** 산다는 것은 천천히 태어난다는 것이다.
— 생텍쥐베리, 『인간의 대지』

불타품 · 5

모든 악을 짓지 않고
모든 선을 받들어 행해
스스로 그 뜻을 깨끗이 하는 것
이것이 모든 부처의 가르침이다

제악막작 제선봉행
諸惡莫作 諸善奉行

자정기의 시제불교
自淨其意 是諸佛敎

* 악이라 본래 지을 것 없고
선이라 본래 받들 것 없네.
선도 악도 생각지 말라.
오직 그 뜻만 깨끗하여라.

** 악한 일을 행한 다음 남이 아는 것을 두려워함은 아직 그 악 가운데 선을 향하는 길이 있음이요, 선을 행하고 나서 남이 빨리 알아주기를 바라는 것은 그 선 속에 악의 뿌리가 있는 까닭이다. ― 『채근담』

불타품 · 6

"욕을 참는 것은 훌륭한 행[1]이요
열반이 제일이라" 부처님 말씀이다
집을 떠나 온전히 계를 가지고
성을 내어 남을 괴롭게 하지 말라

인 위 최 자 수 이 원 불 칭 상
忍爲最自守 泥洹[2]不稱上

사 가 불 범 계 식 심 무 소 해
捨家不犯戒 息心無所害

* 우리가 어떤 말 못할, 엄청난 역경의 고통에 처할 때,
곧 일종의 비장감을 가지게 된다.
아아, 인간은 얼마나 타협적인 동물인가!

** 인간의 본질은 괴로움이며, 자기 숙명에 대한 의식이다. 그
과 모든 공포, 죽음의 공포까지 거기에서 생겨난다.

— A. 말

---

1) 행(行, samskāra) : 일체의 유위법(有爲法). 동작이나 행위의 뜻. 5온(五蘊)의 하나.

2) 이원(泥洹) : 열반(涅槃), 이왈(泥曰).

불타품 · 7

남을 비방하거나 괴롭히지 않고
삼가 계를 가져 몸을 다루며
음식의 양을 알아 가난을 물리치고
항상 고요한 곳에서 행을 닦으며
마음을 오로지해 생각하는 것……
이것이 모든 부처님의 가르침이다

불요 역불뇌 여계일체지 소식사신탐
不嬈[1]亦不惱 如戒一切持 少食捨身貪

유행유은처 의체이유힐 시능봉불교
有行幽隱處 意諦以有黠 是能奉佛教

* 함부로 남의 성격, 의견에 반발하고 거슬림으로써 아유구용(阿諛苟容)이 아니라고 자고(自高)하는 자.
동화, 맹종, 피동으로써 포용, 자비라고 자위하는 자.

** 비방이란 자기에게 돌아오는 화살이다. — 『장자』

1) 뇨(嬈) : 희롱할 뇨

불타품 · 8

하늘이 칠보를 비처럼 내려도
욕심은 오히려 배부를 줄 모르나니
즐거움은 잠깐이요 괴로움이 많다고
어진 이는 이것을 깨달아 안다

천우칠보 욕유무염
天雨七寶[1] 欲猶無厭

낙소고다 각자위현
樂少苦多 覺者爲賢

* 모두들 돈, 돈 하니, 그래, 돈을 모아서 무엇 하는고? 고루(高樓) 거각(巨閣)을 지어 칠보로 장식한다.
또 무엇하는고? 금의를 입고 옥식(玉食)을 먹는다.
또 무엇하는고? 수많은 미희(美姬)를 골라 처첩으로 거느린다.
또 무엇하는고? 은행, 회사의 중역이 된다.
또 무엇하는고? 인삼, 녹용을 달여 먹고 호르몬 주사를 맞는다.
또 무엇하는고? 주사기를 꽂은 채 숨을 진다.
또 무엇하는고? 적연무언(寂然無言).

---

1) 칠보(七寶, sapta-ratna) : 금, 은, 유리(瑠璃 : 검푸른 보석), 파려(玻瓈 : 수정), 차거(車磲 : 백산호), 적주(赤珠 : 흑진주), 마노(碼瑙 : 짙은 녹색의 보석) 등 7가지 보석. 『아미타경』에는 이와 같이 나오지만 『법화경』 「보탑품(寶塔品)」에는 파려 대신에 매괴(玫瑰)가 나온다.

불타품 · 9

하늘의 즐거움을 받을 수 있어도
그것을 버려 탐하지 않고
즐거이 사랑을 떠나 버리는
그야말로 부처님의 제자이니라

수유천욕 혜사무탐
雖有天欲 慧捨無貪

낙리은애 위불제자
樂離恩愛 爲佛弟子[1]

* 효용성이란 언제나 일시적, 국부적인 것이다. 그것은 그 자신이 궁극의 목적으로서, 일정한 욕구, 충동에서 오는 것이기 때문이다. 그러므로 한 욕구가 그 욕구를 충족할 때, 그것은 곧 버림을 받는다. 그럼에도 불구하고, 그 존재 가치를 고집, 유지하려 할 때에는 그것은 우리 생명이 견디기 어려운 무거운 짐이 되는 것이다.

** 사람은 물욕에 집착이 심하면 심할수록 약해진다. 그리고 스스로 결박한다. 언제든지 죽음의 준비가 되어 있는 사람만이 참 자유인이다. — 디오게네스

1) 불제자(佛弟子) : 부처님의 가르침을 신봉하려는 이들. 대승불교의 보살계(菩薩戒)를 받은 사람. 혹은 불교신자.

불타품 · 10

많은 사람은 두려움에 몰려
산이나 내, 우거진 숲에
사당을 세우고 동상을 모셔
제사를 드려 복을 구한다

혹다자귀 산천수신
或多自歸 山川樹神

묘립도상 제사구복
廟立圖像 祭祠求福

* 공포에 의지하는 편이 신뢰에 의지하는 것보다 안전하다.
— 쇼펜하우어

그러나 보다 안전한 것은 남의 사랑을 받는 것이다.
그러나 보다 가장 안전한 것은 무아애(無我愛)로 남을 사랑하는 것이다.

** 복을 구하기 위해 사당을 짓고, 기도하는 것은
두려움을 떨치는 데에는 도움이 되지만,
진정한 믿음으로 나아가는 데는 오히려 방해가 된다.

불타품 · 11

그러나 이러한 기도나 제사는
미쁜 것도 아니요 귀한 것도 아니다
그러한 것들은 우리들로 하여금
모든 괴로움에서 건져 주지 못한다

자귀여시 비길비상
自歸如是 非吉非上
피불능래 도아중고
彼不能來 度我衆苦

* 우리는 왜 종교를 필요로 하고 부처나 신을 믿어야 하는가?
아무 것도 가진 것이 없기 때문에 – 그러나 그보다 너무 많이 가졌기 때문에.
너의 물(物)로부터 너 자신으로 돌아가라 – 소크라테스

** 자기의 존재에 대해 끊임없이 놀라는 것이 인생이다.
— R. 타고르

불타품 · 12

거룩한 부처님과 그가 설한 법과
법을 따르는 중[1]에게 귀의하면
네 가지의 진리를 자세히 관찰해서
반드시 바른 지혜를 얻으리라

여유자귀 불법성중
如有自歸 佛法聖衆

도덕사체 필견정혜
道德四諦[2] 必見正慧

* 참 신앙, 귀의의 본뜻은, 흔히 말하는 자기의 복을 빌고 보호를
부탁하는 데 있는 것이 아니다.
그 신앙되고 귀의되는 자의 정신과 그것을 체(體)한 자기 마음의 태
도와의 일치에 있는 것이다. 저와 나와의 심동(心動)이 없는 경지

** 미친 그림자들아, 너희 욕망을 과녁 삼아라. — 보들레르

---

1) 거룩한 부처님[佛寶], 부처님이 말씀하신 교법[法寶], 교법을 따르는 사람[僧寶]을 삼보(三寶)라고 한다.

2) 四諦(사제) : 고(苦)·집(集)·멸(滅)·도(道)로 요약한 불교의 세계관. '고'는 현실의 모습을 나타낸 것이며, '집'은 그 고의 원인이며, '멸'은 집착과 고통의 인과를 벗어난 깨달음이며, '도'는 그 깨달음에 이르는 방법, 즉 실천하는 수단이다. 보통 사성제(四聖諦)라고 한다.

불타품 · 13

생사의 '고(苦)'와 고의 원인인 '집(集)'과
그 모든 고를 이미 떠난 '멸(滅)'과
그 멸로 나아가는 여덟 가지 도(道)[1]
이것은 우리를 괴로움에서 건져 준다

생사극고 종체득도
生死極苦 從諦得度

도세팔도 사제중고
度世八道 斯除衆苦

* 아난아, 내 목은 너무 말랐다. 얼른 물을 가져다 다오

— 『열반경』

** 멸망이 없는 무위의 법락(法樂)을 맛보시는 부처님에게보다, 우리는 차라리 그의 인간적인 고뇌에 지심(至心)의 공경을 드리고 싶은 것이다. 그것은 번뇌에의 항복이나 미망(迷妄)에 찬 생활의 찬미가 아니다. — J. 키츠 『엔디미온』

1) 여덟 가지 도 : 팔정도(八正道). 바른 소견 · 바른 말 · 바른 정(定) · 바른 행위 · 바른 생각[念] · 바른 연구[思] · 바른 생활 · 바른 정진(精進).

불타품 · 14

이 삼존(三尊)[1]에의 귀의야말로
가장 길(吉)하고 가장 제일 되나니
오직 이 귀의가 있어
모든 괴로움에서 우리를 구해 준다

자귀삼존 최길최상
自歸三尊 最吉最上

유독유시 도일체고
唯獨有是 度一切苦

* 어린애는 그에게서 젖을 받고 그 기갈의 요해(饒解)를 만족 받는 데서만 그 어머니를 보지 않는다.
그 젖을 주는 사실을 가능하게 하고, 또 그 속에 간직되어 있는 보다 크고 넉넉한 영양인 '사랑의 어머니'를 아는 것이다.

** 불교는 선악(善惡)의 피안에 서 있는 것이다. — 니체

---

1) 삼존(三尊) : 삼보(三寶). 곧 불(佛) · 법(法) · 승(僧). 불이란 부처님이 무명(無明)의 잠에서 깨어난 사람이기에 jagara; 진리를 깨달은 분이라 해서 Buddha라 하며; 역사적으로는 석존(釋尊)을 가리킨다. 법은 부처님의 가르침인바, 진리를 이르는 말이다. 인간을 비롯한 우주만물의 생멸의 이치이다. 승은 승가(僧伽)의 약칭인데, 불교 교단을 이른다. 세속의 집단이 혈연이나 이해 · 권력 같은 것으로 이루어지고 있다면, 이것은 진리의 탐구와 실천을 위해 구성된 집단이다. 이 세 가지는 불교의 교조(教組) · 교리 · 교단에 해당하며 불교를 이루는 근간이다.

불타품 · 15

이 거룩한 사람은 만나기 어렵나니
그는 아무 데서나 나지 않는다[1]
그가 나는 곳은 어디서나
온 겨레가 은혜를 입는다

명인난치 역불비유
明人難値 亦不比有

기소생처 족친몽경
其所生處 族親蒙慶

* 부처나 신의 사랑은 참인(慘忍)을 함께 하는 것이다.
못 견딜 참인으로 시련을 주어, 거기서 인간의 아름다운 생명의 증명을 얻게 하여 비로소 안아 주려는 것이다.

** 중생의 얼굴, 나의 얼굴을 어떻게 볼까? 거울로?

---

1) 부처님은 어디로 오는가. 또 어떻게 오는가. 『본생경(本生經)』에 나오는 「부처님의 생애」에서 석가모니의 전신(前身)인 선혜행자(善慧行者)의 발심서원(發心誓願)을 보면, 그가 연등불(燃燈佛)이 오시는 길 위 "머리를 풀고 염소 가죽과 땋은 머리와 나무껍질 옷을 검은 진흙 위에 펴고, 마니 구슬로 된 판자 다리처럼 진흙에 누워" 세웠던 서원은 그 혼자 열반에 드는 것이 아니라 "많은 사람을 법의 배에 싣고 윤회의 바다에서 구제해 낸 뒤에 열반에 드는" 일이었다.

불타품 · 16

부처님의 나심은 즐거움이다[1]
법을 연설하심은 즐거움이다
중들의 화합은 즐거움이다
중들이 화합하면 항상 편하다

제불흥쾌 설경도쾌
諸佛興快 說經道快

중취화쾌 화즉상안
衆聚和快 和則常安

* "당신이야말로 부처, 부처야말로 곧 당신"이라는 부처님의 말씀은 얼마나 사랑과 자비에 넘치는 말씀인가?
그러나 그 말씀처럼 냉혹하고 잔인한 말씀은 없다.
그 말씀은 얼마나 많은 범부 중생을 한없는 표박(漂泊)으로 추방시킴을 의미하는가!

** 화합하지 못하는 중들은
중생들을 더욱 고뇌에 빠뜨린다.

---

1) 부처님이 중생의 고통 속으로 온다면 고통은 어디에서 오며 그 까닭은 무엇인가? 불교가 고집멸도(苦集滅道)의 사제(四諦)로 요약되듯 고통에서의 해방이 그 목표라면 우선 그 고통 속에서 문제의 절실함을 알 때 그 문(門)에 들어설 것이다. 즐거움을 향하여.

불타품 · 17

진리를 보아 마음이 깨끗하고
생사의 깊은 바다 이미 건너서
부처님 나셔서 세상을 비추심은
중생의 모든 고통 건지시기 위함이다

견 체 정 무 예　이 도 오 도 연
見諦淨無穢[1] 已度五道[2]淵

불 출 조 세 간　위 제 중 우 고
佛出照世間 爲除衆憂苦

* 시물(施物)을 삼가자.
대개는 물(物)을 받는 자, 그 은혜에 구속되지마는,
어떤 때는 물(物)을 주는 자, 도리어 많은 구속을 받는다.

** 아무나 남을 구할 수 있는 것이 아니다.
거짓된 자들이 진리를 말하고,
세상을 구한다고 떠들수록 이 세상의 혼란은 가중된다.

---

1) 예(穢) : 거칠 예, 더러울 예.
2) 오도(五道) : 중생이 지은 업(業)에 따라 왕래하는 곳으로 지옥, 아귀, 축생, 인도, 천도

불타품 · 18

사람이 만일 바르고 뚜렷하여
도를 뜻해서 욕심 없으면
이 사람 복덕은 한량없나니……
아아 부처님에게 귀의[1]한 사람이여

사여중정 지도불간
士如中正 志道不慳[2]

이재사인 자귀불자
利哉斯人 自歸佛者

* 희생. 그의 근본 동기는 결국 자기를 위한 일종의 뇌물에 불과할
는지 모른다.
그러나 그것이 자기 자신을 스스로 바치는 데까지 발전하고 정
신화하는 곳에, 그의 지선(至善) · 지미(至美)의 가치와 권위가
있는 것이다.

** 올바르고 뚜렷하여 잘못된 길로 나아가지 않는 이의 마음속에
는 이미 부처님이 함께 한다.

---

1) 귀의(歸依, saraṇa) : 돌아가 의지하여 구원을 청함. 삼귀의(三歸依)라고도 한다.

2) 간(慳) : 아낄 간.

제15. 안락품(安樂品)

병사 왕과 불가사 왕은 친한 사이였다. 불가사는 칠보의 꽃을 만들어 병사 왕에게 보냈다. 병사는 이것을 부처님께 올리면서 말했다.

"불가사 왕은 나의 친구로서 내게 이 꽃을 보냈습니다. 나는 무엇으로써 그에게 답해야 하겠습니까? 그는 아직도 불도를 모릅니다. 원컨대 부처님께서는 그로 하여금 그 마음이 열려, 부처님을 뵈옵고, 부처님의 법을 듣고, 부처님의 제자들을 공경하게 하소서."

부처님은 말씀하셨다.

"『십이인연경』을 베껴서 그에게 보내라. 그는 반드시 신해(信解)할 것이다."

왕은 곧 경전을 베끼고 따로 글을 덧붙였다.

"당신이 보내신 보배꽃에 답해서 나는 법의 꽃을 보냅니다. 그 뜻을 자세히 생각하고 부지런히 읽어 도의 뜻을 다같이 맛보았으면 합니다."

불가사 왕은 그 경전을 읽고 또 읽어, 깊이 믿는 바 있어 탄식하면서,

"도의 힘은 참으로 묘해서, 그 깊은 뜻은 마음을 편안하게

하는 것이다. 세상의 모든 영화와 향락은 번뇌의 근본이요, 오랜 과거로부터 익혀 온 미혹이다. 내 이제 이것을 깨달았다" 라고 했다.

— 『법구비유경』, 「유념품

안락품 · 1

원망 속에 있어도 노여움 없으매
내 생은 이미 편안하여라
모든 사람 서로들 원망하는 속에서
나 혼자만이라도 원망 없이 살아가자

아생이안 불온 어원
我生已安 不慍[1]於怨

중인유원 아행무원
衆人有怨 我行無怨

* 사람에 호인(好人) · 양민(良民)이 있듯이, 이 사회가 너무 호사회(好社會)인 듯이 보이는 때가 있다.
그러매 우리는 그 속에서 많은 회피의 초월, 유약(柔弱)의 선(善), 무골(無骨)의 관용, 극단의 철저, 자기(自棄)의 자만, 요설의 웅변을 볼 수 있다.

** 스스로 아는 자는 남을 원망하지 않는다. – 『순자』

---

1) 온(慍) : 성낼 온.

안락품 · 2

번민 속에 있어도 번민 없으매
내 생은 이미 편안하여라
모두들 번민하는 속에서
나 혼자만이라도 번민 없이 살아가자

아생이안 불병어병
我生已安 不病於病

중인유병 아행무병
衆人有病 我行無病

* 자네는 슬퍼해도 나는 슬퍼하지 않으련다.
자네는 죽더라도 나는 죽지 않으련다.
일면불(日面佛), 월면불(月面佛)[1].

** 해와 달이 부처님이고
살고 죽음이 부처님이다.
번민의 병을 치유하면,
죽든 살든 모든 것이 하나이다.

---

1) 마조도일(馬祖道一) 선사가 편찮을 때였다. 원주가 “요즘 병환은 좀 어떠신지요?” 하고 물었다. 마대사는 “일면불월면불(一面佛月面佛)”이라고 대답했다.

안락품 · 3

탐욕 속에 있어도 탐욕 없으매
내 생은 이미 편안하여라
모든 사람 모두들 탐욕 내는 속에서
나 혼자만이라도 탐욕 없이 살아가자

아생이안 불척 어우
我生已安 不慼[1]於憂

중인유우 아행무우
衆人有憂 我行無憂

* 흔들림이 없는 때의 샘물은 맑다.
그대 참말 풍랑이 심한 때에도 의연히 맑을 수 있는 바다이뇨?

** 너희는 손에 없는 것을 바라고, 손에 있는 것을 경멸한다.
— 루크레티우스

---

1) 척(慼) : 근심할 척, 근심 척.

안락품 · 4

맑고 깨끗하여 가진 것 없으매
내 생은 이미 편안하여라
하늘에 있는 광음천(光音天)처럼
즐거움으로써 양식을 삼자

아 생 이 안 청 정 무 위
我生已安 淸淨無爲

이 락 위 식 여 광 음 천
以樂爲食 如光音天[1]

** 우리는 우리의 지위도 없고 명예도 없는 것을 부끄러워하지 말자.
더구나 그러한 자신이라도 경멸하지 말자.
인생의 어느 생활에 있어서도 진리와 광명은 가득 차 있는 것이다.

** 욕망의 샘이 깊으면 천상(天上)의 샘이 말라간다. — 『장자』

---

1) 광음천(光音天, abhāsvara-deva) : 신(神). 인도 신화에 보면, 광음천은 말할 때 입에서 맑은 빛이 나와 그 빛이 말이 된다고 한다. 색계(色界) 제2선천(禪天) 중의 제3천.

안락품 · 5

승리는 원한을 가져오고
패한 사람은 괴로워 누워 있다
이기고 지는 마음 모두 떠나서
다툼이 없으면 스스로 편안하다

승 즉 생 원 부 즉 자 비
勝則生怨 部則自鄙[1]

거 승 부 심 무 쟁 자 안
去勝負心 無爭自安

* "패배의 승리, 승리의 패배" — 인생에는 이런 사실이 종종 있다.
싸우시오. 끝까지 싸우시오.
그러나 다만 소살(笑殺)해도 그만 일 작은 적들을 우리는 인생에 너무 많이 가지고 있다.

** 승리는 같은 인간 위에 영원히 머물지 않는다.
— 호머, 『일리아드』

1) 비(鄙) : 더러울 비, 품위 낮을 비.

안락품 · 6

음욕에 지나는 불길이 없고
성냄에 지나는 독이 없으며
내 몸에 지나는 고통이 없고
고요[滅]에 지나는 즐거움 없다[1]

열무과음 독무과노
熱無過婬 毒無過怒

고무과신 낙무과멸
苦無過身 樂無過滅[2]

* 고뇌에 시달리면 시달릴수록 의연히 그 소직(素直)한 마음을 잃지 않는다는 것을 얼마나 아름다운 일인가? 훌륭한 결과 그리 쉽사리 나타나지 않는다는 것은 차라리 귀한 것이다.

** 초나라로 가는 길에 장자는 해골바가지를 보았다. 해골바가지를 베고 누운 장자의 꿈에서 해골은 말했다.
죽으면 임금도 없고 신하도 없으며 또한 사시도 없다. 죽음도 삶도 없이 천지와 수명을 같이하니, 제왕의 즐거움도 나보다 못한 것이네. — 『장자』

---

1) 고요는 죽음, 없음의 멸(滅)이 아니라 욕심 없는 생명력이다. 거기에 진정한 삶의 즐거움이 있다.

2) 멸(滅) : 열반(涅槃). 열반에 드는 것을 입멸(入滅)이라고 한다.

안락품 · 7

굶주림은 가장 큰 병이요
행(行)은 가장 큰 괴로움이다
만일 이것을 분명히 알면
가장 편안한 열반이 있다

기 위 대 병 행 위 최 고
飢爲大病 行爲最苦

이 체 지 차 이 원 최 락
已諦知此 泥洹最樂

* 욕망은 무한이다.
그러므로 그 불붙는 욕망을 식히는 길은 유한한 물질적 대상으로는 불가능하다.
오직 그의 정복에 의한 만족이 있을 뿐이다.

** 굶은 사람들의 눈 속에는 차츰 끓어오르는 격노의 빛이 있다. 사람들의 영혼 속에는 '분노의 포도'가 차츰 가득해져서 심하게 익어간다. — 스타인벡, 『분노의 포도』

안락품 · 8

병이 없는 것 가장 큰 은혜요
만족을 아는 것 가장 큰 재물이다
친구의 제일은 미쁜 것이요
즐거움의 제일은 열반이니라

무병최리 지족최부
無病最利 知足最富

후위최우 이원최쾌
厚爲最友 泥洹最快

* 어떠한 경우에도 자기를 배반하지 않는, 자기가 가진 어떤 힘의 존재에 대해서 무한한 기대를 가지자.
그 힘의 구제는, 언제나 우리가 그 힘을 자각하고 신뢰하는 상응가치(相應價値)인 것이다.

** 우리들의 영혼이 육체의 악에 물들어 있는 한은 우리는 결코 만족할 수가 없다. — 플라톤

안락품 · 9

번뇌를 멀리 떠나 혼자 고요히
편안한 그 뜻을 즐거이 알면
음욕도 없고 탐심도 없이
감로법의 물을 마실 것이다

해지념대미 사유휴식의
解知念待味 思惟休息義
무열무기상 당복어법미
無熱無饑想 當服於法味1)

* 얼마나 많은 사람이 착한 일을 하기 위하여 착한 사람이 되기를 잊어버렸던고!
세상의 악취 중에도 선행의 부육(腐肉)에서 발생하는 악취처럼 구역질나는 것을 없다.

** 생명을 잃으면
썩은 고깃덩이!
그것이 인간이다.

---

1) 법미(法味) : 부처님께서 말씀하신 교법은 그 뜻이 깊고 미묘하며, 그 뜻을 체득하면 마음 가운데에 쾌락이 생기므로, 이를 세간 음식물의 아름다운 맛에 비유한 것.

안락품 · 10

거룩한 사람을 보는 것 즐겁고
거룩한 사람을 섬기는 것 즐겁다
어리석은 사람을 떠날 수 있어
착한 일 행해 혼자서 즐겁다

견성인쾌 득의부쾌
見聖人快 得依附快
득리우인 위선독쾌
得離愚人 爲善獨快

* 사람이 너무 되어 버린 사람.
어딘가 가까워지지 않는다.
자기보다 나은 사람을 가려 친구로 사귀라!

** 성인은 집 밖으로 나가지 않아도 세상의 움직임을 안다.
— 노자

안락품 · 11

어리석은 사람과 함께 하기 어렵나니
마치 원수들 속에 섞인 것 같다
어진 사람과 함께 하기 즐겁나니
마치 친족들 속에 싸인 것 같다

여우동거난 유여원동처
與愚同居難 猶與怨同處

당선택공거 여여친친회
當選擇共居 如與親親會

* 자기의 한평생이란, 한평생 자기가 걸어간 길이다.
그러나 과연 그 길을 스스로 걸어간 사람이 몇이나 될까?

** 행복할 때 친구를 알아보기 힘드나 불행할 때 원수를 알아보기는 쉽다. – 「집회서」

안락품 · 12

어질고 많이 들어 지혜로우며
욕을 참고 계를 가져 거룩한 사람
이 거룩한 사람을 받들어 섬겨라
그는 뭇별 속에 있는 달과 같나니

시고사다문 병급지계자
是故事多聞[1] 幷及持戒者

여시인중상 여월재중성
如是人中上 如月在衆星

* 우리가 고독을 느낀다는 것은 사람과 사람 사이를 분리시키는 공간에 있는 것이 아니다.
자기와 자기 생명이 발생하는 곳과의 공간, 즉 우리 자신이 형성되는 바의 힘과의 분리에 있다.
우리의 행(行), 주(住), 좌(坐), 와(臥), 어(語), 묵(默), 동(動), 정(靜) 그 어느 곳에나 그 힘은 가득 차 있는 것이다.

** 오늘밤 이슬은 흰빛 서리로 바뀌고 달빛은 고향에서만 밝구나.

— 두보

---

1) 다문(多聞) : 부처님의 가르침을 많이 들어 박학다식(博學多識)한 것. 우수한 불제자를 말하기도 한다. 특히 아난(阿難)을 다문제일(多聞第一)이라 한다.

제16. 애호품(愛好品)

부처님은 말씀하셨다.

옛날에 '보안'이라는 임금이 있었는데, 이웃 나라의 네 임금과 친하게 지냈다. 한번은 이 네 왕을 청해 큰 잔치를 베풀고 먹고 마시며 즐거워하다가, 보안 왕은 네 왕에게 물었다.

"사람이 이 세상에 있어 무엇이 가장 즐거운 것인가?"

한 왕은 말했다.

"유희에 있다."

한 왕은 말했다.

"친척들이 모여 음악하는 것이다."

한 왕은 말했다.

"재물이 많아 하고픈 대로 하는 것이다."

한 왕은 말했다.

"애욕을 마음대로 하는 것이다."

이에 보안 왕은 말했다.

"그대들이 말하는 것은 모두 고뇌의 근본이요, 우외(憂畏)의 장본으로서, 처음에는 즐겁지만 나중에는 괴로울 것이다. 고요해서 구하는 것이 없고, 마음이 깨끗해서 하나를 지켜 도를 얻는 즐거움이 제일이니라." —『법구경』, 「애호품」

시무외인 서 있는 불타

애호품 · 1

도를 어기면 자기를 따르게 되고
도를 따르면 자기를 어기게 된다
이 뜻을 모르고 마음대로 행하면
고는 애욕을 따르게 되나니

위도즉자순 순도즉자위
違道則自順 順道則自違

사의취소호 시위순애욕
捨義取所好 是爲順愛欲

* 우리의 참 생활이 아닌 생활, 참으로 필요하지 않은 생활, 모든 생활이 아닌 생활 – 잎을, 가지를, 껍질을, 기름을, 분(粉)을, 패물(佩物)을, 가락지를, 옷을, 그림자를 모조리 벗기고, 깎고, 추려 보자.
최후의 환원되는 곳, 정미(正味)의 생활은 무엇인가?
모름지기 열 손가락도 꼽을 필요가 없다.

** 도를 어기는 자기를 따를 것인가.
자기를 어기는 도를 따를 것인가.
인간은 위대하고, 얼마나 연약한 것인가.

애호품 · 2

사랑하는 사람을 가지지 말라
미운 사람도 가지지 말라
사랑하는 사람은 못 만나 괴롭고
미운 사람은 만나서 괴롭다

부당취소애 역막유불애
不當趣所愛 亦莫有不愛

애지불견우 불애견역우
愛之不見憂 不愛見亦憂

* 하고 싶은 것을 하지 못하는 괴로움, 하기 싫은 것을 해야 하는 괴로움.
그러나 '하고 싶다'는 것과 '하기 싫다'는 것은 모두 '나'를 버리지 못한 고뇌인 것이다.
자진적(自進的)인 자비에 모든 고는 낙이요, 광영(光榮)인 것이다.

** 서로 사귄 사람에게는 사랑과 그리움이 생긴다.
사랑과 그리움에는 괴로움이 따르는 법
연정에서 우환이 생기는 것임을 알고 무소의 뿔처럼 혼자서 가라. ―『숫타니파타』

애호품 · 3

그러므로 사랑을 지어 가지지 말라
사랑은 미움의 근본이니라
사랑도 미움도 없는 사람은
모든 구속과 걱정이 없나니

시이막조애 애증악소유
是以莫造愛 愛憎惡所由

이제박결자 무애무소증
已除縛結者 無愛無所憎

* 현명한 사람은 남을 믿지 않는다.
더구나 여성을 믿지 않는다.
자기 자신도 믿지 못할 것인 줄을 알고, 그러나 또 믿을 것이 있다면 오직 자기 자신뿐인 줄을 알기 때문이다.

** 사랑이란 우리를 행복하게 하기 위해서 있는 것은 아닙니다. 사랑은 우리들이 고뇌와 인종 속에서 얼마만큼 강할 수 있는가 하는 것을 자기에게 보이기 위해 있는 것입니다.

— H. 헤세, 『향수』

애호품 · 4

사랑으로부터 걱정이 생기고
사랑으로부터 두려움이 생긴다
사랑이 없으면 걱정이 없거니
또 어디에 두려움이 있겠는가

好樂生憂(호락생우) 好樂生畏(호락생외)
無所好樂(무소호락) 何憂何畏(하우하외)

* 사랑은 결점을 묻어 준다.
그러나 그 결점에서 오는 관심의 고통을 두려워하여
일부러 못 본 척하기도 한다.

** 높은 벼랑에서 떨어지는 것보다 사랑에 빠지는 쪽이 더 위험하다. – 플라우투스

애호품 · 5

친애(親愛)로부터 걱정이 생기고
친애로부터 두려움이 생긴다
친애 없는 곳에 걱정이 없거니
또 어디에 두려움이 있겠는가

애희생우 애희생외
愛喜生憂 愛喜生畏

무소애희 하우하외
無所愛喜 何憂何畏

* 여자는 아무리 가까이 가서 살펴보아도
멀리서 바라보고 생각하던 것을 보여 주지 않는다.

** 친척은 우리들이 가장 참고 견디기 어려운 시금석이다.
— 아미엘, 『일기』

애호품 · 6

애요(愛樂)로부터 걱정이 생기고
애요로부터 두려움이 생긴다
애요 없는 곳에 걱정이 없거니
또 어디에 두려움이 있겠는가

애요생우 애요생외
愛樂生憂 愛樂生畏

무소애락 하우하외
無所愛樂 何憂何畏

* 여자는 수수께끼다. 그것은 언제나 해결될 수 없는 수수께끼다. 그것은 해결될 아무 것도 없기 때문에…….
여자여! 당신은 당신 자신을 돌아보아, 스스로 이상해 하지 않습니까?

** 사랑이 깊은 자는 미움 또한 깊다. – 호머

애호품 · 7

애욕으로부터 걱정이 생기고
애욕으로부터 두려움이 생긴다
애욕 없는 곳에 걱정이 없거니
또 어디에 두려움이 있겠는가

애욕생우 애욕생외
愛欲生憂 愛欲生畏

무소애욕 하우하외
無所愛欲 何憂何畏

* 마침내, 마침내 당신이 큐피트의 면사(面紗)를 벗겨 놓았을 때에, 당신은 거기서 무엇을 보십니까?
가을바람에 딸각거리는 해골의 조각조각…….
그리고 그것은 당신 자신의 음영(陰影)입니다.

** 당신의 눈은 살그머니 내 마음을 훔친다.
도적아! 도적아! 도적아! — 몰리에르, 『가짜 재녀(才女)』

애호품 · 8

갈애(渴愛)로부터 걱정이 생기고
갈애로부터 두려움이 생긴다
갈애 없는 곳에 걱정이 없거니
또 어디에 두려움이 있겠는가

탐 욕 생 우 탐 욕 생 외
貪欲生憂 貪欲生畏

무 소 탐 욕 하 우 하 외
無所貪欲 何憂何畏

* 우리들은 사실 여성의 실상을 모르는 것이 아니다. 사랑이라는 정욕으로 말미암은 자기 기만을 끊임없이 행하고 있을 뿐이다.

** 자부, 질투, 탐욕은 사람의 마음에 불을 놓은 세 개의 불꽃이다.

— A. 단테, 『신곡』

애호품 · 9

바른 소견과 착한 계를 갖추고
정성된 뜻에 말은 참되며
스스로 하는 일이 법에 맞으면
그는 많은 사람의 사랑을 받는다

탐 법 계 성　지 성 지 참
貪法戒成　至誠知慚[1]

행 신 근 도　위 중 소 애
行身近道　爲衆所愛

* 인간의 수행이란 처음은 있으나 끝은 없는 것이다.
그것은 지상(至上)의 도란 한이 없기 때문이다.
그러므로 지상의 도, 무한의 도를 체득한 사람은 자유인 것이다.
거기에는 법칙에의 수순(隨順)이 아니요, 창조적 진화가 있을 뿐이다.

** 인간이 갖고 있는 한 가지는 부끄러움이다.
부끄러움을 지닌 인간은 쉽게 죄악에 떨어지지 않는다.
— 『탈무드』

1) 참(慚) : 참(慙)과 같은 자. 부끄러워할 참.

애호품 · 10

오직 하나 열반을 바라보고
즐거이 힘써 게으르지 않으면
마음에 욕심의 걸림이 없으면
생사[1]의 물을 끊어 건너가리라

욕 능 불 출 사 정 내 어
欲能不出 思正乃語

심 무 탐 애 필 절 유 도
心無貪愛 必截[2]流渡

* 인식은 의지의 추척자요, 추수자(追隨者).
나는 그 여자의 무심한 일별에 사랑의 행복을 느끼고, 또 다른 다 같은 일별에 실망의 비애를 느꼈다.

** 태만은 산 사람의 무덤이다. — 영국 격언

---

1) 생사(生死, saṁsāra) : 업인(業因)에 따라 6도(六道)의 미계(迷界)에 태어나고 죽는 것을 반복하는 것. 윤회(輪廻)하는 것으로 열반(涅槃)과 반대.

2) 절(截) : 끊을 절.

애호품 · 11

마치 사람이 고행을 떠나
오랜 동안의 나그넷길 마치고
멀리서 안전하게 돌아온 때에
친척이나 벗들이 반가이 맞이하듯

비인구행 종원길환
譬人久行 從遠吉還

친후보안 귀래희환
親厚普安 歸來喜歡

* 씨를 뿌리고, 김을 매고, 거름을 주어 곡식을 거두는 것은
밭을 간 자의 보수만이 아니다.
훌륭한 명예도 되는 것이다.

** 호마(胡馬)는 언제나 북풍을 향하고
월(越)나라에서 온 새는 남쪽 가지에 앉는다. — 옛시(古詩)

애호품 · 12

이 세상에서 즐거이 복을 짓고
이승에서 저승으로 가는 사람은
친척들의 즐거운 마중을 받듯
제가 지은 복업(福業)의 마중을 받는다

호행복자 종차도피
好行福者 從此到彼

자수복조 여친내희
自受福祚 如親來喜

* 종용자약(從容自若)의 죽음,
주장낭패(周章狼狽)의 죽음,
다 같은 죽음에 각기 다른 태도다.

** 세상에는 자기를 사랑하며, 또 사랑 받기를 원하면서, 반면에 타인을 괴롭히고, 사랑으로부터 멀어져 가는 사람이 많다.

— G. B. 쇼

제17. 분노품(忿怒品)

부처님은 말씀하셨다.

“옛날에 임금이 있었는데, 기러기 고기를 좋아했다. 항상 사냥꾼을 시켜 그물을 쳐서 이것을 잡아, 날마다 한 마리씩을 보내게 하여, 그것으로 밥상을 차렸다. 그때에 기러기의 왕이, 5백 마리의 떼를 거느리고 먹이를 찾아 내려왔다가 그물에 걸렸다. 기러기 떼들은 놀라 공중을 돌면서 떠나지 않았다. 그 중에 한 마리는 화살도 피할 줄 모르고 피를 토해 슬피 울면서 밤낮을 쉬지 않았다. 사냥꾼은 그 의리를 불쌍히 여겨 곧 기러기의 왕을 놓아주었다. 기러기 떼들은 그 왕을 얻어 기뻐해 싸고돌았다. 사냥꾼은 이 사실을 왕에게 자세히 알렸다. 왕도 매우 느낀 바 있어, 그 뒤로는 기러기 잡기를 폐했다.”

부처님은 아사세 왕에게 말씀하셨다.

“그때 그 기러기의 왕은 곧 나요, 그 한 마리의 기러기는 아난이요, 5백의 기러기 떼는 지금의 5백 나한이요, 그 임금은 지금의 대왕이요, 그 사냥꾼은 지금의 조달이다. 저 조달은 전세 때부터 항상 나를 해치려 하지마는, 나는 큰 자비의 힘으로써 그 원악(冤惡)을 생각하지 않았으므로, 나 자신 부처가 되었다.”

— 『법구경』, 「분노품」

시무외인 앉아 있는 불타

분노품 · 1

성냄을 버려라 거만을 버려라
모든 애욕과 탐심을 버려라
정신에도 물질에도 집착하지 않으면
고요하고 편안해 괴로움이 없다

사에리만 피제애탐
捨恚離慢 避諸愛貪

불착명색 무위멸고
不着名色[1] 無爲滅苦

* 정직은 진격(震擊)하고 허위는 모함한다.
때문에 전자에는 분노는 있으나 고뇌는 없고,
후자에는 함원(含怨)과 사악이 있을 뿐이다.

** 노기(怒氣)는 일시의 광기이다.
그대가 분노를 제압하지 못하면 분노가 그대를 제압한다.

— 호라티우스

---

1) 명색(名色, nāma-rūpa) : 인간의 정신적·물질적 측면. 현상계의 번뇌. 12인연의 하나.

분노품 · 2

성내는 마음을 스스로 눌러
달리는 수레를 멈추듯 하면
그는 진정 훌륭한 어자(御者)[1]……
그밖에는 오직 고삐를 잡을 뿐

에능자제 여지분차
恚能自制 如止奔車

시위선어 기명입명
是爲善御 棄冥入明

* 언제, 또 어쩌다가인지는 몰라도, 사람은 그 세포 속에 야견(野犬)을 기르기 시작했다.
그 야견은 잔인을 좋아하고 못내 피를 보고 싶어 한다.
그러므로 그것은 이성에 압박되어 있다가 가끔 그의 본성을 드러내는 일이 있으니, 우리는 그것을 광란이라고 부른다.

** 분노를 꺾기는 심히 어려운 일이어서 죽음이 앞을 막을지라도 부수고 나간다. − 플루타크, 『영웅전』

---

1) 어자(御者) : 말을 부리는 사람. 마부.

분노품 · 3

욕을 참아서 분(忿)[1]을 이기고
착함으로써 악을 이겨라
보시를 줌으로써 인색을 이기고
지성으로서 거짓을 이겨라

인 욕 승 에 　선 승 불 선
忍辱勝恚 善勝不善

승 자 능 시 　지 성 승 기
勝者能施 至誠勝欺

* 분을 참는 것도 한계가 있는가?
그는 항상 무시를 당하고, 진실과 정직도 한계가 있는가?
그는 흔히 따돌림당하고, 남에게 주는 것도 한계가 있는가?
그는 대개 가난하다.

** 분노는 기묘한 용법을 가진 무기다. 다른 모든 무기는 인간이 이를 사용하지만, 분노라는 무기는 반대로 인간을 사용한다.

— 몽테뉴, 『수상록』

---

1) 분(忿, krodha) : 몸과 뜻에 맞지 않는 대경(對境)에 대하여 분노를 일으키는 정신작용.

분노품 · 4

속이지 말라 성내지 말라
많음을 구해 탐심을 내지 말라
이 세 가지를 법다이 행하면
죽어서 곧 천상에 나리라

불기불노 의불다구
不欺不怒 意不多求

여시삼사 사즉상천
如是三事 死則上天

* 약간의 도덕적인 일부의 호의로 전체를 살리는 이(利)가 있을 수 있다. 또 그 호의로 말미암아 자타(自他)를 함께 죽이는 해(害)가 있을 수도 있는 것이다. 그러나 그 이와 해를 돌아보지 않고 남에게 주려는 곳에, 깊이깊이 감추어져 있는 아름다운 인간성의 본면목(本面目)[1)]이 있는 것이다.

** 많이 구하지만 하나도 얻지 못하는 경우가 있다.
하나를 구하지만 모든 것을 얻은 경우가 있다.
그대의 본성은 무엇을 택하라고 하는가.

---

1) 본면목(本面目) : 본래 면목(本來面目). 사람마다 본래 갖추고 있는 심성. 선가(禪家)의 제6조 혜능(慧能)대사가 처음 한 말.

분노품 · 5

항상 스스로 몸을 거두어
중생의 목숨을 해치지 않으면
그는 곧 천상에 나리라
천상에 나서 걱정이 없으리라

상자섭신 자심불살
常自攝身 慈心不殺

시생천상 도피무우
是生天上 到彼無憂

* 나무라도 한창 자라는 맥을 자르지 말라. – 맹자

** 죽음이라고 부르는 것이 생명인지, 생명이라고 부르는 것이 죽음인지 누가 아는가. – 에우리피데스

분노품 · 6

마음이 항상 한곳에 깨어 있어
밤낮 쉬지 않고 꾸준히 닦아
마음의 더러움 다하고 깨달음이 생기면
그는 열반에 이를 것이다

의상각오 명모근학
意常覺寤 明暮勤學

누진의해 가치니원
漏盡意解[1] 可致泥洹

* 마음을 한곳에 머물게 하라.
하나를 위해 모든 것을, 모든 것을 버려라.
자기 생활이 어떠함을 느끼는 것은
악마가 엿보는 틈이 있는 것이다.

** 정화수를 나에게 뿌리소서, 이 몸이 깨끗해지리이다.
나를 씻어 주소서, 눈보다 희게 되리이다. — 구약, 「시편」

---

1) 누진의해(漏盡意解) : 모든 번뇌를 끊고 마음이 해탈하는 것. 소승 아라한이 얻은 과(果).

분노품 · 7

오늘부터 아니라, 먼 옛날부터
사람들은 서로 헐뜯나니
말이 많아도 비방을 받고
말이 없어도 비방을 받고
말이 적어도 비방을 받고……1)
비방 받지 않는 사람 세상에 없다

인 상 방 훼　자 고 지 금　기 훼 다 언
人相謗毁 自古至今 旣毁多言

우 훼 눌 인　역 훼 중 화　세 무 불 훼
又毁訥忍 亦毁中和 世無不毁

* "당신의 그 묵언은 무슨 까닭입니까?"

---

1) 위의 시를 읊게 된 유래는 다음과 같다.
북인도 사밧티에 사는 아툴라(Atula)라는 재가 신자가 있었는데 그는 5백여 명의 신자들과 함께 가르침을 받으러 레바타 장로에게로 갔다. 그러나 그 장로는 혼자서 조용히 선정(禪定)에 들어 있었으므로 아무런 가르침도 받지 못했다. 그래서 이번에는 사리풋타 장로에게 갔더니 아비달마에 관한 어려운 논의(論議)만을 들려주었다. "이렇게 어려운 이야기를 들어서 무얼 할꼬?" 화가 난 아툴라는 다시 아난다 장로에게 갔지만 아주 조금밖에 가르쳐 주지 않았다. 너무 화가 난 아툴라는 마지막으로 기원정사에 계시는 석가모니를 찾아갔더니 석가모니께서는 위의 게송을 읊으셨다. ― 팔리문 주해에서

분노품 · 8

비방만 받는 사람 칭찬만 받는 사람
없었고 없고 또 없을 것이다
칭찬도 비방도 속절없나니
모두가 제 이름과 이익을 위한 것뿐

욕의비성 불능제중
欲意非聖 不能制中

일훼일예 단위이명
一毁一譽 但爲利名

* 인형은 언제나 괴롭다.

어디 보자.
나의 얼과 흥정해 보려는 그대는 무엇을 가지고 왔는가? 돌(咄)!

** 이익은 어디서 오든 좋은 향기가 난다.

— 유베날리스, 『풍자시집』

분노품 · 9

총명하고 영리해 법을 받들어
지혜와 계율과 정(定)을 갖추어
저 '염부'의 그같이 빛나는 사람이면
누가 그를 헐뜯어 말할 것인가

다문능봉법 지혜상정의
多聞能奉法 智慧常定意

여피염부금 숙능설유하
如彼閻浮金[1] 孰能說有瑕

* 얼른 보아 그 외면이 극히 단순하고 한 모양인 행동이라도, 그 속에는 그것이 말미암아 나오는 바의 일체의 무수한 사물이 포함되어 있는 것이다.
그 종자의 무수한 사물을 내포하고 있는 과실의 단순한 껍질처럼, 혹은 난자(卵者)처럼.
"사람은 그 행한 바를 따라 심판을 받고, 그 심판에 따라 책임을 져야 하느니라." ―예수

** 부처님의 웃음은 빛을 머금고 있다.

---

1) 염부금(閻浮金) : 염부단금(閻浮檀金). 염부나무 밑으로 흐르는 강에서 나는 사금.

분노품 · 10

저 아라한처럼 깨끗한 이를
누가 헐뜯어 말할 것인가
모든 신들도 그를 칭찬하나니
범천[1], 제석(帝釋)[2]도 그를 칭찬하나니

여 나 한 정 막 이 무 방
如羅漢淨 莫而誣謗

제 천 자 차 범 석 소 칭
諸天咨嗟 梵釋所稱

* 따스한 햇볕과 고운 바람 앞에, 꽃다운 향기와 아름다운 맵시로 우리의 마음을 빛나게 하는 가지각색의 꽃에는, 자랑스러운 영예가 있다.

** 무겁고 어두운 검은 흙속에서, 남 모르는 인종과 침묵의 성업(聖業)을 쌓아 가는 그 뿌리에는 쓸쓸한 고련(苦鍊)이 있다.

---

1) 바라하마천(婆羅賀麼天, brahma-deva)이라고도 쓴다. 범은 맑고 깨끗하다는 뜻. 색계 초선천으로 이 하늘은 욕계의 음욕을 여의어서 항상 깨끗하고 조용하므로 범천이라 한다. 범천이라 할 때는 초선천의 주(主)인 범천왕을 가리킨다.

2) 석제환인다라(釋提桓因陀羅, sakrodevendra)를 줄여서 한 말. 제(帝)는 인다라의 번역. 석은 석가의 음역. 한문과 범어를 함께 한 이름. 수미산 꼭대기 도리천의 임금. 선견성(善見城)에 머물면서 아수라의 군대를 정벌한다는 하늘 임금.

분노품 · 11

항상 내 몸을 잘 지키자
성내는 마음에서 잘 지키자
사나운 행동을 멀리 떠나서
덕의 행실을 몸으로 행하자

상수신신 이호진에
常守愼身 以護瞋恚

제신악행 진수덕행
除身惡行 進修德行

* 내 만일 일시적인 쾌락을 따르지 않을 만큼 위대할 수 있었다면…….
그렇지 않으면, 그것에 대해서 마음의 가책을 받지 않을 만큼 위대할 수 있었다면…….

** 새벽에 성내는 것을 제일 경계하라. — 『명심보감』

분노품 · 12

항상 내 입을 잘 지키자
성내는 마음에서 잘 지키자
입으로 행하는 악담을 멀리 떠나서
법다운 말을 입으로 익히자

상수신언 이호진에
常守愼言 以護瞋恚

제구악언 송습법언
除口惡言 誦習法言

* 무언, 또는 침묵을 주의하십시오.
그것은 흔히 그 내용보다는 그 가치를 과장하는 일이 있습니다.

충실한 존재는 요설(樂說)[1]을 필요로 하지 않는다.

** 진실한 말은 아름답지 않고, 아름다운 말은 미덥지 않다.

— 『노자』

---

1) 요설(樂說) : 온갖 교법을 알아 중생들이 듣기 좋아하는 말을 하는 데 자유자재함. 사무애변(四無礙辯)의 하나.

분노품 · 13

항상 내 마음을 잘 지키자
성내는 마음에서 잘 지키자
악한 생각을 멀리 떠나서
도를 생각해 마음에 두자

상수신심 이호진에
常守愼心 以護瞋恚

제심악념 사유염도
除心惡念 思惟念道

* 항상 본능의 물결, 충동의 고통에 밀리고 시달리면서 그래도 높고 귀한 영성(靈性)의 자기에 귀를 기울이려는 이 희원(希願)은 어디서 오는 것일까?

** 말은 분노를 고치는 마음의 의사이다.

— 아이스킬로스, 『결박당한 프로메테우스』

분노품 · 14

몸을 지키고 입을 지키고
또 안으로 마음을 지켜
모두 성냄 버리고 도를 행하자
욕(辱)을 참는 것이 가장 강하다

절신신언 수섭기심
節身愼言 守攝其心

사에행도 인욕최강
捨恚行道 忍辱最强

* 우리가 이 세상을 살아갈 때에, 또는 어떤 사업에 실패할 때에 흔히 실없는 고통과 번민을 일삼는 것이다.
하늘을 원망하기 전에, 사람을 허물하기 전에 먼저 자기의 진정한 재산을 알라.

** 신은 인내심이 강한 자와 함께 계시다. — 『코란』

제18. 진구품(塵垢品)

옛날에 어떤 사람이 있었는데 형제가 없었다. 그 부모는 이것을 가엽게 여겨 어떻게든지 사람을 만들려고 스승에게 보내 공부를 시켰다. 그 사람은 교만하고도 게을러서, 공부에 마음이 없어, 아침에 배우고는 저녁에 내버려 몇 해를 지내도 얻은 것이 없었다. 부모는 도로 불러 집안일을 보살피게 했다. 그러나 집안일에도 힘쓰지 않고 되는대로 내버려두었다. 드디어는 살림을 팔아, 갖은 행동을 어지러이 저질러도 부끄러운 줄을 몰랐다. 모든 사람은 그를 미워해 흉악하다고 해서 서로 말도 건네지 않았다. 그러나 그는 자기의 잘못은 모르고, 도리어 남을 허물하고, 부모를 원망하고, 스승이나 친구를 꾸짖고, 조상의 신령이 도와주지 않는다고 성내고, 드디어는 부처님에게 복을 빌기 위해서 부처님 계신 곳으로 나아갔다.

부처님은 말씀하셨다.

"대개 도(道)를 구하고자 하면 깨끗한 행(行)이 있어야 한다. 네가 속세의 때를 가지고 우리 도에 들어온댔자 아무 소득이 없을 것이다. 차라리 집에 돌아가 부모에게 효도하고, 스승의 가르침을 익히 외고, 집안일을 부지런히 돌보고, 나쁜 일을 짓지 않고, 말이나 행실을 삼가고, 마음을 잡아 하나를 지키는 것이 나을 것이다. 이렇게 마음을 가져 행하면 곧 도를 얻을 것이다."

그리고 이내 게송(「진구품 · 7」, 「진구품 · 8」, 「진구품 · 9」 참조)을 설하였다.

그러자 그는 마음을 고쳤다.

—『법구비유경』, 「진구품」

진구품 · 1

살아 생전 좋은 일 한 적 없으니
염마(閻魔)[1]의 사자는 네 곁에 왔다
너는 이제 황천의 문턱에 섰다
그러나 너에게는 노자도 없구나

생무선행 사타악도
生無善行 死墮惡道
왕질무간 도무자용
往疾無間 到無資用

* 깊은 밤이나 혹은 새벽, 이불 속에서 가슴에 두 손을 얹고 고요히 눈감고 죽음을 생각해 보십시오. '이제 내가 죽는다'고 생각해 보십시오. 당신의 머리에 떠오르는 것은 얼마나 미미하고 사소한, 보잘것없는 것입니까? 우리는 갈수록 생의 연착(戀着), 사의 비애와 공포의 불사의(不思議)한 신비를 느낌과 동시에, 인생의 허망을 느낄 것입니다.

** 떨어지는 가을 나뭇잎을 보고 그대는 무엇을 생각하는가.
북풍이 몰아칠 때는 이미 늦다.

---

1) 염마(閻魔) : 염라대왕. 지옥에 살며 십팔장관(十八將官)과 팔만옥졸을 거느리고 죽어서 지옥에 떨어지는 인간의 생전의 선악을 다스리는 대왕임.

진구품 · 2

너는 너의 귀의할 곳을 만들라
부지런히 힘쓰고 지혜로워라 = 빨리 힘써 어질고
마음의 더러움이 없는 사람은
거룩하고 빛나는 하늘에 날 것이다 = 다시는 죽고 삶에 들지 않는다

당구지혜 이연의정
當求智慧 以然意定
거구물오 가리고형
去垢勿汚 可離苦形

* 어둠에서 어둠으로, 고독에서 적막으로 헤매며 허덕이는 나그네의 인생에, 어디엔가 광명과 위안이 있을 듯 느끼는 이 요구는 어디서 오는 것일까?

** 아직 해가 지지 않았다. 일하라, 지치지 말고,
그 동안에 어느 누구에게도 일할 수 없는 죽음이 온다.
— 괴테, 『서동(西東)시집』

진구품 · 3

어진 사람은 서둘거나 급히지 않고
조용히 차근차근 꾸준히 힘써
금을 다루는 야장처럼
마음의 때를 벗긴다

혜 인 이 점 안 서 정 진
慧人以漸 安徐精進

세 제 심 구 여 공 연 금
洗除心垢 如工鍊金

* 생사사대(生死事大)! 천지를 주어도 바꿀 수 없는 생명은 중한 것이다. 죽음은 중한 것이다.
그러나 벌레 같은 이 목숨, 그 어디가 중하다 하는고? 조그마한 친절을 위해서도 즐거이 죽어 가는 이 생명들이 아닌가?
보라, 생명을 완전히 생각하지 않는 그 경지에 생명의 지고(至高)가 있는 것이다.
언제나 맥맥(脈脈)이 살아 있는, 우리의 일체 본능을 초극하는 생명!

** 함부로 화내지 않는 사람은 용사보다 낫다. 제 마음을 다스리는 사람은 성을 탈취하는 것보다 낫다. — 구약, 「잠언」

진구품 · 4

악은 사람의 마음에서 나
도로 사람의 몸을 망친다
마치 녹이 쇠에서 나서
바로 그 쇠를 먹는 것처럼

악생어심 환자괴형
惡生於心 還自壞形

여철생구 반식기신
如鐵生垢 反食其身

* 우리는 무엇 때문에 윤회전생(輪廻轉生)의 사상에 공포를 느끼고, 그곳에 떨어지지 않기 위하여 일체의 조업을 삼가는 것인가?
과거의 내가 무엇이었던 것을 현재의 내가 모르고, 과거의 나의 고락과 현재의 나의 고락과의 관계를 모르매, 현재의 내가 미래의 나에게 무슨 관계가 있을 것인가?
결국, 전생(轉生)을 위한 지작수행(止作修行)은 나를 위함이 아니요, 알 수 없는 '어떤 다른 한 생명'을 위한 '보살행'[1]인 것이다.

** 악한 일은 악에 의하여 더욱 굳어진다. — 셰익스피어, 『맥베스』

---

1) 보살행(菩薩行) : 부처가 되기 위해 수행하는 것으로 자리이타(自利利他)가 원만한 대행(大行).

진구품 · 5

익히지 않는 것을 말의 때라 하고
부지런하지 않는 것을 집의 때라 한다
게으른 것을 몸의 때라 하고
방일한 것을 일의 때라 한다

불송위언구 불근위가구
不誦爲言垢[1] 不勤爲家垢

불엄위색구 방일위사구
不嚴爲色垢 放逸爲事垢

* 생이 계속되는 이상, 일정한 부자유가 없을 수 없다. 일정한 부자유 속에서 자유로 자기를 표현하고 완성하는 것이 인생의 정당한 사실인 동시에, 일정한 부자유 없는 자유가 있다면, 우리는 거기서 부자유 이상의 부자유의 고(苦)를 맛보지 않으면 안 될 것이다.

** 날마다 하는 일이 별 것이 없네
오직 나만을 짝을 삼나니 신통이라니 묘용이라니
우물을 긷고 섶을 나르네 — 방거사(龐居士)

1) 구(垢, mala) : 깨끗한 성품을 더럽히는 것. 탐진치(貪瞋癡)를 삼구(三垢)라고 한다.

진구품 · 6

인색한 것을 시자(施者)의 때라 하고
선을 행하지 않음을 행(行)의 때라 하고
이 세상의 모든 악한 행실은
이승이나 또 저승의 때라 한다

간 위혜시구 불선위행구
慳[1]爲惠施垢 不善爲行垢

금세역후세 악법위상구
今世亦後世 惡法爲常垢

* 역사에 나타난 많은 영웅 걸사의 위대한 공명도, 미모와 재덕과 부를 소유한 젊은 미망인의 일생의 수절에 비하면 그 의지의 견고한 위력에 있어서 그리 장하다 할 것이 못 될 것이다.
그것은 소극적 · 수동적인 무위가 차라리 적극적 · 능동적 유위보다 힘들기 때문이다.
역사는 항상 인생의 껍질만 빨았다. 얼마나 많은 보옥이 그 속에 매장되어 있는가?

** 베풀 수 있을 때 베풀고, 행할 수 있을 때 행하라
그 누구를 위한 인색함이며, 그 누구를 위한 몸사림인가.

---

1) 간(慳) : 아낄 간, 인색할 간.

진구품 · 7

이 세상의 많은 때 가운데
어리석음보다 심한 때는 없나니
비구들이여 공부하는 이들이여
악을 떠나서 이 때를 없게 하라

垢中之垢(구중지구) 莫甚於癡(막심어치)
學當捨惡(학당사악) 比丘無垢(비구무구)

* 자기가 보는 일체의 것은 결국, 자기의 투영에 불과한 것이다.
얼마나 많은 사람이 자기의 투영에 경황(驚惶)[1]하고 집착하여 신음, 고뇌하는가?
그러나 그림자란 반드시 광(光)을 전제하고, 광을 등진 데서 생기는 것이다.
먼저 돌아서 보라. 거기는 오직 광명이 있을 뿐이다.

** 지나치게 때를 벗기는 사람이 많다.
마음의 때는 육신의 때를 아무리 밀어도 벗겨지지 않는다.

---

1) 경황(驚惶) : 놀라고 두려워하다.

진구품 · 8

은혜도 모르고 부끄럼도 없이
못된 성질로 교만스럽게
낯짝 두껍게 덕을 버린 사람은
생활은 쉽다 더러운 생활이다

구 생무치 여조장훼
苟[1]生無恥 如鳥長喙[2]

강안내욕 명왈예생
強顔耐辱 名曰穢生

* 너무나 적나라한, 공동변소의 희화(戲畵)나 낙서에서 우리는 가장 단적으로 인간의 동물성을 발견할 수 있다.
그것을 보고 거리에 나서서, 뭇사람의 얼굴을 바라보며 나는 혼자 미소를 띤다.

** 입은 은혜는 비록 깊을지라도 갚지 않고, 원망은 얕을지라도 갚으려 한다. — 『채근담』

---

1) 구(苟) : 구차할 구.
2) 훼(喙) : 부리 훼.

진구품 · 9

부끄러워할 줄 아는 것 괴롭다 해도
이름과 이(利)를 버려 집착이 없고
바르게 겸손하게 지혜로운 사람은
생활은 어렵다 해도 깨끗한 생활이다

염치수고 의취청백
廉恥水苦 義取淸白

피욕불망 명왈결생
避辱不妄 名曰潔生

* 겸손은 진공(眞空)이다. 성직(誠直)이다.
진실하고 공(空)하기 때문에 위대한 생명의 힘을 낳고,
성실하고 솔직하기 때문에 의례와 형식을 뛰어넘어, 혼과 혼이 마찰한다.

** 때때로 우리들은 우리들의 가장 아름다운 행위조차도 부끄럽게 생각할 것이다. 그것의 동기를 사람들에게 보였다면.

— 라 로슈푸크, 『수필집』

진구품 · 10

사람이 만일 생명을 죽이고
하는 말에는 진실이 없으며
주지 않는 물건을 앗아 가지고
남의 아내를 즐겨 범하며

우인호살 언무성실
愚人好殺 言無誠實

불여이취 호범인부
不與而取 好犯人婦

* 천하에 '달진(達鎭)' 이상의 죄인은 없을 것이다.

** 진실을 말하기는 참으로 어려운 것이다. 청년으로서는 더욱 불가능하다. — 톨스토이

진구품 · 11

욕심을 따라 계를 범하고
'졸라' '미려야'[1]에 빠지게 되면
그는 벌써 이승에 있어서
제 몸의 뿌리를 파는 것이다

逞心犯戒 迷惑於酒
(령심범계 미혹어주)

斯人世世 自掘身本
(사인세세 자굴신본)

* 유혹의 효용. 선을 악에 대해서 힘을 얻게 하고, 진(眞)을 결정하여 이것을 선과 화합하게 하고, 악과 악의 거짓을 멸진하게 하고, 내적 영인(靈人)을 개발하여 자연인으로 하여금 그 절도를 따르게 하고, 동시에 자애(自愛)와 세간애(世間愛)를 파괴하여 이로부터 나오는 모든 욕심을 제약하고……. 불(佛), 신(神)이 나를 위하여 싸우시고, 또 나를 이기게 하심을 믿게 하는 데 있는 것이다.

** 술의 힘이 우리들 몸에 배어들면 사지는 무거워지고 다리는 쇠사슬에 매인 듯 흔들거리며 혀는 굳고, 지성은 함몰된다. 시각은 흐릿해지고, 그러다가 고함, 체머리, 난투가 나온다. — 루크레티우스

1) '졸라' '미려야' : 술의 이름.

진구품 · 12

사람들아 마땅히 이것을 알라
제어 없는 모든 것은 악이니라
법답지 않은 모든 악을 멀리해
길이 네 몸을 괴롭게 하지 말라

人如覺是(인여각시) 不當念惡(부당염악)

愚近非法(우근비법) 久自燒沒(구자소몰)

* 우리의 힘에 상응한 우리의 욕망을 가질 때만,
행복의 처녀는 자기의 몸을 우리에게 바치기를 주저하지 않을 것이다.

** 사람은 자기 자신을 의탁할 자기의 세계를 가지고 있어야 한다. 자기의 마음속에 그리고 있는 자기의 세계에 충실하였느냐, 충실치 못했느냐가 늘 문제이다. 사람에게 가장 슬픈 일은 자기가 마음속에 의지하고 있는 세계를 잃어버렸을 때이다. — 헤겔

진구품 · 13

참으로 마음에서 우러나는 보시는
이름이나 칭찬을 바라지 않나니
만일 남의 허식만을 따르다면
마음은 항상 편안하지 못하리라

약신보시 욕양명예
若信布施 欲揚名譽

회인허식 비입정정
會人虛飾 非入淨定

* 자연은 극히 소량으로 만족할 수 있는 욕망밖에 우리에게 부여하지 않았다.
우리는 인위로 부질없이 그것을 증대시킴으로써, 그 만족의 대상을 감소시키는 것이다.
그것은 행복에 대한 무지와 인식 착오의 유견(謬見)이 가져오는 것이다.

** 은인은 선행을 감추고, 은혜를 입은 사람은 그것을 드러내야 한다. — 키론

진구품 · 14

칭찬을 바라는 모든 허영 버리고
이름을 생각하는 욕심 뿌리 끊어서
밤이나 낮이나 하나를 지키면
그 마음 언제나 안정을 얻으리

일체단욕 절의근원
一切斷欲 截意根原

주야수일 필입정의
晝夜守一 必入定意

* 신의 앞에서 논죄(論罪)받은 혼은, 사람의 앞에서도 논죄받는 혼이다.
그러나 사람의 앞에서 논죄받는 혼이라고 반드시 신의 앞에서 논죄받는 혼을 아니다.

** 어떤 죄도 한 남자, 한 여자에 의해 범해지는 것이 아니다. 모든 죄는 모든 사람에 의해 범해진 것이다. — 지브란, 『예언자』

진구품 · 15

음욕보다 뜨거운 불이 없고
성냄보다 빠른 바람이 없고
무명(無明)[1]보다 빽빽한 그물이 없다
애정의 흐름은 물보다 빠르다

화막열어음 첩막질어노
火莫熱於婬 捷莫疾於怒

망막밀어치 애류쾌 호하
網莫密於癡 愛流駃[2]乎河

* 업이란 영원한 과거로부터 피에서 피로 전해 내려온, 훈련된 동물적 성향이요, 운명이다. 그러므로 종교란 이 긴 역사를 가진 폭군에의 반역의 봉화요, 항전이다. 여기에 어찌 비통한 한숨, 피에 젖은 패배(敗北), 참인(慘忍)한 십자가가 없을 수 있으랴!

** 어리석음의 그물은 아무 것도 뚫고 갈 수 없다. 쉬지 않고 흘러가는 물을 볼 수 있지만 매순간 변하는 애정의 물결은 누가 알 수 있는가.

---

1) 무명(無明, avidyā) : 번뇌로 말미암아 진리에 어둡고 불법을 이해하지 못하는 마음 상태.
2) 쾌(駃) : 준마 결. 빠를 쾌.

진구품 · 16

남의 잘못은 보기 쉽지마는
자기 잘못은 보기 어렵다
남의 잘못은 쭉정이처럼 까불고[1]
제 잘못은 주사위의 눈처럼 숨긴다[2]

선 관 기 하 장 사 기 불 로 외
善觀己瑕障 使己不露外

피 피 자 유 극 여 피 비 경 진
彼彼自有隙 如彼飛輕塵

* 사람이 생활에 있어서 어쩔 수 없는 운명에 부닥칠 때, 처음에는 그것을 돌파하여 새로운 생활을 타개하려는 반역적 기분을 가진다. 그러나 돌파하고 타개할 만한 능력을 가지지 못할 때는, 차라리 현상에 안주하기 위한 단념을 생각하고, 또 단념하기 위해서는 도리어 그 이유를 여러 가지로 생각한다.
여기에 인간의, 자기를 속이는 비겁이 있고 교활함이 있는 것이다.

** 잘못을 감추고 싶은 것은 인간의 마음이다. 드러내고 싶은 것을 감추고, 감추고 싶은 것을 드러내기 위해서는 언제나 결단이 요구된다.

---

1) 남의 잘못은 쭉정이처럼 까불어 버린다.
2) 자기 잘못은 도박꾼이 불리한 때를 감추는 것처럼 감춘다.

진구품 · 17

만일 자기의 잘못은 숨기고
남의 잘못만 찾아내려 한다면
마음의 더러움은 더하고 자란다
더하고 자라 없어질 때는 멀다

약기칭무하 죄복구병지
若己稱無瑕 罪福俱并至

단견외인극 항회위해심
但見外人隙 恒懷危害心

* 남을 속이려는 비밀한 계획을 얼른 알아차려 속지 않는 것은 총명이다. 그러나 이 총명, 때로는 악착이 되고…….
알고도 모르는 듯 속아 주는 것은 아량이다. 그러나 이 아량, 때로는 무력이 되는 것이다.
악착이 아닌 총명은 경책(警策)이요, 무력이 아닌 아량은 자비(慈悲)인 것이다.

** 나날이 자라나는 것은 끊어내지 못한 욕망이요
언제나 눈에 띄는 것은 남들의 조그만 잘못이다.

진구품 · 18

허공에는 새의 발자국 없고
사문에는 다른 뜻이 없다
세상 사람은 모두 겉치레 즐기지만
부처님만은 깨끗해 거짓 없다

허공무철적 사문무외의
虛空無轍迹 沙門無外意

중인진낙악 유불정무예
衆人盡樂惡 唯佛淨無穢

* 위선을 꺼린다 하여 함부로 독설을 뱉아, 중인(衆人)의 혐오로 자고(自高)하는 자.
능변을 자랑하여 함부로 조언(粗言)을 날려, 속중(俗衆)의 갈채로 쾌를 탐하는 자.

** 새들의 발자국은 땅 위에 남는다.
발걸음이 무거운 자는 진리의 길로 나아가지 못한다.

진구품 · 19

허공에는 새의 발자국 없고
사문에는 다른 뜻이 없다
세상은 모두 항상 됨이 없지만
부처님만 항상 계신다

허공무철적 사문무외의
虛空無轍迹 沙門無外意

세간개무상 불무아소유
世間皆無常 佛無我所有

* 불성은 시간과 공간을 초월한 그대로의 자성을 지키는 진제(眞際)[1)]의 실재(實在)요, 자아 전일(全一)이다.
공간을 떠났으매 편재(遍在)요, 시간을 떠났으매 영원이다.
편재이매 대소(大小)에 동일하고, 영원이매 지속(遲速)에 자유다.
그러매 시공을 초월한 거기에는, 시공의 진행은 서로 융합하는 것이다.

** 본래 없었던 것이므로 구태여 말하면 부처님은 바로 무아(無我)를 소유하시므로, 언제나 우리와 함께 하신다.

---

1) 진제(眞際) : 5온(蘊)의 제법에 대한 객관적 미집(迷執)과 5온으로 조성된 아(我)에 대한 주관적 미집이 없어질 때에 나타나는 진여.

제19. 주법품(住法品)

살차니건이라는 바라문이 있었다. 총명하고 지혜 있어 나라의 제일이라 했다. 5백의 제자를 거느리고 스스로 뽐내어 천하를 돌아보지 않고, 항상 철판으로 배를 감고 있었다. 사람이 그 까닭을 물으면 지혜가 넘쳐 나올까 걱정해서라고 했다.

그런데 부처님이 세상에 나와 널리 교화를 편다는 말을 듣고, 질투를 느껴 늘 마음이 편치 않았다. 깊고 어려운 일을 물어 부처님을 힐난하고자 제자를 거느리고 기원으로 찾아왔다.

멀리 문밖에서, 세존의 위광이 혁혁해서 마치 아침 해가 솟는 것 같은 것을 바라보고 기쁘고 두려운 마음으로 곧 부처님 앞에 나아가 물었다.

"어떤 것이 도며, 지혜며, 장로며, 어떤 것을 도가 있다 하며, 단정(端正)이라 하며, 어떤 것이 사문이며, 비구며, 인명(仁明)이며, 봉계(奉戒)인가? 만일 이것을 분명히 대답하면 제자가 되겠노라."

부처님은 게송(「주법품 · 1」, 「주법품 · 2」, 「주법품 · 3」, 「주법품 · 4」, 「주법품 · 5」 참조)으로써 대답했다. 살차니건과 5백 제자는 모두 알아듣고, 기쁜 마음으로 교만을 버리고 사문이 되었다. 살차니건은 보리심을 일으키고 제자들은 다 아라한 도를 얻었다.

— 『법구비유경』, 「주법품」

어린아이와 함께 서 있는 부처님

주법품 · 1

바른 도를 즐기는 사람은
이익을 위해 다투지 않나니
이익이 있거나 이익이 없거나
욕심이 없어 미혹하지 않는다

호경도 자 불경어리
好經道[1]者 不競於利

유리무리 무욕불혹
有利無利 無欲不惑

* 아욕(我慾)과 명예욕에 맹진하는 용자보다도, 절(節)을 지키고 분(分)에 안(安)하는 의인이 좋지 않은가? 위인이란 반드시 세상의 이목을 용동(聳動)하는 외화(外華)에만 있는 것이 아니다. 자기를 알고 사물의 진자(眞姿)를 오료(悟了)한 내실(內實)에 보다 있는 것이다.

** 이익을 위해서 행동하면 원망이 많다. — 공자

---

1) 도(道, bodhi) : 보리(菩提)라 음역된다. 통입(通入) · 윤전(輪轉) · 궤로(軌路) 등의 뜻이 있어 여러 가지 의미로 쓰인다. 1. 3악도(惡道), 3선도(善道) 등의 도는 윤전의 뜻으로 쓴다. 업인(業因)과 과보가 차례로 윤전하여 그치지 않으므로 도라 한다. 2. 인도(人道), 불도(佛道) 등의 도는 궤로, 곧 밟고 다니는 길이란 뜻이다. 또 궤로의 뜻으로부터 근원 원리를 도라고 한다. 3. 정도(正道), 사도(邪道) 등의 도는 통입의 뜻으로, 범어에서는 말가(末伽)라 하여 결과에 도달하는 통로란 뜻이다.

주법품 · 2

항상 사랑으로 남을 이끌고
마음을 바루어 법다이 행동하며
정의를 지키고 지혜로운 사람
이것을 '도에 사는 사람'이라 부른다

상민 호학 정심이행
常愍[1]好學 正心以行

옹회보혜 시위위도
擁懷寶慧 是謂爲道

* 고림하(苦林下)의 견명성(見明星)과 광야의 수천계(受天啓)에, 석가 · 예수의 종교적 천재아(天才兒)의 위대성이 있는 것이다.
그러나 오도(悟道)도 석가의 오도요, 수계(受啓)도 예수의 수계인 것이니, 그 위대성, 우리에게 무슨 교섭이 있으랴!
그보다 "나도 너, 너도 나. 나를 이용하라. 그리하여 너는 너 자신이 되라"는 정녕(叮嚀)한 자비에, 석가 · 예수의 진정한 종교적 위대성이 있는 것이다.

** 현자는 도를 들으면 부지런히 행한다. 범인은 도를 들었으나 기억하는 것 잊어버린다. 우자는 도를 들으면 크게 웃는다. – 노자

---

1) 민(愍) : 근심할 민.

주법품 · 3

이른바 지혜로운 사람이란
반드시 말하는 것만이 아니다
두려움도 없고 미움도 없으며
착함을 지키는 것 '지혜로운 사람'이다

소위지자 불필변언
所謂智者 不必辯言

무공무구 수선위지
無恐無懼 守善爲智

* 행동의 완전한 충실이 없는 곳에, 말의 필요가 있고,
내적 품위의 충실이 있는 곳에, 훌륭한 외관의 필요가 있다.

** 백자규(남곽자기)가 여우에게 물었다.
"당신은 나이가 많은데도 얼굴은 어린애와 같으니 무슨 까닭입니까?"
이에 여우는 "나는 도를 들어가졌기 때문이오" 라고 대답했다.
— 『장자』, 「대종사」편

주법품 · 4

이른바 법을 가지는 사람이란
많이 말하는 것만이 아니다
비록 적게 법을 들어도
이것을 몸소 닦아 행해서
잘 지켜 함부로 하지 않는 것
참으로 '법을 가지는 사람'이다

봉지법자 불이다언 수소소문
奉持法者 不以多言 雖素少聞

신의법행 수도불망 가위봉법
身依法行 守道不忘 可謂奉法

* 십자가 위에서의 예수의 사형!
이때처럼 인간의 잔학성을 보인 일은, 아직 인류의 역사에 없었으리라.
그러나 이때처럼 인간의 깊은 사랑과 신뢰를 세상에 보인 일은, 역사의 어느 곳에도 보이지 않으리라.

** 행동을 말로 옮기는 것보다도 말을 행동으로 옮기는 편이 훨씬 어렵다. — 고리키

주법품 · 5

이른바 장로(長老)란
반드시 나이 많은 것만이 아니다
얼굴이 주름지고 머리털이 희어도
그것은 하염없이 늙었다 할 뿐

소위장로 불필년기
所謂長老[1] 不必年耆

형숙발백 준 우이이
形熟髮白 惷[2]愚而已

* 되도록이면 오래 살아서 생의 경험을 풍부히 하려는 사람.
그 눈으로 보아서는, 천하에 하나의 '새로운 것'도 없을 것이다.

** 나이가 든다고 해서 반드시 지혜로운 것은 아니다.
주름살은 깊고, 머리털은 희구나.
흘러간 세월은 다 어디 있는가.

---

1) 장로(長老, āyusmant) : 존자(尊者) · 구수(具壽)라고도 번역된다. 지혜와 덕이 높고 법랍이 많은 비구를 총칭. 젊은 비구가 늙은 비구를 높여 부르는 말.
2) 준(惷) : 어수선할 준, 어리석을 준.

주법품 · 6

진실과 법과 사랑을 가지고
부드럽고 공정하고 사납지 않아
이치에 밝고 마음이 깨끗하면
그야말로 '장로'라 부를 것이다

위회체법 순조자인
謂懷諦法 順調慈仁

명달청결 시위장노
明達淸潔 是爲長老

* 평소에 가장 우러르고 존경하던 선배 인격자의 어쩌다가 현로(顯露)되는 본능 그대로의 순간의 발작.
그것은 다른 사람 몇 배 이상으로 지극히 추하다.

** 주름살과 함께 품위가 갖추어지면 존경과 사랑을 받는다.
행복한 노년에는 말할 수 없는 여명(黎明)이 비친다.

— 위고, 『레미제라블』

주법품 · 7

이른바 단정(端正)이란
질투하고 인색하고 아첨하거나
말과 행동에 어긋남이 있으면
얼굴의 고움만으로는 될 수 없나니

所謂端正[1] 非色如花
(소위단정 비색여화)

慳嫉虛飾 言行有違
(간질허식 언행유위)

* 아첨이 '얼'을 잃는 것이라면 오만은 자모(自侮)[2]일 것이다. 그러므로 자겸(自謙)할 줄 아는 자는 아첨이 없고, 자존할 줄 아는 자는 오만이 없다.

** 현자는 모든 법이 파기되더라도 그 사는 방법이 같다.
— 아리스토파네스

1) 단정(端正) : 존자(尊者), 성자(聖者), 현자(賢者)의 의미.
2) 자모(自侮) : 자기 자신을 업신여긴다.

주법품 · 8

위의 모든 악을 능히 버려
그 뿌리마저 끊어버리고
성내는 마음 없어 지혜로우면
이것을 일러 '단정'이라 할 수 없다

위능사악 근원이단
謂能捨惡 根原已斷

혜이무에 시위단정
慧而無恚 是謂端正

* 자신(自信)은 시기와 원한을 가지지 않는다.
그의 역으로 항상 모자람에서 생기는, 동기 없는 싸움이나 공연한 적개심을 우리는 본다.

** 무엇인가에 대하여 분노를 품고 있을 때는 자기를 통제 못하고 있는 것이다. 모든 악에 대하여는, 평정한 저항이 최고의 승리를 거둔다. - 힐티, 『잠 못 이루는 밤을 위하여』

주법품 · 9

이른바 사문[1]이란
머리를 깎았다고 되는 것은 아니다
말이 거짓되고 마음에 탐욕 있어
계가 없으면 범부와 같나니

所謂沙門 非必除髮
妄語貪取 有欲如凡

* 고통과 분잡은 대개 목적과 수단을 혼동하고, 주와 객을 전도하는 관념의 소산인 것이다. 그러나 그 목적과 수단이 구별되는 세계에는 아직도 완전한 자유와 자율적인 활동이 있을 수 없다.

** 머리를 깎고 가사를 입었다고 모두 다 수도자는 아니다. 마음의 계를 굳게 지키는 자는 비록 저잣거리에 있더라도 도에 가깝다.

---

1) 사문(沙門, śramana) : 상문(桑門) · 사문(娑門) · 사문나(娑門那)라고도 쓰며, 식심(息心) · 공로(功勞) · 근식(勤息)이라 번역. 부지런히 모든 좋은 일을 닦고, 나쁜 일을 일으키지 않는다는 뜻. 외도 · 불교도를 불문하고, 처자 권속을 버리고 수도 생활을 하는 이를 총칭함. 후세에는 오로지 불문에서 출가한 이를 말하며 비구와 같은 뜻으로 쓴다.

주법품 · 10

작은 일에나 또 큰일에나
모든 허물을 능히 그쳐서
마음이 고요하여 어지러움 없으면
이것을 '사문'이라 부를 수 있다

謂能止惡 恢廓[1]弘道
息心[2]滅意 是爲沙門

* 이름과 소리가 높아 가면 반드시 그 뜻과 절개는 낮아 가야 하는가! 몸이 문득 부에 처하면 반드시 그 덕조(德操)는 어지러워야 하는가! 그보다 뜻과 절개를 높이매 이름이 높아지는 것인가?

** 한번 한산에 들자 만사를 쉬었나니
다시 마음에 이는 잡생각 없네
한가히 돌집 벽에 싯줄이나 끼적이며
제대로 맡겨 두어 뜬 배 같구나 —『한산시』

1) 회곽(恢廓) : 넓은 성.
2) 식심(息心) : 번뇌가 가라앉는다는 뜻. 적심(寂心), 열반(涅槃)

주법품 · 11

이른바 비구[1]란
밥을 빌러 다닌다는 것은 아니다
마음의 더러움 그를 따르면
한갓 그 이름만 더럽힐 뿐

소위비구 비시걸식
所謂比丘 非時乞食

사행음피 칭명이이
邪行婬彼 稱明而已

* 우리가 똑바로 말하자면, "나는 악한 일을 하지 않는다" 라는 것만으로는 부끄러운 일이 아닐까?

** 다른 사람은 먹기 위해 살고, 나 자신은 살기 위해 먹는다.

— 소크라테스

---

1) 비구(比丘, bhiksu, bhikkhu) : 출가한 남자가 걸식으로 생활하는 승려로 250계를 받는 일. 걸사(乞士)라 함은 항상 밥을 빌어 깨끗하게 생활하므로, 위로는 법(法)을 빌어 지혜의 목숨을 돕고, 아래로는 밥을 빌어 몸을 기른다는 뜻. 포마(怖魔)라 함은 비구는 마왕(魔王)과 마군(魔軍) 들을 두렵게 한다는 뜻. 파악(破惡)이라 함은 계(戒) · 정(定) · 혜(慧) 3학(學)을 닦아서 견혹(見惑) · 사혹(思惑)을 끊는다는 뜻. 제근(除饉)이라 함은 계행(戒行)이란 좋은 복전(福田)이 있어 능히 물자를 내어 인과의 흉년을 제한다는 뜻. 근사남(勤事男)이라 함은 계율의 행을 노력하여 부지런하다는 뜻.

주법품 · 12

죄와 복을 함께 버려
고요히 거룩한 법다운 행을 닦아
지혜로 세상의 모든 악을 부수면
이것을 '비구'라 이름하나니

위사죄복 정수범행
謂捨罪福 淨修梵行[1]

혜능파악 시위비구
慧能破惡 是爲比丘

* 선은 초조해 하지 않는다. 구김살이 없다. 움츠러들지 않는다. 선은 유유(悠悠)하다. 명랑하다. 자유롭다.

** 악에 도달하는 길에는 군중이 대단히 많고, 그 길은 평탄하고 가까운 법이다. 그러나 도의의 정상에 오르려면 땀과 고통으로써 하지 않으면 안 된다. ― 헤시오도스

---

1) 범행(梵行, brahmacara) : 맑고 깨끗한 행실. 더럽고 추한 음욕을 끊는 것.

주법품 · 13

이른바 인명(仁明)이란
입으로 말이 없다는 것은 아니다
마음이 어리석어 지혜 없으면
한갓 바깥 형식만 따르는 것뿐

소위인명 비구불언
所謂仁明1) 非口不言

용심부정 외순이이
用心不淨 外順而已

* 가장 무관심한 듯한 미소, 무비판한 미소
일체를 다 경험한 듯, 초연한 미소, 거의 조소에 가까운 미소
그것은 기실 한 개의 의혹에 불과하면서, 학문으로 가장하는 부도덕한 미소

** 입은 있으나 말하지 아니 하고, 말이 있으나 입을 빌지 않는다.

---

1) 인명(仁明) : 적묵(寂默). 적(寂)은 세상의 모든 일에 미혹(迷惑)함이 없는 깨달음을 뜻하는 말이다. 적묵이 단순히 침묵을 의미하지 않는 것은, 이미 옳고 그름이 분명하여 그대로의 행함이 있어 세상 시비의 관념 속에 있지 않기 때문이다. 입으로 말이 없다는 뜻이 아니라 실천 속에 사족(蛇足)의 말이 없을 따름이다.

주법품 · 14

세상의 모든 일을 끝까지 보아
버릴 것도 없고 앗을 것도 없이
이승과 저승을 함께 떠나면
이것을 '인명'이라 하나니

위심무위 내행청허
謂心無爲 內行淸虛

차피적멸 시위인명
此彼寂滅 是爲仁明

* 진정한 생명, 그 자체에는 엄정한 의미로 보아, '손(損)'이란 있을 수 없는 것이다.
그러므로 실패가 도리어 성공이 될 수 있고, 성공이 도리어 실패가 될 수도 있는 것이다.
이손(利損)과 성패를 초월한 곳에 생활 그 자체가 하나의 의미요, 가치요, 또 무애(無碍)가 될 수 있는 것이다.

** 버릴 것이 많고 빼앗을 것이 많기 때문에 이승과 저승이 갈린다.

주법품 · 15

이른바 유도(有道)란
하나의 생명만을 구하는 것이 아니다
널리 온 천하를 두루 건져
해침이 없는 것을 '도'라 하나니

소위유도 비구일물
所謂有道[1] 非救一物

보제천하 무해위도
普濟天下 無害爲道

* 잔학무쌍한 독인(毒刃)을 쥐고 넘어진 적의 시체 위에 한 줌의 꽃을 던져 명복을 빌었다는 한 여성이 있었다 한다.
여기에 일체의 이론을 버려라. '사람'이 있을 뿐이다.

** 천지는 만물에 대하여 봄으로써 낳고 가을로써 이루며, 성인은 만민에 대하여 인으로써 낳고 의로써 절제한다. 그러므로 성인이 하늘을 대신하여 만물을 다스려 그 정령(政令)과 베푸는 데에 한결 같이 천지의 운행에 근본한다. – 정도전, 『삼봉집』

---

1) 유도(有道) : '고귀한 자(Ariya)'란 뜻으로, 성자(聖者) · 성현(聖賢)이라 한역되기도 한다.

주법품 · 16

나는 많은 계를 지켰고
많은 진실도 행해 보았다
한가한 곳에 혼자 머물러
깊은 정(定)[1]에도 들어보았다

계중불언 아행다성
戒衆不言 我行多誠

득정의자 요유폐손
得定意者 要由閉損

* 결국 인생은 혼자 나고, 혼자 살고, 혼자 죽는 영원한 고아. 그러매 따스한 정을 찾고 밝은 광명을 찾는 것이다.

** 나는 내 고독을 일금 일 원 사십 전과 바꾸었다. 인쇄공장 우중충한 속에서 활자처럼 오늘도 내일도 모레도 똑같은 생활을 찍어내었다. — 이상, 「환시기(幻視記)」

---

1) 정(定) : 마음을 한곳에 머물게 하여 흩어지지 않게 하는 것. 정(定)에 든다는 말은 번뇌에서 벗어나 마음이 고요한 상태임.

주법품 · 17

그러나 나는 아직 그것으로 말미암아
남모르는 해탈을 맛보지 못했나니
비구여 네 마음에 아직 번뇌 있거든
네 뜻을 쉬지 말라 굽히지 말라

의해구안 막습범부
意解求安 莫習凡夫

사결미진 막능득탈
使結未盡 莫能得脫

* 죄악을 극복하는 곳에 우리의 도덕적 선이 있고,
그 선을 초월하는 곳에 완전한 자유가 있다.

** 이 산을 오르려는 자
골짜기에서 큰 괴로움 만나니
그러나 올라감에 따라 떨어지리라
그러기에 신고(辛苦)도 즐거움으로 바뀔 때
오르는 것이 퍽 수월하게 보여
빠른 흐름을 작은 배타고 내려감과 같도다.
— 단테, 『신곡』 「연옥」편

제20. 도행품(道行品)

부처님은 말씀하셨다.

모든 행자여, 실다이 '고(苦)'를 알고, 실다이 고의 '집(集)'을 알고, 실다이 고의 '멸(滅)'을 알고, 실다이 고를 멸하는 '도(道)'를 알라. 이것을 깨달은 사람이라 한다.

고란, 사는 고, 늙는 고, 병드는 고, 죽는 고, 원수와 만나는 고, 사랑과 떠나는 고, 구해서 얻지 못하는 고, 오음(五陰)이 성(盛)하는 고다. 고의 집이란, 이러한 모든 고를 부르는 몸과 욕심과 또 이러한 몸과 욕심을 일으키는 애착하는 마음이다. 고의 멸이란, 사랑과 욕심과 모든 고의 결과를 끊어서 생사의 뿌리를 끊어 없애는 것이다. 고를 멸하는 길이란, 팔정도(八正道)를 말하는 것이다.

행자여, 실다이 고를 알고, 고의 집을 끊고, 고의 멸을 알아서 증(證)을 짓고, 고멸의 길인 팔정도를 닦아라.

— 『중아함경』

충남 서산에 있는 마애삼존불의 본존

도행품 · 1

도에는 팔정도를 묘하다 하고
진리에는 사구(四句)를 제일로 하며
법에는 무욕(無欲)을 제일로 하고
이족(二足)[1]에는 명안(明眼)[2]을 높다고 한다

도 위 입 직 묘　성 체 사 구 상
道爲入直妙　聖諦四句上

무 욕 법 지 최　명 안 이 족 존
無欲法之最　明眼二足尊

* 사성제(四聖諦)[3], 팔정도(八正道)[4], 팔만 사천 법문[5], 어느 '한곳'으로 돌아가는가?
그 '한곳'을 찾아 받들자. 내 '마음' 하나를 찾아 받들자.

---

1) 복과 지혜를 사람의 두 발에 비유함. 사람.
2) 불타를 가리킴.
3) 사성제(四聖諦) : 고(苦) · 집(集) · 멸(滅) · 도(道). 불교의 출발점과 도달점을 그리고 그 방편을 집약시켜서 말한 것. 「불타품 · 12」의 주 참고.
4) 팔정도(八正道) : 「불타품 · 13」의 주 참고.
5) 팔만 사천 법문(八萬四千 法門) : 부처님의 일대 교법을 통틀어 일컫는 말. 중생에게 8만 4천의 번뇌가 있으므로 이것을 대치(對治)하기 위하여 8만 4천의 법을 말했다고 한다.

도행품 · 2

이 길은 곧바른 길이다
이 길을 두고 다른 길 없다
이 길로 나아가면 모든 괴로움을 멸하고
악마의 무리들을 쳐부수리라

시 도 무 유 여 견 체 지 소 정
是道無有餘 見諦之所淨

취 향 멸 중 고 차 능 괴 마 병
趣向滅衆苦 此能壞魔兵

* 하나의 전(全)을 위하여 다(多)의 여(餘)를 버려라.
잘 버릴 줄 아는 자만이 잘 얻을 수 있나니, 일사(一事)는 언제나 만사(萬事)의 희생을 엄밀히 요구하는 것이다.

** 세 가지 길에 의하여 우리들은 성지에 도달할 수 있다. 그 하나는 사색에 의해서이다. 이것은 가장 높은 길이다. 둘째는 모방에 의해서이다. 이것은 가장 쉬운 길이다. 그리고 셋째는 경험에 의해서이다. 이것은 가장 고통스러운 길이다. — 공자

도행품 · 3

내 이미 도를 깨달아
사랑의 가시를 빼었나니
너희들 마땅히 스스로 힘써
여래[1]의 가르침을 받아 행하라

오 이 설 도 발 애 고 자
吾已說道 拔愛固刺

의 이 자 욱 애 여 래 언
宜以自勗[2] 愛如來言

* 견성(見性)[3]이란 "낡은 진리를 독창적으로 달득(達得)함"을 이름이 아닐까?

** 가시나무에 가시난다. — 한국 격언

---

1) 여래(如來) : 부처님. 「쌍서품 · 5」의 주 참고.
2) 욱(勗) : 勖의 와자(訛字). 힘쓸 욱.
3) 견성(見性) : 모든 망혹(妄惑)을 버리고 자기의 심성을 바로 알아 모든 법의 실상인 당체(當體)와 일치하는 정각(正覺)을 이루어 부처가 되는 것. 선가(禪家)에서 견성성불(見性成佛)이란 숙어로 쓰인다.

도행품 · 4

내 이미 너희에게 법을 설했다
너희들 마땅히 스스로 힘써
여래의 가르침을 받아 행하면
사랑의 독한 화살 맞지 않으리

오어여법 애전위사
吾語汝法 愛箭爲射

의이자욱 수여래언
宜以自勗 受如來言

* 남을 구원하고 세상을 제도하려는 자, 먼저 자기 자신이 무일물(無一物)[1]의 경지에 안주하기를 배워야 할 것이다.
많이 가진 자, 많이 가지기를 원망(願望)하는 자보다, 버리기를 구하고 버리기를 원하는 자에게 진정한 부와 강렬한 힘이 생기기 때문이다.

** 사랑은 가장 달고 가장 쓴 것 — 에우리피데스, 『히폴리투스』

1) 무일물(無一物) : 생사(生死)도, 미오(迷悟)도, 범부와 성인도 모양이 없는 것. 모든 것에 의지하지 않는 잠연적정(湛然寂靜)한 상태.

도행품 · 5

"모든 지어진 것은 덧없는 것이다"
이렇게 지혜로써 깨달은 사람은
괴로움을 진실로 느끼지 않아
일마다 그 자취를 깨끗이 한다

일체행무상 여혜소관찰
一切行無常[1] 如慧所觀察

약능각차고 행도정기적
若能覺此苦 行道淨其跡

* 아침에 친한 동무가 저녁에 떠나고, 밤에 사랑하던 애인이 아침에 돌아서고, 부모를 잃은 슬픈 눈물이 채 마르기도 전에, 내일 형제를 잃는 덧없고 거짓된 이 인생에, 진실을 찾고 항구(恒久)를 바라는 이 마음은 어디서 오는 것일까?

** 보리에 본래 나무가 없고 밝은 거울 또한 틀이 아닐세.
본래 아무 것도 없는 것인데 어디에 때가 끼고 먼지가 일 것인가
— 육조혜능

---

1) 무상(無常, anitya) : 물(物)과 마음[心]의 모든 현상은 한 찰나에도 생멸 변화하여 영원한 것이 없음을 뜻한다. 순간의 무상을 찰나무상(刹那無常)이라 하고, 한평생 동안의 생로병사와 같은 변화를 상속무상(相續無常)이라고 한다.

도행품 · 6

"모든 지어진 것은 괴로움이다"
이렇게 지혜로써 깨달은 사람은
괴로움을 진실로 느끼지 않아
일마다 그 자취를 깨끗이 한다

일체중행고 여혜지소견
一切衆行苦 如慧之所見

약능각차고 행도정기적
若能覺此苦 行道淨其跡

* 인간이 이 세상에서 수생(受生)한다는 것은 곧 '수난(受難)'한다는 것이 아닌가? 그러나 인간이 살기 위해서는 먼저 그 전체를 크게 긍정하지 않을 수 없는 것이다.
그러므로 인간의 가치는 그 난(難 : 生)을 대하는 태도 여하에 따라 결정되는 것이요, 또 그 난의 수수께끼는 일생을 걸어 몸소 해결하는 이외에 아무런 의미도 내용도 가지지 못하는 것이다.
생의 고난, 생의 광영(光榮)!

** 깨달은 사람은 괴로움을 느끼지 않는다.
깨닫지 못하기 때문에 괴로운 것이 중생의 괴로움이다.

도행품 · 7

"모든 지어진 것은 실체가 없다"
이렇게 지혜로써 깨달은 사람은
괴로움을 진실로 느끼지 않아
일마다 그 자취를 깨끗이 한다

일체행무아 여혜지소견
一切行無我[1] 如慧之所見

약능각차고 행도정기적
若能覺此苦 行道淨其跡

* 우주에 절대적으로 단일한 실체는 존재할 수 없다.
그것은 지소(至小)한 실체의 변명(變名)이요, 그 단일 속에는 무수한 사물이 존재하는 것이다.
절대적 단일에는 존재의 형식이 있을 수 없고, 형식 없는 실체는 있을 수 없기 때문이다.

** 나도 없고 너도 없다. 없다고 없다고 하지만 우리는 얼마나 있는 것으로 괴로움을 받는가.

---

1) 무아(無我, anātman; nairātma) : 상주불변(常住不變)한 주체(主體)가 없다는 불교의 근본사상. 일체의 존재는 다 무상한 것이므로 '나'라는 존재를 부정하는 것임. 인무아(人無我) · 법무아(法無我)가 있다.

도행품 · 8

떨쳐 일어날 때에 일어나지 않고
젊음을 믿어 힘쓰지 않으며
마음이 약하고 인형처럼 게으르면
그는 언제나 어둠 속을 헤매리

응기이불기 시력불정근
應起而不起 恃力不精懃

자함인형비 해태 불해혜
自陷人形卑 懈怠[2]不懈慧

* 청춘은 두 번 올 수 없고 하루는 두 새벽이 없나니,
젊어 지금에 부디 힘써라 세월은 나를 기다리지 않나니

— 주희

** 한 중이 운문(雲門)을 찾아 물었다.
"나뭇잎이 시들어 떨어지면 어떻게 됩니까!"
운문이 대답했다.
"나무는 앙상한 몸뚱이를 드러내고 천지에 가을바람만 가득하지[體露金風]."

---

2) 해태(懈怠, kausdīya) : 줄여서 태(怠)라 한다. 게으름. 75법(法)의 하나.

도행품 · 9

말을 삼가고 뜻을 지키고
몸으로 악한 행실 행하지 않고……
이 세 가지 업[1]을 깨끗이 하면
도를 얻는다고 부처님이 말씀하셨다.

愼言守意念 身不善不行
(신언수의념 신불선불행)

如是三行除 佛說是得道
(여시삼행제 불설시득도)

* 우선 돼지가 되어 정직을 배우고, 그것을 실행할 힘을 기르고, 그 다음으로 그것들의 고상화, 미화를 위하여, 신적인 애(愛)의 인간이 되어야 할 것 같다.

** 사람은 비수를 손에 들지 않고도 가시 돋친 말 속에 그것을 숨겨둘 수 있다. — 셰익스피어, 『햄릿』

1) 세 가지 업 : 입(口) · 뜻(意) · 몸(身)으로 짓는 업(karma). 범어 karma는 짓는다는 의미로서 정신으로 생각하는 작용이며, 이것이 뜻을 결정하고 선악을 짓게 하여 업이 생긴다.

도행품 · 10

생각이 온전하면 지혜가 생기고
생각이 흩어지면 지혜를 잃나니
이 두 갈래 길을 밝게 알아서
지혜를 따르면 도를 이룬다

염응념즉정 념불응즉사
念應念則正 念不應則邪

혜이불기사 사정도내성
慧而不起邪 思正道乃成

* 지혜의 무한을 망각한 우리는 실없이 지둔(遲鈍)한 우리의 인식이 한계에 목책을 둘러, 그것을 상식이라 하여 상찬(賞讚)하고 있다.
우리의 안광을 진직(眞直)히 우리의 심내(心內)에 응주(凝注)할 때, 거기에는 무한한 여백의 계역(界域)이 처녀지 그대로 남아 있지 않은가? 그곳을 여행하자, 탐험하자.
무량의 국토, 무량의 불(佛).

** 호랑이가 토끼를 잡는 데도 온힘을 다한다.

도행품 · 11

나무를 쳐라 치기를 쉬지 말라
나무는 모든 악을 낳게 하나니
나무를 베어 뿌리까지 다하면
비구들이여 너희는 해탈하리라

벌수물휴 수생제악
伐樹勿休 樹生諸惡

단수진주 비구멸도
斷樹盡株 比丘滅度

* 고(苦)를 피하고 낙(樂)을 찾는 것이 인간의 본성이 아니다. 낙을 피하고 고를 찾는 것이 인간의 본질이다.
우울, 얼마나 달콤한 유혹인가? 비애, 얼마나 아름다운 애착인고? 아아, 얼마나 뿌리 깊은 인간의 감상성인고?

** 유혹을 꽃피우는 번뇌의 나무는 얼마나 무성한가.
잘 자랄 수 없는 것은 인간을 유혹할 수 없다.

도행품 · 12

조금이라도 사랑이 남아 있어
그것이 가슴속에 잠겨 있는 동안은
언제고 마음은 거기에 끌리나니
어미젖을 찾는 송아지처럼

부 불 벌 수 소 다 여 친
夫不伐樹 少多餘親

심 계 어 차 여 독 구 모
心繫於此 如犢求母

* 인간의 수적(獸的) 실체, 그것은 인간에 있어서 유일의 자본이다. 우리의 초극 사상을 위한, 불사의 신앙을 위한, 또는 그 신앙의 실현을 위한…….
그리하여 그것은 우리의 보조의 촉진을 위하여, 가지가지의 고통을 가진 것이다.

** 다 베어 버리지 못한 나무가 마음에 남아 있다면
언제나 우리들의 마음을 거기에 묶어 두게 한다.
사랑의 나무를 쳐라. 자유를 얻는다.

도행품 · 13

가을 연못에 연꽃을 꺾듯
자기를 위하는 집착을 버려라
자취를 없애고 가르침을 따르라
부처님은 열반을 설하셨나니

당자단련 여추지련
當自斷戀 如秋池蓮

식적수교 불설니원
息跡受教 佛說泥洹

* 여자의 미(美)가 어디 있느냐? 제왕의 영예가 어디 있느냐? 그것은 우리의 탐욕의 과장, 우리의 미망의 요구가 부여한 허상에 불과한 것이다.

** 연꽃의 아름다움에 취하지 말라.
진흙에서 피어나는 연꽃은 아름답지만,
그 연꽃에 혹하는 자는 끝내 깨달음을 얻지 못하리라.

도행품 · 14

"여름에는 내 여기서 살 것이다
겨울에는 내 여기서 살 것이다"
어리석은 사람은 이렇게 생각하며
죽음의 이름을 깨닫지 못하는구나1)

暑當止此 寒當止此
(서당지차 한당지차)

愚多務慮 莫知來變
(우다무려 막지래변)

* 새까만 망각의 바다에 영원히 어두워진 우리의 많은 꿈들!
그의 영원한 이별을 생각할 때,
당신은 눈물 없이 바라볼 수 있습니까?

** 쾌청한 날에 소나기를 예상하지 못하는 것은 누구나가 범하는 잘못이다. — 마키아벨리, 『군주론』

---

1) 현세와 내세를 모르는 어리석은 사람은 "우기(雨期) 네 달은 여기서 살 것이다. 겨울 네 달은 여기서 살 것이다. 여름 네 달은 여기서 살 것이다" 라고만 생각하지 "나는 어느 때 어디에서 죽을 것이다" 라고는 생각하지 않는다. — 팔리문 주석

도행품 · 15

아내와 자식의 집착에 빠져
먼 앞길을 생각하지 못하면
죽음은 갑자기 이르나니
잠든 마을 홍수가 쓸어가듯

인영처자 불관병법
人營妻子 不觀病法

사명졸지 여수단취
死命卒至 如水湍[1]驟

* 하나를 얻기 위해서는 모든 것을 버리지 않으면 안 되는 것이다. 출가란, 몸의 출가보다 마음의 출가에 그 본의가 있는 것이다. 부모, 형제, 자매와 주택, 전야(田野), 집물(什物)[2]을 버리는 동시에 은애(恩愛)와 전통과 사상을 버리는 것이다.
그러므로 그것은 일체 방기(放棄)의 시련인 동시에 일체 방기의 완성이요, 해탈의 출발인 동시에 해탈의 종국인 것이다.

** 죽음이란 우리의 모든 비밀, 음모, 간계의 베일을 벗기는 것이다. — 도스토예프스키

---

1) 단(湍) : 소용돌이칠 단.
2) 집물(什物) : 사원의 보물. 일상적으로 쓰이는 잡종의 기물(器物).

도행품 · 16

자식도 믿을 것 없느니라
부모 · 형제도 믿을 것 없느니라
죽음에 다다라 숨 지울 때에
나를 구원할 친한 이 없느니라

비유자시 역비부형
非有子恃 亦非父兄

위사소추 무친가호
爲死所追 無親可怙

* '죽음'에 정이 있다면,
슬픔이 있고 눈물이 있다면,
그 삼대 독자를 그의 부모 앞서 데려가지 않을 것이다.

** 북소리는 목숨을 앗기 위해 재촉하는데
머리를 돌려 바라보니 해는 저무누나
황천에는 객점(客店)이 하나도 없다는데
오늘밤엔 뉘 집에서 머무를까 — 성삼문

도행품 · 17

지혜 있는 사람이면 이 뜻을 알아
삼가 몸을 닦아 계를 지키고
부지런히 힘써 세상일 떠나
열반으로 가는 길 깨끗이 하라

혜해시의 가수경계
慧解是意 可修經戒

근행 도세 일체제고
勤行[1]度世 一切除苦

* 모든 것을 바라다 잃고 모든 것을 믿다가 저버림을 받을 때, 최후로 갈 곳은 나 자신이다.
그러나 자기 자신에게조차 저버림을 받을 때, 내 갈 곳은 어디이어야 할 것인가? ……나무아미타불, 나무아미타불…….

** 장자의 아내가 죽었을 때 혜자(惠子)가 문상을 갔다. 장자는 마침 두 다리를 뻗고 앉아 분(盆 : 장구의 한 가지)를 치면서 노래를 부르고 있었다. — 『장자』, 「지락」편

---

1) 근행(勤行) : 항상 선한 일을 부지런히 행함. 부처님 앞에서 독경·예배 등을 부지런히 닦는 것. 근행하는 시간으로는 일체시(一切時), 6시, 4시, 3시, 2시의 구별이 있다.

제21. 광연품(廣衍品)

부처님이 '나열'성(城) 죽원(竹園)에 계실 때에, '기성약' 왕은 부처님과 다른 비구들을 청하면서 '반특' 한 사람만을 빼놓았다. 부처님은 모든 비구를 데리고 거기 가서 앉으셨다. 기성은 일어나 청정수(淸淨水)를 돌렸다. 부처님은 반특을 빼놓았기 때문에 그것을 받지 않으셨다. 기성은 사람을 보내어 반특을 불렀다. 반특은 이내 왔다. 기성은 그 신통력을 보고 성현을 업신여긴 것을 스스로 뉘우쳤다. 그래서 반특을 특별히 공경하고 다른 비구들에게는 예사로 대접했다.

그때에 부처님은 말씀하셨다.

"옛날, 마장(馬將)이 있었는데 말 천 마리를 몰고 다른 나라로 가서 팔려고 했다. 도중에 한 말이 새끼를 낳았다. 마장은 그 새끼를 남에게 주고 다른 나라로 가서 그 국왕을 뵈었다."

왕은 말했다.

"이것은 다 보통 말로서 살 만한 것이 못 된다. 이 중에 말 한 마리가 있는데, 그 슬피 우는 소리를 들으니, 반드시 준구(駿駒)를 낳았을 것이다. 만일 그 망아지를 살 수 있다면 이 말을 모두 사겠다."

"마장은 곧 달려가 말 한 마리를 주고 그 망아지를 사고자

했다. 그는 듣지 않았다. 그래서 말 5백 마리를 주고 겨우 그 망아지를 얻었다."

부처님은 이어 말씀하셨다.

"이 마장은 처음에는 그 망아지를 업신여겨 이것을 남에게 주었다가 나중에 5백 마리 말을 주고 이 망아지를 물러 받았다. 아까는 반특을 박대하다가 지금은 도리어 그만을 존경하여 다른 5백 비구를 업신여기니, 너 또한 저 마장과 같구나."

—『출요경』, 「화품」

광연품 · 1

조그만 즐거움을 버림으로써
큰 갚음을 얻을 수 있다면
어진 이는 그 큰 즐거움을 바라보고
조그만 즐거움을 즐거이 버린다

시안수소 기보미대
施安雖小 其報彌大

혜종소시 수견경복
慧從小施 受見景福

* 어떤 보다 큰 쾌락 때문에 보다 작은 불쾌가 말살된다는 것은 필연의 사실일 것이다.
아니, 말살된다기보다 보다 큰 쾌락을 보다 크게 하는 세력이 될 것이다.
예수의 십자가 위의 육체적 불쾌는 정신적 쾌락을 보다 크게 한 것이다.

** 지극한 즐거움은 없는 것이요, 지극한 명예는 없는 것이다. …(중략)… 지극한 즐거움이 몸을 살리는 것은 오직 무위이기 때문에 그렇게 할 수 있는 것이다. ─『장자』, 「지락」편

광연품 · 2

남에게 수고와 괴로움을 끼쳐
거기서 내 공을 얻으려 하면
그 재앙은 내게로 돌아와
원망과 미움은 끝이 없을 것이다

施勞於人(시로어인) 而欲望祐(이욕망우)
殃咎(앙구)[1]歸身(귀신)[2] 自遘廣怨(자구광원)

* 내 가슴속에는 어떤 알 수 없는 하나의 힘이 움직이고 있음을 나는 느낀다.
그것은 선으로 향하려는 내 양심 — 숙명과 인과를 박차고, 오직 우주의 선도와 중생의 제도를 위하여 전진하려는 용기 있는 자비인 것이다. 그러나 이 자비는 결국, '미타'[3]본원(本願)의 원천에서 솟아나는 것이다.

---

1) 구(咎) : 허물 구.
2) 구(遘) : 만날 구.
3) 미타(彌陀) : 아미타불(amitādha buddha)의 준말. 아미타불이 원래 법장(法藏)보살이었을 때 모든 중생을 구제하기 위하여 세자재왕불(世自在王佛)의 처소에서 48의 큰 서원을 세우고 오랫동안 수행한 끝에 마침내 성불하게 되었는데, 이를 아미타불 또는 무량수불이라 한다.

광연품 · 3

마땅히 할 일을 함부로 하고
해서는 안 될 일을 즐거이 해서
마음에 맡겨 방일할 때는
나쁜 버릇은 날로 자라나리니

이위다사 비사역조
已爲多事 非事亦造

기락방일 악습일증
技樂放逸 惡習日增

* 악이 악임을 모름이 아니다.
선이 선임을 모름이 아니다.
알면서 행하는 것이요,
알면서 행하지 않는 것이다.
마음의 더러움은 더해 간다.

** 하라는 일은 하기 싫고,
하지 말라는 일은 더욱 하고 싶다.

광연품 · 4

마땅히 행할 일 힘써 행하고
마땅히 버릴 일 힘써 버려서
스스로 깨달아 내 몸을 닦으면
바른 지혜는 날로 자라나리니

정진 유행 습시사비
精進[1]惟行 習是捨非

수신자각 시위정습
修身自覺 是爲正習

* 악이 악임을 알거든 행하지 말라.
선이 선임을 알거든 행하라.
마음의 더러움은 없어져 간다.

** 용맹한 자만이 해야 할 일을 할 수 있고, 버려야 할 일을 버릴 수 있다. 지혜로움으로 충만한 용맹정진은 인류를 구한다.

---

1) 정진(精進) : 전념(專念). 수행을 게을리 아니 하고 항상 용맹하게 나아가는 것.

광연품 · 5

아비와 어미[1]의 인연을 끊고
두 임금[2]과 수행(隨行)[3]을 죽이고
온 나라[4]를 쳐부수고
바라문은 마음의 더러움 없나니

제기부모연 왕가급이종
除其父母緣 王家及二種

편멸지경토 무구위범지
遍滅至境土 無垢爲梵志

* 향락이란, 자기 스스로 그물을 뒤집어쓰는 것이다.
저도 모르는 동안에 손발이 자유롭지 못할 때, 비로소 사람은 놀라는 것이다.

** 한 중이 조주(趙州)에게 와서 사과하는 어투로 말했다.
"이렇게 빈손으로 왔습니다." "그러면 내려놓게!"
"아무 것도 가져온 게 없는데 무엇을 내려놓습니까?"
"그럼 계속 들고 있게나."

---

1) 아비와 어미 : 거만과 사랑의 비유.
2) 두 임금 : 단견(斷見)과 상견(常見)의 비유.
3) 수행(隨行) : 기뻐함과 탐냄의 비유.
4) 온 나라 : 십이처(十二處)의 비유.

광연품 · 6

아비와 어미의 인연을 끊고
거룩한 두 임금의 신하를 거느려
모든 진영[五蓋][1]의 군사를 죽이고
바라문은 마음의 더러움 없나니

학선단모 솔군이신
學先斷母 率君二臣
폐제영종 시상도인
廢諸營從 是上道人

* 우리의 생명은 자유를 요구한다.
그러므로 그 생명의 요구에 부합하고, 그 목적의 성취에 도움이 되는 생활이 가치 있는 생활인 것이다.
가치 있는 생활이란 결국 유쾌하고, 편적(便適)하고, 재미있는 생활일 것이다. 이 모든 요소는 자유를 같이하거나, 적어도 자유에의 지향에 계합(契合)할 때에만 일어나는 기분인 것이다.
모름지기 먼저 자타의 대립을 공화(空化)시켜라. 그것은 보다 먼저 자아의 공화에 있는 것이다.

---

1) 모든 진영[五蓋]: 오장(五障)이라고도 한다. 탐욕, 성냄, 우울, 후회, 의심. 이 다섯 가지는 마음을 가려 착한 일을 하지 못하게 한다.

광연품 · 7

언제나 깨어 있어 잘 깨닫는
그는 '구담' 부처님의 제자다
낮이나 밤이나 부처님을 생각하고
한마음으로 부처님께 예배한다

능지자각자 시구담 제자
能知自覺者 是瞿曇[1]弟子
주야당념시 일심귀명불
晝夜當念是 一心歸命佛

* 진리의 파지자(把持者), 곧 생명의 완성자에게는 생(生)이나 사(死)가 다 같은 생의 실현일 것이다.
그 사는 보다 아름답고 빛나는 시간일 것이다.
그러나 우리는 그때가 언제임을 모르매 항상 불(佛) · 신(神)을 함께 하여야 한다. 불 · 신을 떠나 따로 진리가 없기 때문이다.

** 사람이 도를 넓히는 것이지 도가 사람을 넓히는 것이 아니다.
— 『논어』

---

1) 구담(瞿曇, gatama) : 석가모니의 성(城).

광연품 · 8

언제나 깨어 있어 잘 깨닫는
그는 구담 부처님의 제자다
낮이나 밤이나 법을 생각하고
한마음으로 법에게 예배한다

선각자각자 시구담제자
善覺自覺者 是瞿曇弟子

주야당념시 일심념어법
晝夜當念是 一心念於法

* "'나'를 버리고 오직 불(佛)을 따르라"는 부처님의 말씀이다. "구하라, 주실 것이다" 라는 예수의 말씀이 어찌 우리에게 속임이 있으랴.
"나를 버려라" "이웃을 사랑하라" 하실 때, 우리는 그 결과를 생각하거나, 더구나 그 결과의 허실을 의심할 것이 아니다.
요구의 출발의 근원이 인위적이 아니요, 우리에게 이미 비치되어 있는 불사의(不思議)한 생리적 충동이매, 어찌 그 감응의 실재(實在)에만 생명의 신비가 결여되어 있을 것인가.

** 진리는 걸음을 계속한다. 그 무엇이고 이것을 중지시키지는 못한다. — E. 졸라

광연품 · 9

언제나 깨어 있어 잘 깨닫는
그는 구담 부처님의 제자다
낮이나 밤이나 중을 생각하고
한마음으로 중에게 예배한다[1]

선각자각자 시구담제자
善覺自覺者 是瞿曇弟子

주야당념시 일심념어중
晝夜當念是 一心念於衆

* 평화는 무엇인고? 싸움이 없는 평화만이 아니다. 싸움 속의 평화를 이름이다. 싸움이 나쁜 것이 아니라, 사념(邪念)의 싸움이 나쁘기 때문이다. 서(恕)란 무엇인고? 따짐이 없는 서만이 아니다. 따짐 속의 서를 이름이다. 따짐이 나쁜 것이 아니라, 회구(懷仇)의 따짐이 나쁘기 때문이다.

** 술은 강하고, 왕은 더 강하고, 여자는 그보다 더욱 강하다. 그러나 진리는 가장 강하다. — M. 루터

1) 게송 「광연품 · 7」 「광연품 · 8」 「광연품 · 9」는 삼보(三寶)인 불보(佛寶), 법보(法寶), 승보(僧寶)에 귀의함을 읊은 것이다. 깨달음과 깨달음의 교법(敎法), 즉 모범으로서의 부처님 말씀과 그 교법대로 수행하는 스님들께 귀의함.

광연품 · 10

언제나 깨어 있어 잘 깨닫는
그는 구담 부처님의 제자다
낮이나 밤이나 몸을 생각하고
한마음으로 몸을 지킨다

위불제자 상오자각
爲佛弟子 常寤自覺

일모사체 낙관일심
日暮思體 樂觀一心

* 나는 어디까지나 나 자신만을 믿어야 한다.
나 자신이 비록 추하고, 악하고, 더럽고, 못났다 하더라도, 그래도 그런 그대로 믿어야 한다.
항상 나는 나 자신의 무능을 발견하고 슬퍼한다.
그러나 슬퍼하는 그것이 하나의 유능이요, 보람이 아니면 안 될 것이다.

** 진리는 그 몸이고 빛은 그 그림자이다. — 플라톤

광연품 · 11

언제나 깨어 있어 잘 깨닫는
그는 구담 부처님의 제자다
낮이나 밤이나 자비를 생각하고
한마음으로 자비를 즐긴다

위불제자 상오자각
爲佛弟子 常寤自覺

일모자비 낙관일심
日暮慈悲[1] 樂觀一心

* 비록 밖으로 책(責)과 싸움이 없으나, 마음에 증오 있으면 복수하는 싸움이 되는 것이요,
비록 겉으로 매질이 있으나, 마음에 자비 없으면 그것은 아름다운 서(恕)요, 평화인 것이다.
모든 것이 거기서 미화되고, 정화되고, 성화(聖火)되는 무아의 경(境)!

** 자비는 모든 가르침의 종합과 맞먹는다.

— A. 아우구스티누스

---

1) 자비(慈悲) : 부처나 보살이 중생에게 복을 주어 괴로움을 없애게 하는 것. 3연자비(三緣慈悲 : 衆生緣慈悲, 法緣慈悲, 無緣慈悲)가 있다.

광연품 · 12

언제나 깨어 있어 잘 깨닫는
그는 구담 부처님의 제자다
낮이나 밤이나 선정[1]을 생각하고
한마음으로 선정을 즐긴다

위불제자 상오자각
爲佛弟子 常寤自覺

일모사선 낙관일심
日暮思禪 樂觀一心

* '나'를 세우는 곳에는 우주도 굴속처럼 좁고 괴롭고, '나'를 배우는 곳에는 한 칸 협실로 하늘처럼 넓고 시원해지는 것이다.
'나'를 비움이란, '나'를 죽임이 아니다. '나'에 대한 집착을 여의는 것이다.
'나'에 대한 집착을 여의는 곳에 그 말은 바르고, 그 행은 자유롭고, 그 마음은 고요한 행복, 무위의 열락에 잠기는 것이다.

** 선은 종교적 신앙도 아니요, 침적(沈寂)한 회심(灰心)도 아니다. 따라서 누구든지 할 수 있는 지극히 평범한 일이다.

— 한용운, 「선(禪)과 인생」

---

1) 선정(禪定) : 좌선(坐禪)이라고도 한다. 「술천품 · 11」의 주 참고. 진정한 이치를 사유하고 생각을 고요히 하여 산란치 않게 하는 것.

광연품 · 13

출가하기는 어려운 일이다
집에 살기는 괴로운 일이다
함께 살아 이익을 같이하기 어렵고
가난의 괴로움 속에 살기도 어렵다
어찌 아니 스스로 힘쓸 것이냐
비구들 나가 동냥도 어렵나니
어쨌든 도를 따라 한길로 나아가자
그 속에는 의식이 스스로 있느니라

학난사죄난 거재가역난 회지동리난 간난 무과유
學難捨罪難 居在家亦難 會止同利難 艱難[1]無過有
비구걸구난 하가부자면 정진득자연 후무욕어인
比丘乞求難 何可不自勉 精進得自然 後無欲於人

* 인간은 누구나 자기가 되기 위해서는, 히말라야 산정에 혼자 서 있는 돌바위와 같은 고독을 맛보지 않으면 안 되고, 그것을 견디지 않으면 안 되는 것이다. 그 고독은 은둔의 고독이 아니요, 중인의 한복판, 원수들 속에 들어 투쟁하면서 견디는 고독이다. 이 고독은 잔인하나 광영이다. 불(佛) · 신(神)의 축복이 그 머리 위에 있기 때문이다.

---

1) 간난(艱難) : 가난.

광연품 · 14

믿음 있으면 계(戒) 절로 이뤄지고
계를 따르면 이름이 높아진다
이름을 좇아 어진 벗 많으리니
가는 곳 어디서나 공양 받는다

유신 즉계성 종계다치보
有信[1]則戒成 從戒多致寶

역종득해우 재소견공양
亦從得諧偶 在所見供養

* 실상인즉 우리는 얻지 못하였기에 믿지 않은 것이 아니다. 믿지 않았기에 구하지 않은 것이요, 구하지 않았기에 얻지 못한 것이다.

** 신앙생활은 기술(奇術)이 아니라 천하의 대도공의(大道公義)를 활보하는 생활이다. — 김교신, 「망하면 망하리라」

---

1) 신(信, śraddhā) : 마음을 맑고 깨끗하게 하는 정신작용. 4법(四法) · 5근(五根)의 하나.

광연품 · 15

멀리 있어도 높은 산의 눈처럼
도를 가까이하면 이름이 나타나고
가까이 있어도 밤에 쏜 화살처럼
도를 멀리하면 나타나지 않나니

近道名顯(근도명현) 如高山雪(여고산설)
遠道闇昧(원도암매) 如夜發箭(여야발전)

* "아름다운 복숭아꽃은 사람을 부르지 않지만 그 밑에는 저절로 길이 난다."
천만 리를 격(隔)해 있어도 따스한 정과 통하는 숨길이 느껴지는 사람이 있다.
한자리에 마주앉아 말을 주고받고 사귐을 나누어도, 이방인처럼 느껴지는 사람이 있다.

** 히말라야 높은 산의 흰 눈은 언제나 태고 신비를 간직하고 있다. 도의 깨달음이 그러한 것처럼 태고와 더불어 살아 있다.

광연품 · 16

한 번 앉기나 한 번 눕기나
한 번 행동에 방일이 없이
오직 하나를 지켜 몸을 바루면
거리도 숲속인 듯 마음도 즐겁다

일좌일처와 일행무방자
一坐一處臥 一行無放恣
수일이정신 심락거수간
守一以正身 心樂居樹間

* 깊은 산 숲속에 남몰래 피어 있는 꽃 한 떨기, 대지에 마음껏 뿌리를 박은 이 꽃 한 떨기, 기름진 봄 하늘에서 흘러내리는 햇빛을 마음껏 받는 이 꽃 한 떨기, 파릇한 산들바람을 마음껏 마시는 이 꽃 한 떨기, 밤이면 작은별, 큰별 마음껏 따먹고, 송풍(松風) · 나월(蘿月)[2]을 마음껏 즐기고, 맑은 이슬에 마음껏 젖는 이 꽃 한 떨기, 그리고 혼자 고독 속에서, 고독의 광영(光榮)과 힘과 미를 배우는 이 꽃 한 떨기……. 나는 이 꽃에 부끄럽다. 이 꽃을 배우자.

** 법은 마음에 있으므로 존재하는 것이지 마음 밖에 따로 존재하는 것이 아니다. — 『능가경』

---

2) 나월(蘿月) : 이끼 덩굴에 걸려 보이는 달.

제22. 지옥품(地獄品)

옛날, 사위국에 '부란가섭'이라는 바라문 스승이 있었다. 임금이나 백성들은 모두 그를 받들어 섬겼다. 부처님이 도를 이루어 나열성에서 사위국으로 가시자 왕국이나 백성들은 모두 받들어 공경했다. 부란가섭은 이것을 질투해서, 부처님을 비방하고 혼자 존경을 받고자, 곧 바사닉을 뵙고 말했다.

"우리들 장로는 선배로서 곧 이 나라의 옛 스승입니다. 그런데 저 중 구담은 뒤에 나와 도를 구해 스스로 부처라 일컫는 것을, 대왕은 나를 버리고 오로지 그를 받들어 섬기십니다. 이제 나는 구와 도덕을 겨루어 그 승부를 결정할 것이니, 왕은 종신토록 승자를 받드소서."

왕은 좋다고 대답했다.

이레 뒤에 성 동쪽의 성지에서 신화(神化)를 시험했다. 그러나 부란은 형편없이 졌다. 부란은 강가로 달려가 여러 제자들을 속여서 외쳤다.

"내 이제 물에 몸을 던지면 반드시 범천(梵天)에 날 것이다. 만일 내가 돌아오지 않거든 곧 거기 가서 복을 누리는 줄 알라."

제자들은 그를 기다렸으나 돌아오지 않았다. 그래서 그가 천상에 간 줄 알고 모두 강물에 몸을 던져 스승의 뒤를 따랐다. 그리고 그들은 죄에 끌려 모두 지옥에 떨어졌다.

—『법구비유경』, 「지옥품」

지옥품 · 1

거짓말을 하면 지옥에 떨어진다
거짓말을 하고도 하지 않았다 하면
두 겹의 죄를 함께 받나니
제 몸을 끌고 지옥에 떨어진다

망어 지옥 근 작지언부작
妄語[1]地獄[2]近 作之言不作

이죄후구수 자작자견왕
二罪後俱受 自作自牽往

* 그 행(行)으로 자기를 보이는 수도 있고, 그 말로 자기를 알리는 수도 있고, 그 눈동자로 자기를 말하는 수도 있다.

---

1) 망어(妄語) : 거짓말. 『지도론(智度論)』에 의하면 거짓말을 하면 다음과 같은 10가지 죄를 받는다고 한다. 1. 입에서 냄새가 남. 2. 착한 신(神)은 멀어지고 비인(非人)은 따라다님. 3. 진실을 말해도 남들이 믿지 않음. 4. 지혜 있는 사람들의 논의에 참여하지 못함. 5. 항상 비방을 받는 나쁜 소문이 퍼짐. 6. 세상 사람들의 존경을 받지 못하고 자기의 가르침을 남들이 듣지 않음. 7. 항상 근심이 많음. 8. 비방하는 업의 인연을 지음. 9. 몸이 망가지고 죽어서 지옥에 떨어짐. 10. 문 밖에 나가기만 하면 남의 비방을 받음.

2) 지옥(地獄, naraka) : 이승에서 악업을 지은 사람이 죽어서 가는 곳으로 온갖 고통으로 가득 찬 세계. 8열(熱) 지옥, 16유증(遊增) 지옥, 8한(寒) 지옥 등이 있다. 이러한 지옥과는 달리 현재 우리가 사는 세계의 산이나 넓은 들에도 지옥이 있다는데, 이것을 고독(孤獨) 지옥이라고 한다.

지옥품 · 2

어깨에 비록 '가사'[1]를 걸쳤어도
악을 행해 스스로 억제하지 못하면
그는 진실로 악행에 빠진 사람
목숨을 마쳐 지옥에 떨어져라

법의재기신 위악부자금
法衣在其身 爲惡不自禁

구몰악행자 종즉타지옥
苟沒惡行者 終則墮地獄

* 세상 사물에는 흔히 그 원인의 반대로서 그 결과가 나타나는 수가 있다.
절실한 자기 보존의 욕망에서 자살이 생기고, 철저한 행복의 추구에서 염세가 생기고, 강렬한 사랑의 독점욕에서 질투가 생기는 것이다.
고왕금래(古往今來), 많은 둔세자(遁世者) 속에서 우리는 얼마나 많은 착세자(着世者)를 발견하는가? 모든 종교의 교조(敎祖)처럼 큰 욕심의 소유자는 없다.

** 값비싼 옷은 마음의 가난함을 말한다. — 성 베르나르

---

1) 가사(袈裟, kasāya) : 승려가 입는 법의. 「쌍서품 · 9」의 주 참고.

지옥품 · 3

차라리 불에 구운 돌을 먹거나
불에 녹은 구리쇠를 마실지언정
계를 부수고 절제가 없이
남의 보시를 받아 쓰지 마라

영담 소석 탄음용동
寧噉[1]燒石 呑飮鎔銅

불이무계 식인신시
不以無戒 食人信施

* 많은 사람들이 그림자 속에 살고 있음을 우리는 본다. 자기 행위의 그림자가 자기 자신을 숨기고 있음을.
그리하여 자기가 자기의 그림자를 끌기보다 자기의 그림자에 보다 많이 끌리고 있음을.
언제나 자기 자신은 자기 자신과 너무 유리된 행위의 그늘 속에 허덕이고 있음을!

** 신은 인류에게 한 개의 복과 두 개의 화(禍)를 분배한다.
— 핀다로스

1) 담(噉) : 담(啖)과 같은 자. 먹을 담.

지옥품 · 4

남의 아내를 즐겨 범하면
거기에 네 가지 갚음이 있나니
남의 비방과 뒤숭숭한 꿈
복리가 없고 지옥에 떨어진다

放逸有四事 好犯他人婦
臥險非福利 毁三淫泆四

* 차라리 남근을 독사의 입에 넣을지언정, 가져다 여근 속에 넣지 말라. — 『사분율』[1]

** 연애는 비온 뒤의 태양이고, 욕정은 태양 뒤의 폭풍이다.
— 셰익스피어

1) 『사분율(四分律)』: 사대 계율서(戒律書)의 하나. 불멸(佛滅) 후 100년 뒤에 담무덕 나한(曇無德 羅漢)이 상좌부(上座部)의 근본 계율 중에서 자기 견해에 맞는 것만을 네 번에 걸쳐 뽑아내어 만든 율(律)에 관한 책. 소승(小乘)의 계(戒)를 풀이함. 60권.

지옥품 · 5

복과 이익이 없다 하여 죄악에 떨어지면
악이 두렵고 즐거움 적음이 또한 두렵고
법에서는 무거운 벌을 내리며
목숨을 바치면 지옥에 들어간다

불복리타악 외이외락과
不福利墮惡 畏而畏樂寡

왕법중벌가 신사입지옥
王法重罰加 身死入地獄

* 여자를 여자로, 꿈으로 창조하는 것은 남자의 경우이다.

** 어진 이는 나라를 일으키건만
똑똑한 여인은 나라를 기울이네.

— 『시경』, 「대아」편

지옥품 · 6

그것은 마치 띠풀을 뽑을 때
늦추어 잡으면 손이 베이듯
계를 배우고도 단속하지 않으면
사람을 지옥으로 이끌어 넣는다

비 여 발 관 초 집 완 즉 상 수
譬如拔菅[1]草 執緩則傷手

학 계 불 금 제 옥 록 내 자 적
學戒不禁制 獄錄[2]乃自賊

* 얼음같이 살자. 그렇지 않으면 불같이 살자.
온 세상을 모두 미워할 수 있었으면,
그렇지 않으면 모두 사랑할 수 있었으면…….
이도 저도 아닌 곳에 번뇌의 구더기가 끓는다.

** 얼음보다 더 뜨거운 것은 없다.
불보다 차가운 것은 없다.

---

1) 관(菅) : 왕골 관, 띠풀 관.
2) 옥록(獄錄) : 염라대왕이 가지고 있는 장부.

지옥품 · 7

해야 할 일을 게을리 하고
지켜야 할 계를 함부로 부수며
깨끗한 행실에 험이 있으면
마침내 큰 복을 받지 못한다

인행위만타 불능제중로
人行爲慢惰 不能除衆勞
범행유점결 종불수대복
梵行有玷缺[1] 終不受大福

* 인고(忍苦)는 위대한 것이다. 터질 듯한 가슴을 누르고, 치밀어 오르는 혈조(血嘲)를 씹으며, 그러나 남에게는 그런 빛 없이 태연히 지내는 자약(自若) — 세상에 이 이상 더 어려운 일이 있을까? 인고의 포대는 견디면 견딜수록 그 끈은 강인해지나니, 하고 싶은 말 안 하고, 하고 싶은 일 안 아는 궁굴(窮屈).
그 인내, 그 단련 속에서 비로소 미력(微力)한 자기가 빛을 내기 시작하는 것이다.

** 색욕은 야수처럼 쇠사슬에 묶여 날뛰고 있지만, 드디어는 쇠사슬을 자르고 자유로이 된다. — T. 리비우스

1) 점결(玷缺) : 옥의 흠. 옥티. 결점. 이지러질 점, 잘못 점.

지옥품 · 8

마땅히 할 일을 행하라
스스로 믿어서 씩씩하게 행하라
어리석고 덤비는 외도(外道)를 떠나서
티끌을 날리기를 배우지 말라

상 행 소 당 행 　자 지 필 령 강
常行所堂行 自持必令强

원 리 제 외 도 　막 습 위 진 구
遠離諸外道[1] 莫習爲塵垢

* 내가 동경하는 이상적 생활이 있지 않은가? 그러면서 왜 실행하지 못하는가? 나의 내기(內氣)와 무력, 우유(優柔)와 고식(姑息), 더구나 나의 기약(氣弱)은, 하나의 불운으로서 다(多)의 행운까지 희생시키고 있다.

"우리는 우리 생활의 가장 아름다운 날을 계획에 허비한다."

— 볼테르

그러나 나는 나의 그것을 다만 무위의 동경에만 허비하고 만다.

** 마땅히 할 일을 행하는 사람은 언제나 당당하다.

---

1) 외도(外道, tīrthaka) : 인도에서는 불교 이외의 모든 교학을 말한다. 일반적으로 육사외도(六師外道) · 육파철학파(六派哲學派)가 있다.

지옥품 · 9

해서 안 될 일은 행하지 말라
한 뒤에는 번민이 있나니
해야 할 일은 항상 행하라
가는 곳마다 뉘우침 없다

위소부당위 연후치울독
爲所不當爲 然後致鬱毒

행선상길순 소적무회희
行善常吉順 所適無悔悕[1]

* 참자, 참자.
그리고 냉혹히 사는 의미를 가지자.
때로는 추상 같은 냉혹이 도리어 춘풍 같은 온정 이상으로 자타(自他)를 살리는 수가 있다.

** 해서는 안 될 일을 행하는 사람은 언제나 번민이 함께 한다.

---

1) 회희(悔悕) : 뉘우쳐 슬퍼함.

지옥품 · 10

변방의 성을 지키듯
안팎을 함께 굳건히 지켜
스스로 그 마음 지켜
악한 마음이 생기게 하지 말라
마음에 조그만 틈이 있으면
근심이 엿보아 괴리라

여비변성 중외뢰 고 자수기심
如備邊城 中外牢[1]固 自守其心

비법불생 행결치우 영타지옥
非法不生 行缺致憂 令墮地獄

* 문득 거울 속에 비친 내 얼굴, 자세히 살펴보다 새로 발견한 내 얼굴! 자개(自個)와 세계의 참치(參差)에 울고 성내고, '의무'와 '미의 혼'의 투쟁 속에 시달리고, 역사(업보)와 창조[神]를 함께 원차(怨嗟)하고, 해서는 안 될 사랑에 남몰래 가슴을 짜고…….
요것이 '나'이던가!

** 신과 악마가 싸우고 있다. 그 전장이야말로 인간의 마음이다.
— 도스토예프스키, 『카라마조프가의 형제들』

---

1) 뢰(牢) : 우리 · 곳간 괴

지옥품 · 11

부끄러워할 것을 부끄러워하지 않고
부끄러워 않을 것을 부끄러워하면
살아 이승에서 그릇된 소견이요
죽어서 지옥에 떨어진다

가수불수 비수반수
可羞不羞 非羞反羞

생위사견 사타지옥
生爲邪見[1] 死墮地獄

* 인격의 멸시를 받으면서, 일에 대한 약간의 기능으로 승리를 가지는 수가 있다.
더욱이 그 승리를 과시하고 자득(自得)한다.
누가 구제하려나!

** 지옥의 문은 항상 열려 있다.

---

1) 사견(邪見) : 인과의 도리를 무시하는 견해. 5견(五見)의 하나.

지옥품 · 12

두려워할 것을 두려워하지 않고
두려워 않을 것을 두려워해서
그릇된 소견을 믿어 나아가면
죽어 저승에서 지옥에 떨어진다

가외불외 비외반외
可畏不畏 非畏反畏

신향사견 사타지옥
信向邪見 邪墮地獄

* 나의 무능은 때때로 훌륭한 덕목의 찬사를 가져온다.
완전히 투지를 상실하였으면서 교묘히 자기를 호도(糊塗)할 때는 '신사적'으로, 상대자의 죄악조차 매질하지 못하면서 스스로 덕화(德化)의 그늘에 숨으려는 때는 '인도적'으로, 함부로 양보함으로 말미암아 자기의 비굴과 남의 횡포를 증장(增長), 조성하면서 겸양의 미덕으로 자처할 때는 '초연'으로. 이리하여 나는 포용의 갓을 쓴 소담자(小膽者), 아량의 신을 신은 비겁자!

** 소심한 사람은 위험이 일어나기 전부터 무서워한다. 병신스러운 사람은 위험이 일어나고 있는 동안 무서워한다. 대담한 사람은 위험이 지나간 다음부터 무서워한다. ― 장 파울

지옥품 · 13

피해야 할 것을 피하지 않고
나아가야 할 것을 나아가지 않아서
그릇된 소견을 즐겨 익히면
죽어 저승에서 지옥에 떨어진다

가 피 불 피 가 취 불 취
可避不避 可就不就

완 습 사 견 사 타 지 옥
翫[1]習邪見 邪墮地獄

* 일기에서조차 우리는 적나라한 고백을 기피하지 않으면 안 되는 것일까?
사람은 다 같은 사람이매 남이 두려울 것이 없고, 자기가 부끄럽다면 문자의 유무에 무슨 상관이랴!
먼저 자기 폭로의 용기를 배우자. 그것이 위선의 습관화를 미연에 방지하는 방법이다.

** 피하지 못하는 사람
나아가지 못하는 사람
아무 것도 할 수 없다.

---

1) 완(翫) : 탐할 완, 아낄 완

지옥품 · 14

가까이할 것을 가까이하고
멀리할 것을 멀리해서
언제나 바른 소견 가지면
죽어 저승에서 선도(善道)[1]에 날 것이다

가근즉근 가원즉원
可近則近 可遠則遠

항수정견 사타선도
恒守正見 死墮善道

* 어쨌든 수치를 잃은 여성은 탈선한 기차보다 무섭고 횡포한 것이다.

** 싫지만 해야 할 일이 있고, 좋지만 해서는 안 될 일이 있다.

---

1) 선도(善道) : 하늘나라.

제23. 상유품(象喩品)

부처님이 사위국에 계실 때 어떤 장로가 와서 부처님을 뵈었다. 부처님은 앉으라 하시고 성명을 물으셨다. 그는 꿇어앉아 말했다.

"자(字)는 '가제담'이옵고, 선왕(先王) 때에 왕을 위해 코끼리를 다루었습니다."

부처님이 코끼리 다루는 법을 물으시니, 그는 대답했다.

"항상 세 가지로써 그 큰 코끼리를 다룹니다. 첫째는 굳센 자갈로써 그 억센 입을 제어하고, 둘째는 먹이를 적게 주어 그 몸이 불어나는 것을 제어하고, 셋째는 채찍으로써 그 마음을 항복 받습니다. 이렇게 하면 그것은 잘 훈련이 되어, 왕이 타시거나 싸움에 나가거나 마음대로 부려져서 지장이 없습니다."

부처님은 말씀하셨다.

"나도 또한 세 가지로써 모든 사람을 다루고, 또 내 자신을 다루어 부처가 되었다. 첫째는 지성으로써 구업(口業)을 제어하고, 둘째는 자정(慈貞)으로써 몸의 억셈을 항복 받고, 셋째는 지혜로써 마음의 어리석음을 멸한다."

곧 게송(「상유품 · 3」, 「상유품 · 4」, 「상유품 · 5」, 「상유품 · 7」, 「상유품 · 8」 참조)을 설하시니, 장로는 이것을 듣고 한없이 기빠하고 마음이 풀리어 곧 법안(法眼)을 얻었다.

—『법구비유경』, 「상유품」

상유품 · 1

전장에 나가 싸우는 코끼리[1]가
화살을 맞아도 참는 것처럼
나도 세상의 헐뜯음을 참으며
항상 정성으로 남을 구하자

我如象鬪 不恐中箭
常以誠信 度無戒人[2]

* 내게 오는 화심(禍心)을 알면서 전연 모르는 듯 친하게 사귀는 사술(詐術).
경모(輕侮), 멸시하면서 능히 멀리하지 못하는 고읍(苦泣), 이것이 거세(居世)의 평상(平常)이라 생각하면 어(語) · 묵(默) · 동(動) · 정(靜) — 실로 예사로운 일이 아닌 것이다.

** 휘두르는 주먹은 날쌔게 붙잡을 수 있지만 중상하는 혀끝은 어떻게 해야 누를까. — 인도 격언

1) 실제로 코끼리가 전쟁에 사용되었던 것은 옛 사원의 조각에서도 찾아볼 수 있다. 또한 인도의 병학서(兵學書)에도 나와 있다.
2) 무계인(無戒人) : 계를 지니지 않은 이, 즉 부처님 법을 모르는 이.

상유품 · 2

잘 다루어 훈련된 코끼리는
나라님의 타시는 바 되는 것처럼
욕(辱)을 참아 스스로 다루어진 사람
사람 가운데 훌륭한 사람이다

비상조정 가중왕승
譬象調正 可中王乘

조위존인 내수성신
調爲尊人[1] 乃受誠信

* 일면, 인간은 한 줄기 바람에 날리는 낙엽에 틀림없을 것이다.
그러나 일면, 인간은 하늘에 빛나는 별과 같은 것이리라.
어떠한 바람도 날릴 수 없고, 어떠한 구름도 지울 수 없으리라.
신앙이란, 곧 별 같은 인간에 대한 확증의 체득이 아닌가!

** 명예를 존중하는 사람에게만 모욕이 통한다. — W. 쿠퍼

---

1) 존인(尊人) : 성자(聖者)나 현자(賢者).

상유품 · 3

잘 다루어진 노새도 좋고
인더스에서 나는 말도 좋고[1]
큰 어금니를 가진 코끼리도 좋다
자기를 잘 다루는 사람은 더욱 좋다

수위상조 여피신치
雖爲常調 如彼新馳

역최선상 불여자조
亦最善象 不如自調

* 모두가 아닌 곳에 모두가 될 수 있다.
그러나 모두가 될 수 있는 곳에 하나도 될 수 없는 내 자신이 아닌가? 결국, 하나도 아닌 곳에 나의 번뇌가 있는 것이다.
아무 것도 아닌 것은 원(圓)도 아니요, 중(中)도 아니다. 평평(平平) · 범범(凡凡)의 비애, 추수자(追隨者)의 곤비(困憊)…….

** 사람은 자기 자신을 의탁할 자기의 세계를 가지고 있어야 한다. 자기의 마음속에 그리고 있는 자기의 세계에 충실하였느냐, 충실치 못했느냐가 늘 문제이다. – G. W. F. 헤겔

---

1) 예로부터 인더스 강 유역 지방은 명마(名馬)를 생산하는 곳으로 알려져 있다.

상유품 · 4

노새로도 말로도 또 코끼리로도
사람이 가지 못한 곳(열반) 갈 수 없나니
오직 잘 다루어진 자기를 탄 사람
그 사람만이 거기를 갈 수 있다

피불능적 인소부지
彼不能適 人所不至

유자조자 능도조방
唯自調者 能到調方

* 삶이란 나날의 향상, 때때의 창조, 찰나찰나의 새로움이어야 할 것이다.
이것은 끊임없는 자기 의식, 자기 회수(回收)에서 오는 아름다운 꽃이리라.
그러나 사람이란 얼마나 자기 생명의 망각과 산일(散逸)과 무의식적 꿈속에서, 생과 열과 시간을 허비하면서, 또 반복과 담보와 정체에서 저미(低迷)하는가!

** 비행기로도 자동차로도 갈 수 없다.
자기를 다룰 수 있는 사람만이
진정한 깨달음의 세계에 갈 수 있다.

상유품 · 5

억세고 사나워 건잡을 수 없는
저 '다나파라카'[2]라 불리는 코끼리도
제가 사는 숲속을 그리워하여
잡아매면 주는 밥도 먹지 않나니

여상명재수 맹해난금제
如象名財守 猛害難禁制

계반불여식 이유포일상
繫絆不與食 而猶暴逸象

* 저녁 자리에 들 때마다 하루 생활의 총결산을 지어 본다. 참회도 있고 격려도 있다.
그러나 언제나 동일한 참회와 격려의 반복,
생활의 만성화다. 악연(愕然), 전율…….

** 열반에 이르고자 하는
인간의 본성 깊은 곳에서
솟구치는 열망은 누구도 억누를 수 없다.

---

2) 다나파라카(Dhanapālaka)라는 코끼리는 발정기가 되면 제어하기 어렵다고 한다.

상유품 · 6

모든 악행에 빠져 있는 사람은
항상 탐욕으로써 스스로 잡아매어
살진 돼지처럼 떠날 줄 몰라
몇 번이고 포태(胞胎)로 드나드나니[1]

몰재악행자 항이탐자계
沒在惡行者 恒以貪自繫

기상부지염 고수입포태
其象不知厭 故數入胞胎

* 아무리 생각해 보아도 인생의 전체는 너무나 고(苦)요, 피로요, 불행이다.
우리로 하여금 거기에서 어떤 흥미를 느끼고 생을 지속하여 가게 하는 것은 극히 일시적이요 부분적인, 사소한 사탕뿐이다.

** 이기적이고 탐욕적인 인민은 자유로울 수 없다.
— T. 루스벨트

1) 윤회의 고통에서 벗어나지 못한다는 말.

상유품 · 7

즐기는 대로 욕심을 따라
이제껏 헤매어 다니던 마음
내 이제 단단히 걷잡았나니
갈고리로 코끼리를 억눌러 잡듯

본의위순행 급상행소안
本意爲純行 及常行所安

실사항복결 여구제상조
悉捨降伏結 如鉤制象調

* 눈으로 보는 견(見), 마음으로 보는 관(觀), 범부는 견의 가상(假相)에 끌려 번뇌하고, 성인은 관의 실상에 태연히 부동하는 것이다.
중생은 가상의 차별에 애증을 세우고, 불·신은 실상의 평등에 오로지 자비뿐이다.

** 단단히 잡으라.
자기 자신을.
쉽게 빠져나가는 자기의 마음을
저잣거리에서 방황하게 하지 말라.

상유품 · 8

도를 즐겨 방일하지 않으며
항상 스스로 마음을 잘 지켜
어려운 곳[2]에서 자기를 구제하라
흙탕에서 나오는 코끼리처럼

낙도불방일 능상자호심
樂道不放逸 能常自護心

시위발신고 여상출우감
是爲拔身苦 如象出于埳

* 다만 오늘이 있을 뿐이다. 내일은 없다. '지금'의 생활 사실, 순간순간을 바르게 사는 '지금', '지금의 성(誠)'—인생의 참뜻은 실로 이것밖에 없다. 과거는 과거로 장사하라. 내일 일은 내일로 미뤄 두라. '지금의 성'—오직 여기서만 모든 것은 생명을 얻어 빛나는 것이다. 미래의 약속을 말하지 말라. 사의 배경을 그리지 말라. 생의 실현은 오직 '지금의 성'에 있는 것이다.

** 잘못된 길에 빠지기는 쉽고, 참다운 길에 들어서기는 어렵다. 수렁 속에 빠진 자기를 구제할 수 있는 것은 오직 자기 자신뿐이다. 앞으로 나아가라. 누구도 그것을 막을 수 없다. 오직 자기 자신을 제외하고는.

---

2) 번뇌.

상유품 · 9

어질고 착하며 행동을 같이하고
바르고 굳센 동무 얻어 짝하면
모든 어려움 무릅쓰고 나아가
마침내 편안하고 즐거울 것이다

약득현능반 구행행선한
若得賢能伴 俱行行善悍

능복제소문 지도불실의
能伏諸所聞 至到不失意[1]

* 우러를수록 더욱 높고, 팔수록 더욱 깊고, 친할수록 더욱 경외로운 곳에, 진정 크고 아름다운 인격이 있다.

** 모든 것을 잊고 도취하는 것이 애인이지만, 모든 것을 알고 기뻐하는 것이 친구이다. — A. 보나르, 『우정론』

---

1) 한(悍) : 굳셀 한.

상유품 · 10

어질고 착하며 행동을 같이하고
바르고 굳센 동무를 만나지 못하거든
망한 나라를 버리는 임금처럼
차라리 혼자 가 악을 삼가라

부득현능반 구행행악한
不得賢能伴 俱行行惡悍

광단왕읍리 영독불위악
廣斷王邑里 寧獨不爲惡

* 고독을 즐기는 자기 자신, 고독 속에 놓인 자기 자신을 돌아보고, 문득 악연(愕然)하다.
고독을 즐기는 마음이란 대개 깨끗한 것, 바른 것이 아니면, 더러운 것, 비뚤어진 것이다.
강한 자 아니면 약한 자요, 자기를 우는 자 아니면 남을 미워하는 자다.
염결(厭潔)과 청정을 표방하고 안일과 타태(惰怠) 속에 자기의 생활을 마비시키는 '나'…….

** 친구를 고르는 데 서두르지 말라. 바꿀 때는 더욱 그렇다.
— B. 플랭클린

상유품 · 11

차라리 혼자서 선을 행하라
어리석은 사람과 짝하지 말라
놀란 코끼리 제 몸을 보호하듯
차라리 혼자 있어 악을 짓지 말라

영독행위선 불여우위려
寧獨行爲善 不與愚爲侶

독이불위악 여상경자호
獨而不爲惡 如象驚自護

* 자기에게 맞는 세계만을 추구하고, 또 거기에서만 생활하는 것은 자기를 봉쇄하고, 제한하고, 위축하고, 마지막에는 자살시키는 것이 아닌가?
자기를 세우는 곳에 세계는 지옥으로 화한다.

** 벗을 찾는 자는 불행하다. 그것은, 충실한 벗은 다만 그 자신뿐이므로 벗을 찾는 자는 자기 자신에게 충실한 벗일 수 없다.
— H. D. 소로

상유품 · 12

좋은 곳에 나는 것 기쁜 것이다
친구는 이해(理解) 있어 기쁜 것이다
복은 명이 다할 때 기쁜 것이다
많은 죄 짓지 않아 기쁜 것이다

생이유리안 반연화위안
生而有利安 伴軟和爲安

명진위복안 중악불범안
命盡爲福安 衆惡不犯安

* 잘살 때에는 친구가 많다
어려울 때 친구가 참 친구니라.
늘그막의 복이 참 복이니라.
젊어 고생은 사서라도 한다느니…….

** 기쁨은 우리가 우리 자신이 된다는 목적에 점점 접근해 가는 과정에서 경험하는 것이다. — E. 프롬, 『소유냐 삶이냐』

상유품 · 13

집에 어머니 있어 즐거움이다
아버지 있어 또한 즐거움이다
세상에 사문[1] 있어 즐거움이다
천하에 도가 있어 즐거움이다

人家有母樂 有父斯亦樂
世有沙門樂 天下有道樂

* 하느님이 나를 창조하지 않았고, 하늘이 나를 내지 않았으매, 나는 나의 탄생의 의의를 생각하고 싶지 않다.
자기의 미망의 업보로 생겨났고, 생겨났어도 복과 혜(慧)를 타고나지 못했으매, 도리어 자기 자신이 밉고 또한 가엽다.

** 아버지와 어머니가 있어 즐거움이요, 수행하는 이가 있어 세상의 도를 밝혀 주니 이 모두가 삶의 즐거움이다
아버지와 어머니가 없어 괴로움이요, 수행하는 이가 없고 세상의 도가 흐려지니 이 모두가 삶의 괴로움이다

---

1) 사문(沙門) : 수행자.

상유품 · 14

계를 가져 늙어서 즐거움이다
믿음이 굳게 서서 즐거움이다
지혜를 마음에 얻어 즐거움이다
악을 범하지 않아 더욱 즐거움이다

지계종노안 신정 소정선
持戒終老安 信正[1]所正善

지혜최안선 불범악최안
智慧最安善 不犯惡最安

* 행복한 경우에 있는 사람은 인간 이상의 존재와 그 기적적 위력을 믿지 않는다. 그러나 불행의 밑바닥에 빠진 사람이 신앙하는 인간 이외의 존재와 그 기적적 위력은 족히 신뢰할 수가 없다. 전자는 오만과 나태에서 마음이 어두웠고, 후자는 혼란과 시달림에서 정신이 어지러웠기 때문이다.

** 유익한 즐거움이 셋 있고, 해로운 즐거움이 셋 있다. 예악(禮樂)을 조절함을 좋아하며 남의 착한 것을 말함을 좋아하며, 어진 벗이 많음을 좋아하면 유익하다. 교한한 것을 향락함을 즐기며, 안일을 즐기며 잔치놀이를 즐기면 해롭다. — 공자

1) 신정(信正) : 바른 것을 믿는 것. 이것이 불교의 '믿음'의 특징이다.

제24. 애욕품(愛欲品)

사위국에 큰 장자(長者)가 있었다. 12, 13세 되는 아들 하나를 남기고 부모가 모두 세상을 떠났다. 아들은 아직 나이 어려 살림을 할 줄 몰라, 몇 해 안 되어 살림을 파하고 거지가 되었다. 하루는 그 아버지의 친구 되는 장자(長者)가 이것을 보고, 그 사정을 자세히 들어 알고 불쌍히 여겨, 집으로 데리고 가서 기르면서 그 딸과 짝을 짓고 살림을 내어 살게 했다. 그러나 그는 사람됨이 게으르고 소견이 없어 도로 구차하게 되었다. 장자는 그 딸을 보아서 몇 번이나 살림을 차려 주었지마는 끝내 살림이 되지 않았다.

장자는 드디어 그 딸을 데려와서 다른 곳으로 시집을 보내려고 친척들을 모아 그것을 의논했다. 그 딸은 몰래 이것을 엿듣고 그 남편에게 알려 대책을 꾀했다. 그 남편은 이 말을 듣고 부끄럽고도 분해, 몇 번이나 생각하다가 드디어 악한 마음을 내어, 아내를 칼로 찔러 죽이고 자기도 죽고 말았다. 장자는 걱정과 근심을 이기지 못해 식구를 거느리고 부처님께 찾아왔다.

부처님은 말씀하셨다.

"탐욕과 성냄은 세상의 떳떳한 병이요, 어리석음과 무지는 재화의 문이다. 삼계(三界), 오도(五道)는 모두 이것으로 말미암아 생사의 바다에 빠져 헤매면서, 무한한 시간에 무한한 괴로움을 받으면서도 오히려 뉘우칠 줄은 모르는데, 하물며 어리석은 사람이 어떻게 이것을 알겠는가? 이 탐욕의 독은 몸을 망치고, 친족을 망치고, 그 해는 중생에 미치는 것이다. 어찌 다만 부부에 그치겠는가?"

—『법구비유경』, 「애욕품」

애욕품 · 1

방탕한 마음이 음행(婬行)에 있으면
애욕의 넌출은 뻗고 자라니
나무 열매를 찾는 원숭이처럼
이리저리로 미쳐 돌아다닌다

심방재음행 욕애증지조
心放在婬行 欲愛增枝條

분포생치성 초약탐과후
分布生熾盛 超躍貪果猴

* 애정이 없는 결혼은 야합이다. 그러나 야합이 애정을 낳을 수도 있다.
애정의 합일적 완성은 결혼이다. 그러나 결혼이 곧 애정을 죽이는 수도 있다.
아무렇건 결국 전자는 야합이요, 후자는 결혼이다.

** 방탕이란 일종의 마취기능을 가지며, 고통 받는 사람들은 항상 이 마취제를 사용하고 싶은 유혹을 느끼게 된다.
— 시몬 베유, 『노동일기』

애욕품 · 2

사납고 독한 애정의 욕심을
그대로 놓아 거기에 집착하면
걱정, 근심은 날로 자라나나니
'비라나'풀[1]의 넌출이 우거지듯

이위애인고 탐욕착세간
以爲愛忍苦 貪欲着世間

우환일야장 연여만초생
憂患日夜長 筵如蔓草生

* 연애는 모든 남녀의 폭군이기도 하다.
그리하여 일시적 쾌락과 심각한 고뇌와 번민을 그 보수로 준다.

** 욕심쟁이는 황금의 알을 낳는 닭을 죽인다. — 『이솝우화』

---

1) 바라나 풀 : 향내 나는 풀의 일종. 「기신품 · 6」의 주 2) 참고.

애욕품 · 3

사납고 독한 애정의 욕심을
그대로 놓아 버리지 못하면
걱정, 근심은 날로 불어가나니
잔잔한 물방울이 못을 채우듯

인위은애혹 불능사정욕
人爲恩愛惑 不能捨情欲

여시우애다 잔잔 영우지
如是憂愛多 潺潺[1]盈于池

* 연애란, 사랑을 그리는 것이다.
언제나 그것은 부자유에 의한 신비성에서 일어난다.
그러므로 양성간의 신비성(성욕과 인격에 대한)이 소실될 때는, 연애란 꽃도 지고 만다.

** 한 방울의 물도 세상을 가득 채운다.
그러나 여름 홍수는 갈증을 해소하는 것이 아니라 온 세상을 파괴한다.

---

1) 잔잔(潺潺) : 물이 졸졸 흐르는 모양.

애욕품 · 4

도에 뜻을 두어 행하는 사람은
아예 애욕을 일으키지 말라
먼저 애욕의 근본을 끊어
그 뿌리를 심지 말고
저 갈대는 베는 듯이 하여
다시 마음을 나게 하지 말라

위도행자 불여욕회 선주 애본
爲道行者 不與欲會 先誅[1]愛本

무소식근 물여예위 영심복생
無所植根 勿如刈葦[2] 令心復生

* 남자의 손을 기다리는 여자의 소극성이,
흔히 엄숙하게 보이는 때가 있다.

** 약함의 승리! 이 무기를 다루기는 여성이 노련하다.
— 로망 롤랑, 『매혹된 영혼』

---

1) 주(誅) : 벨 주.
2) 위(葦) : 갈대 위.

애욕품 · 5

비록 나무를 베어내도
뿌리가 있으면 다시 싹 나듯
애욕을 뿌리째로 뽑지 않으면
살아나는 괴로움을 다시 받으리

여수근심고 수절유부생
如樹根深固 雖截猶復生

애의부진제 첩 당환수고
愛意不盡除 輒[1]當還受苦

* 여성의 절대적인 애정,
그것은 천사같이 아름다운, 영원한 여성의 영광이다.
동시에 영원한 약점인 비극의 운명이다.

** 인간은 나무와도 같은 것이다.
나무는 키가 하늘 높이 밝은 곳으로 올라가면 갈수록 그 뿌리는 점점 굳게 땅 속에, 밑바닥 깊숙이 어두운 곳의 악으로 향해간다.

— F. W. 니체

---

1) 첩(輒) : 번번이 첩.

애욕품 · 6

마음속에 36[1]의 흐린 물결이
군세게 흘러 쉬지 않으면
탐애(貪愛)[2]에서 나오는 분별의 물결은
그 사람을 마침내 휩쓸 것이다

삼 십 육 사 류 병 급 심 의 루
三十六使流 幷及心意漏

삭 삭 유 사 견 의 어 욕 상 결
數數有邪見 依於欲想結

* 인생은 항상 향수에 젖어 있다. 나그네이기 때문이다. 왜 나그네가 되었던가? 고향이 불만이었기 때문이다. 그러면 왜 불만인 고향을 다시 그리는가? 나그네 신세가 고달프기 때문이다.
고향에서 유랑으로, 유랑에서 고향으로…….

** 인생이란, 영원한 고달픔과 동경에서 허덕이는 유랑군(流浪群)인가! 높게 출렁이는 물결은 인간이 그어 놓은 분별의 선을 휩쓸어간다.

---

1) 36 : 6경(境)에 대한 6애(愛)를 욕(欲) · 유(有) · 무유(無有)의 3에 승해서 18로 하고, 이것을 안팎의 분별의 2로 해서 36이 된다.

2) 탐애(貪愛) : 색(色) · 성(聲) · 향(香) · 미(味) · 촉(觸)의 5경(境)을 탐하여 애착하는 것.

애욕품 · 7

뜻의 흐름은 물처럼 붇고
애욕의 얽힘은 넌출처럼 자라나니
만일 이것을 보아 알거든
지혜로써 그 뿌리를 끊어라

일체의류연 애결여갈등
一切意流衍 愛結如葛藤

유혜분별견 능단의근원
唯慧分別見 能斷意根原

* 사랑은 성급한 것이다.

** 지혜는 매일 쓰지 않으면 안 된다. 쓰지 않으면 그만큼 손해이다. 나태는 녹과 같다. 일상 쓰지 않는 자물쇠는 녹이 쓸고, 일상 사용하는 자물쇠는 광채를 발한다. — B. 플랭클린

애욕품 · 8

사랑의 즐거움에 맡겨 따르면
애욕의 수렁창은 깊어만 가나니
거기에 빠져 헤어날 길이 없이
생사의 수레바퀴 돌고 돌아라

부종애윤택 사상위자만
夫從愛潤澤 思想爲滋蔓
애욕심무저 노사시용증
愛欲深無底 老死是用增

* 성애(姓愛)와 환경과 조건을 공제한 나머지의 부부애란 얼마나 될까?

** 성욕과의 싸움이 가장 어려운 투쟁이다. — 톨스토이

애욕품 · 9

애욕에 휘감겨 달리는 중생은
그물에 걸린 토끼와 같다
번뇌와 집착에 꽁꽁 묶이어
얼마나 많은 생의 괴로움을 받는가!

衆生愛纏[1]裏(중생애전리) 猶兎在於罝[2](유토재어저)

爲結使所纏(위결사소전) 數數受苦惱(삭삭수고뇌)

* 보이기 위하여 숨기는 경우가 있다.
숨기기 위하여 보이는 경우가 있다.
우리에게서 도망하면서 우리를 정복하고, 우리를 피하면서 우리를 포로로 하는 여성이 있는 것처럼.

** 땅 위의 모든 종족, 사람이건 짐승이건, 대해의 고기이건, 집짐승이건 다색채(多色彩)의 새들이건 모두가 광열(狂熱)의 불길 속으로 날려간다. — 베르길리우스

---

1) 전(纏) : 얽을 전.
2) 저(罝) : 그물 저.

애욕품 · 10

애욕을 멸할 수 있다면
애욕 없는 세상이 열리리라
비구가 만일 사랑을 떠나면
욕심이 다해 열반으로 돌아가리

약능멸피애 삼유 무부애
若能滅彼愛 三有[1]無復愛

비구이리애 적멸귀니원
比丘已離愛 寂滅歸泥洹

* 여자를 미워하는 그는
실로 남 이상으로 여자를 사랑하는 자다.

** 떠날 수 없는 것을 떠나는 것이 진정한 용기다.

---

1) 삼유(三有) : 1. 욕유(欲有) · 색유(色有) · 무색유(無色有). 2. 생유(生有 : 태어나는 것) · 본유(本有 : 태어나서부터 죽을 때까지) · 사유(死有 : 죽는 것).

애욕품 · 11

세속을 떠나 숲속으로 들어갔다
숲을 나와 다시 속세로 들어가면
보라 이 사람은 애욕을 벗어났다가
다시 속박을 찾아 나아가는 것이니라

비 원 탈 어 원 탈 원 부 취 원
非園脫於園 脫園復就園

당 부 관 차 인 탈 박 부 취 박
當復觀此人 脫縛復就縛

* 인생에 있어서 지선(至善) · 지미(至美)이어야 할 것이, 못 견딜 비참으로 보이는 때가 있다.
조소에 가까운 적막 – 열정이 식었기 때문인가?
오늘, 첫 겨울 황혼 거리의 안갯발 속에서, 애인을 기다리는 소녀를 보았다.

** 숲속은 지친 새들을 불러 모으고, 속세는 인간의 탐욕을 끌어들인다.

애욕품 · 12

죄인을 묶는 고랑쇠나 자물쇠도
어진 이는 단단하다 생각하지 않나니
보물이나 아내나 자식에 대한
집착하는 사랑은 그에게 더하니라

수옥유구섭 혜인불위뢰
雖獄有鉤鍱 慧人不謂牢

우견처자식 염착 애심뢰
愚見妻子息 染着[1]愛甚牢

* 여자는 언제나 부자유한 것이 그의 운명이다.
여자는 자기의 신비를 보지(保持)하기 위하여(여자=신비) 언제나 자기를 숨기고, 몸을 싸고, 얼굴을 가리기에 여념이 없기 때문이다.

** 언젠가는 없어질 것으로 기대되는 것밖에는 어떠한 보배도 우리들에게 쾌락을 주지 못한다. — 세네카

---

1) 염착(染着) : 마음이 객관 대상에 물들어 여의지 못하는 것. 집착.

애욕품 · 13

깊고 단단하고 치근치근해
나오기 어려운 애욕의 감옥
지혜롭고 어진 이는 이것을 알아
욕을 끊고 두루 놀아 항상 편하다

혜설애위옥 심고난득출
慧說愛爲獄 深固難得出

시고당단기 불시욕능안
是故當斷棄 不視欲能安

* 물망초.
잊지 말라고, 잊지 말라고
박자색(薄紫色) 어여삐 핀 꽃이,
피었다 졌습니다.
지나가면 잊는 것을…….

** 애욕의 감옥은 들어가기는 쉽고, 나오기는 어렵다. 다시 들어가기는 더욱 쉽고 다시 나오기는 더욱 어렵다.

애욕품 · 14

애욕의 즐거움으로 제 몸을 싸는 것은
고치를 짓는 누에와 같다
지혜롭고 어진 이는 이것을 알아
욕을 끊고 두루 놀아 괴로움이 없다

이음락자과 비여잠 작견
以婬樂自裹 譬如蠶[1]作繭[2]

지자능단기 불혜제중고
智者能斷棄 不盻除衆苦

* 우리들의 자유는 언제나 이중의 관문을 통하지 않으면 안 된다.
첫째, 정욕과 유혹의 관문,
둘째, 무상명령(無上命令)의 관문이다.

** 지혜로운 이의 깨달음은 두루 놀아도 괴로움이 없음에 있다. 놀기에 지치고, 즐거움에 싫증난 저 많은 사람들의 무표정한 얼굴을 보라.

---

1) 잠(蠶) : 누에 잠.
2) 견(繭) : 고치 견.

애욕품 · 15

과거도 버려라 미래도 버려라
현재의 이 내 몸 생각도 말라
마음에 걸리는 모든 것을 버리면
생사의 괴로움을 받지 않나니

사전사후 사간월유
捨前捨後 捨間越有

일체진사 불수생사
一切盡捨 不受生死

* 내가 젊었을 때에는 인생은 양양한 바다였다. 수평선은 무한한 동경과 약속을 가지고 내 눈썹 끝에 떠올랐었다.
그러나 때로는 그 바다가 조각조각 균열이 난 백탁(白拆)된 광야로밖에 보이지 않는 것은 무슨 까닭이었던가?
그것은 여성미의 매력 ―영겁의 되풀이― 에 대해 숙고한 나머지에 있었던 것이다.

** 꿈 없는 잠은 행복하다. 아무 것도 마음에 걸리지 않는 자는 생사의 괴로움을 받지 않는다.
누군가를 생각하면서 얻는 즐거움은 때로는 그 사람으로 인해 깨진다.

애욕품 · 16

마음이 어지러워 즐거움만 찾으면
음욕을 보고 깨끗다 생각하여
욕정은 날로 자라고 더하나니
스스로 제 몸의 감옥을 만든다

심념방일자 견음이위정
心念放逸者 見婬以爲淨

은애의성증 종시조옥뢰
恩愛意盛增 從是造獄牢

* 연애에도 천재가 필요한가?
연애를 양심적으로 할 수 있는 사람, 양심을 가지고 연애하는 사람은 가장 행복한 사람일 것이다.

** 스스로가 만들지 않는 마음의 감옥은 없다.
마음의 감옥에 갇히면, 쇠창살보다 더 큰 고뇌가 그를 압박한다.

애욕품 · 17

항상 깨어 있어 깊이 생각해
음욕의 깨끗하지 못함을 알면
악마의 감옥을 이내 벗어나
생사의 번뇌를 받지 않나니

각의멸음자 상념욕부정
覺意滅婬者 常念欲不淨

종시출사옥 능단노사환
從是出邪獄 能斷老死患

* 여자의 신비를 추구한다는 것은,
결국, 하나의 냄새나는 살덩이를 발견하는 것이다.

** 색정은 인류의 옆구리에 입을 벌리고 있는 신비한 상처다. 색정은 아마 우리 인류의 모든 결함의 근원이요, 원리일 것이다.

— G. 베르나노스

애욕품 · 18

애욕을 떠나 두려움 없고
마음속에 걱정이나 근심 없으며
번뇌의 속박을 풀어 버리면
생사의 바다를 길이 떠나리

무욕무유외 념담 무우환
無欲無有畏 恬淡[1]無憂患

욕제사결해 시위장출연
欲除使結解 是爲長出淵

* 생의 밑바닥을 깊이 파고들어, 그 진상을 이해하고 파악한다는 것은, 결국 '비극을 사랑한다'는 것이 아닌가?

** 속박을 벗어버리겠다는 것이 더 큰 속박이 될 경우가 있다. 번뇌의 속박을 풀기 위해 더 큰 속박에 빠지는 것이 욕심 많은 사람들이 속박을 푸는 방법이다.

---

1) 염담(恬淡) : 마음이 편안하여 욕심이 없음. 염(恬)은 고요함을 말함.

애욕품 · 19

모든 일의 깊은 뜻을 깨달아
애욕을 떠나 집착이 없고
생사의 이 세상의 마지막 몸
그야말로 큰 지혜로운 선비다

진도제옥박 일체차피해
盡道除獄縛 一切此彼解

이득도변행 시위대지사
已得度邊行 是爲大智士

* (이를테면 밤 벚꽃의 '창경원' 같은 곳)
당신은 한자리를 잡고 앉아, 바다처럼 밀려오고 밀려가는 군중을 바라다보다가, 꽃 밑에, 불 밑에 키스처럼 반짝이는 많은 여성들의 웃음을 바라보다가, 문득 며칠 전, 다방에서 마주앉아, 못내 사랑스럽다 하던 애인의 눈동자를 슬퍼해 본 적은 없습니까?

** 한 번 떠나면 되돌아오고 싶지 않은 것, 그것의 생사의 바다이다. 더욱 살고자 하면 죽을 것이요, 죽고자 하면 다시 살아갈 것이다.

애욕품 · 20

모든 것을 이기고 모든 것을 깨달아
모든 것을 버려 집착이 없고
애욕이 다해 해탈한 사람
그는 벌써 성(聖)의 길에 든 사람이다[2]

약각일체법 능불착제법
若覺一切法 能不著諸法

일체애의해 시위통성의
一切愛意解 是爲通聖意

* 만일 이러한 물건(여성)이 둘만 있다면, 이 세상에 성도할 사람 없을 것이다 — 불타

** 노새는 새끼를 배어서 죽고, 사람은 탐욕으로 멸망한다.
— 『팔만대장경』

---

2) 이 게송을 읊게 된 유래는 다음과 같다.
부처님이 성도(成道) 후에 아지바카교에 소속되어 있는 우파카라는 고행자와 길에서 마주쳤는데, 그가 부처님의 얼굴을 보고 묻기를, "당신의 모습은 맑고 얼굴빛은 환희 빛나고 있습니다. 누구를 따라 출가했으며 누구를 스승으로 삼고 누구의 가르침을 받으셨습니까?" 라고 하자 위의 게송으로써 답했다고 한다.

애욕품 · 21

모든 보시에서 경[1]의 보시 제일이요
모든 맛에서는 도의 맛이 제일이요
모든 낙에서는 법의 낙이 제일이요
애욕의 다함은 모든 괴로움 이긴다

중시경시승 중미도미승
衆施經施勝 衆味道味勝

중락법락승 애진승중고
衆樂法樂勝 愛盡勝衆苦

* 애(愛)는 애착이 아니다. 그것은 모든 사물을 파괴한 뒤에 오는 실상의 긍정이요, 그 사물의 생명과 동화된 자태이다.
애는 끊임없는 창조적 활동이요, 애착은 모든 사물의 생명을 응체(凝滯)시키는 것이다.

** 도의 맛을 보았는가.
법의 즐거움을 아는가.
찾지 않는 자는 알 수 없고, 구하지 않는 자는 얻을 수 없다.

---

1) 경(經, sūtra; sutta) : 부처님이 설한 교법과 그것을 기록한 불교 성전. 부처님의 설법은 실로 꽃을 꿰어 화환을 만드는 것같이 온갖 이치를 꿰어 흩어지지 않는다는 뜻.

애욕품 · 22

어리석은 사람은 제 몸을 묶어
피안[1]으로 건너갈 생각을 않는다
애욕의 즐거움 그대로 맡겨
남을 해치고 또 나를 죽인다

愚以貪自縛 不求度彼岸
貪爲愛欲故 害人亦自害

* "사랑은 죽음보다 강하다……"
이 말은 사실 치정의 범죄적 본능 이외에 다른 무슨 의미를 가지고 있겠는가?
그렇지 않으면 허영적 감상 이외에…….

** 술 취한 운전자는 스스로도 죽이고, 남도 해친다.

---

1) 피안(彼岸) : 열반의 경지를 비유.

애욕품 · 23

밭은 잡초의 해침을 받고
사람은 탐심의 해침을 받나니
탐심 없는 이에게 보시 행하면
거두는 그 복은 한이 없으리

애욕의위전 음노치위종
愛欲意爲田 婬怒癡爲種

고시도세자 득복무유량
故施度世者 得福無有量

* 에덴 동산에서 아담이 빨간 선악(善惡)의 과실을 바라보고 무한한 식욕을 느꼈을 때에, 인간에게는 영광과 희망과 재생의 동이 텄다.
그리하여 맛나는 과즙이 아담의 목구멍을 넘어갔을 때에, 인간은 영원한 구원을 받았다.
신의 인간에서, 인간의 인간으로……죄에의 자유는 곧 선에의 자유였다.

** 탐욕은 결코 만족에 이를 수 없는 욕구를 만족시키기 위해서 끝없이 노력하는 가운데서 그를 지쳐버리게 하는 바닥 없는 함정과 같은 것이다. — E. 프롬, 『자유로부터의 도피』

애욕품 · 24

밭은 잡초의 해침을 받고
사람은 진심의 해침을 받나니
진심 없는 이에게 보시 행하면
거두는 그 복은 한이 없으리

유여예악전 진에 자만생
猶如穢惡田 瞋恚[2]滋蔓生

시고당리에 시보무유량
是故當離恚 施報無有量

* 어린애에게 이 세계라도 능금 알처럼 따주고 싶은 마음.
이것은 남에게 기쁨을 줌으로 말미암아 받아 오는 유쾌처럼, 거룩하고 귀하고 건강한 유쾌는 없다는, 가장 아름다운 본능의 표정이다.
받는 자의 기쁨의 무사기(無邪氣)와 주는 자의 야심 없고 아첨 아닌 사랑이기 때문이다.

** 분노는 타인에 대하여 유해하지만, 분노에 휩싸인 당사자에게는 더욱 유해하다. — 톨스토이, 「독서의 수레바퀴」

---

2) 진에(瞋恚) : 노여움, 분노, 자기 의사의 어그러짐에 대하여 성을 내는 일. 3독의 하나.

애욕품 · 25

밭은 잡초의 해침을 받고
사람은 치심[1]의 해침을 받나니
치심 없는 이에게 보시 행하면
거두는 그 복은 한이 없으리

유 여 예 악 전 우 치 예 악 생
猶如穢惡田 愚痴穢惡生

시 고 당 리 우 획 보 무 유 량
是故當離愚 獲報無有量

* 사람은 마땅히 숨겨 두어야 할 위대를 너무나 가지지 못했으매, 모래알 같은 일에, 모래알 같은 자기를, 모래알처럼 나타내는 것이 아닌가?

** 어리석은 자가 마지막에 하는 것을 현자는 최초에 한다.

— 영국 격언

1) 치심(痴心) : 어리석음. 3독의 하나.

애욕품 · 26

밭은 잡초의 해침을 받고
사람은 욕심의 해침을 받나니
욕심 없는 이에게 보시 행하면
거두는 그 복은 한이 없으리[1]

유여예악전 탐욕위자만
猶如穢惡田 貪欲爲滋蔓

시고당리탐 획보무유량
是故當離貪 獲報無有量

* 항상 자기의 것을 남의 것보다 크게, 아름답게, 좋게 보고 만열(滿悅)을 느끼는 오만한 자. 항상 남의 것을 자기의 것보다 크게, 아름답게, 좋게 보고 허천(虛喘)을 떠는 간탐(慳貪)한 자. 전자는 후자보다 행복하다. 그러나 눈이 어둡다.

---

1) 게송 「애욕품 · 23」, 「애욕품 · 24」, 「애욕품 · 25」, 「애욕품 · 26」은 삼독심(三毒心), 즉 탐진치(貪瞋癡)의 그릇된 마음에 대한 경계이다. 탐욕은 목마름에 비유되는 사나운 욕망이며, 우리를 자기의 생명과 여러 대상에 집착시키는 원흉이다. 이것을 의지(意志)가 일으키는 번뇌라 한다면, 노여움은 그 격렬한 점에서 감정이 빚는 온갖 번뇌 중 가장 두드러진 것이 된다. 이에 대해 어리석음은 진리에 대한 무지(無知)여서 어둠[無明]으로 비유되는 것으로도 알 수 있듯 눈을 흐리게 만들어, 진실에 대한 가치의 전도(顚倒)를 가져온다. 탐욕이나 노여움도 이러한 미혹에서 생기므로, 이 어리석음이야말로 근본적 번뇌이다.

제25. 비구품(比丘品)

옛날 새, 비둘기, 뱀, 사슴의 네 짐승이 한 산에 살고 있었다. 어느 날 밤에 저들은 서로 '이 세상 고통 가운데 어떤 것이 제일 클까?' 하고 생각했다. 새가 말했다.

"배고프고 목마른 것이 제일 큰 고통이다. 배고프고 목마를 때에는 몸은 여위고 눈은 어두워 정신이 편치 않다. 그래서 몸을 그물에 던지기도 하고 화살도 돌아보지 않는다. 우리들의 몸을 망치는 것은 이 때문이다."

비둘기는 말했다.

"음욕이 가장 괴롭다. 색욕이 불길처럼 일어날 때에는 돌아볼 것이 없다. 몸을 위태롭게 하고 목숨을 죽이는 것이 이 때문이다."

뱀은 말했다.

"성내는 것이 가장 괴롭다. 독한 생각이 한 번 일어나면 친한 사람, 낯선 사람 가릴 것 없이, 남을 죽이고도 자기를 죽인다."

사슴은 말했다.

"두려운 것이 가장 괴롭다. 나는 숲속에서 놀 때, 사냥꾼이나 늑대가 오나 해서 마음이 늘 떨리고 있다. 어디서 무슨 소리가 나면 곧 굴속으로 뛰어들고, 어미 자식이 서로 갈리어 애를 태운다."

오통비구는 이 말을 듣고 그들에게 말했다.

"너희들이 말하는 것은 다만 가지뿐이요, 아직 뿌리를 모른다. 천하의 고통은 몸이 있기 때문이다. 만일 능히 고통의 근원을 끊으면 열반에 들 수 있을 것이다. 열반의 도는 고요하고 고요해 형용할 수 없고, 근심, 걱정이 아주 끝나 그 이상 편안함이 없는 것이다."

—『법구비유경』,「안녕품」

비구품 · 1

몸과 입을 보호하는 것 착한 일이다
뜻을 보호하는 것 착한 일이다
만일 비구[1] 있어 이렇게 행하면
그는 모든 고통을 면할 것이다

단목이비구 신의상수정
端目耳卑口 身意常守正

비구행여시 가이면중고
比丘行如是 可以免衆苦

* 오직 하나 알뜰한 상(像)이 있어
가슴속 깊이 보배로이 지녔기에,
여섯 문 꼭꼭 닫고 녹장(綠帳) 내리고
오로지 태우는 그리움의 촛불 하나.

** 단정하고 바르게 자기를 지키는 것이 비구의 길이다.

---

1) 비구 : 부처님 당시에는 탁발하는 수행자를 비구라 하나 여기서는 출가한 불제자(佛弟子)를 말한다.

비구품 · 2

손발을 억제해 함부로 하지 않고
발을 삼가고 행동을 조심하며
정(定)[1]을 닦아 즐기고 정에 머물러
혼자 있어 만족하는 비구가 되라

手足莫妄犯 節言愼所行
常內樂定意 守一行寂然

* 무엇을 할까? 아니, 어떻게 할까가 문제다.
비록 마당의 풀 한 포기 뽑고, 방 한 번 닦는 것도 그것을 대하는 태도 진성(眞誠)일 때는, 그 공덕 시방(十方)[2]중생에 회향(廻向)되어 위대할 것이요, 국가를 책략하고 천하를 평정한다 하더라도 그 마음에 때가 낄 때는, 하나의 미미한 사사(私事)에 불과할 것이다.

** 아는 자는 말이 없고, 말하는 자는 아무 것도 모르는 자이다.
— 노자

---

1) 정(定) : 마음을 한곳에 머물게 하여 흩어지지 않게 하는 것. 선정(禪定).
2) 시방(十方) : 동, 서, 남, 북, 동북, 동남, 서남, 서북, 상, 하에 있는 무수한 세계.

비구품 · 3

비구는 마땅히 입을 지켜
말이 적고 무겁고 또 부드러워서
법의 뜻을 그 속에 나타내 보이면
그 말은 반드시 달고 맛난다

학당수구 과언안서
學堂守口 寡言安徐
법의위정 언필유연
法義爲定 言必柔軟

* 어떠한 '노' 속에도 '예스'를 들을 수 있고, 어떠한 '예스' 속에서도 '노'를 들을 수 있다.

** 사람은 비수를 손에 들지 않고서도 가시 돋친 말속에 그것을 숨겨둘 수 있다. — 셰익스피어, 『햄릿』

비구품 · 4

만일 비구 있어서 법을 즐기고
법에 머물고 법을 항상 생각하고
법 따라 행해 거기에 편안하면
그는 법에서 물러나지 않으리

낙법욕법 사유안법
樂法欲法 思惟安法

비구의법 정이불비
比丘依法 正而不費

* 물(物)이 이미 이루어질 때까지 그것이 이루어지지 못하리라고 생각된 것은 얼마나 많은가? – 플리니오

그러나 일이 이미 틀릴 때까지 그것이 이루어지리라고 생각된 것은 얼마나 많은가?
다같이 인생은 기망(欺罔)이다. 과거에 있어서……
다같이 인생은 의지다. 미래에 있어서……

** 자연에 존재하는 만물은 법과 함께 행동한다. – I. 칸트

비구품 · 5

자기의 얻음에서 불평을 말라
남의 분(分)을 실없이 부러워 말라
남을 함부로 부러워하는 비구
마음의 안정을 얻지 못한다[1]

학무구리 무애타행
學無求利 無愛他行

비구호타 부득정의
比丘好他 不得定意

* 인간애의 신뢰, 실로 그것은 우리의 혼의 평안한 숙박소 · 위안처요, 불 · 신에의 신앙이 곧 그것이다.
여기에서 생활의 어둡고 거친 풍우의 밤은 평정한 아침으로, 나직이 누르는 음울한 하늘은 청량한 하늘로 전화(轉化), 개전(開展)되어 가는 것이다.

** 거지일지라도 다른 거지를 부러워한다. — 영국 격언

---

1) 여기서는 비구의 탁발(托鉢)에 대해 읊었다. 탁발할 때에는 손에 발우를 들고 집집마다 돌아다니며 먹을 것을 얻는데 이것은 스님들이 가장 간단한 생활을 표방하는 동시에 첫째는 아집(我執) · 아만(我慢)을 제하고, 둘째로는 보시하는 이의 복덕을 길러주는 공덕이 있기 때문이다.

비구품 · 6

자기의 얻음에서 불만을 품지 않고
적게나마 쌓아 둠이 없으면
정명(淨命)[1]의 게으름이 없는 비구를
하늘도 오히려 칭찬하나니

비 구 소 취 이 득 무 적
比丘少取[2] 以得無積

천 인 소 예 생 정 무 예
天人所譽 生淨無穢

* 새것을 욕망하는 욕망과 그 욕망의 운행은,
사람을 향상시키는 동시에 불행하게도 한다.

** 어떤 불만으로 해서, 자기를 학대하지만 않는다면 인생은 즐거운 것이다. — B. 러셀

---

1) 정명(淨命) : 깨끗한 생활.
2) 취(取) : 걸식.

비구품 · 7

세상 모든 것 헛된 것이라
구태여 가지려 허덕이지도 않고
잃었다 하여 번민도 않는 사람
그야말로 참으로 비구이니라

일체명색 비유막혹
一切名色[1] 非有莫惑

불근불우 내위비구
不近不憂 乃爲比丘

* 만일 '자유'가 없었다면 우리에게는 자유의 요망이 없을 것이다. '영원'이 없었다면 또한 영원의 흔구(欣求)가 우리에게 생길 수 없을 것이다.
어머니의 유즙(乳汁)이 있었기에 갓난아기의 젖의 요구가 있고, 처녀가 이성에 눈을 떴을 때 벌써 그 주위에는 총각들이 둘려 있는 것이다.

** 가진 것 때문에 괴로워한다.
잃어버린 것 때문에 괴로워한다.
가진 것도 잃어버린 것도 없다면 어떻게 할까.

---

1) 명색(名色) : 명(名)은 정신 면을, 색(色)은 물질 면을 의미한다.

비구품 · 8

부처님 가르치심 사랑하고 공경하여
언제나 자비에 사는 비구는
고요한 마음으로 진리를 관찰하여
욕심이 쉬어 언제나 안락해라

比丘爲慈 愛敬佛教
深入止觀[2] 滅行乃安

* 부모의 애정으로 자라나면서 어린애는 그것을 모른다.
부처의 자비의 본원에 구원을 받으면서 중생은 그것을 모른다.
너무 크기 때문이다.

** 항구에 있는 배는 안전하다. 그러나 그러기 위해 배가 건조된 것은 아니다. — J. A. 세드

---

2) 지관(止觀, śamatha, vipaśyanā) : 정(定) · 혜(慧)를 닦는 두 가지 방법. 지(止)는 정적(靜的)으로 마음을 거두어 망념을 쉬고 마음을 한곳에 집중하는 것. 관(觀)은 동적(動的)으로 지혜를 내어 관조(觀照)하여 진여에 계합하는 것. 이 둘은 서로 돕고 의지하여 해탈에 이르게 한다.

비구품 · 9

비구여 이 배[船] 밑의 물을 퍼내라
속이 비면 배는 가볍게 가나니
가슴속에 음(婬) · 노(怒) · 치(癡)의 독이 없으면
너도 또한 열반에 빨리 가리라

비 구 호 선 중 허 즉 경
比丘戽[1]船 中虛則輕

제 음 노 치 시 위 니 원
除婬怒癡 是爲泥洹

* 흐름은 끝끝내 바다까지의 길을 발견하지 않고는 그치지 않는다.
사람은 끝끝내 죽음에까지 가지 않을 수 없다.
문제는 다만 그의 과정에, 그 흐름의 태도 여하에 있다.

** 빈 배는 도인(道人)을 가리킨다. 그는 자기를 비워서 세상에 처한다. — 『장자』

1) 호(戽) : 손두레박 호.

비구품 · 10

다섯[1]을 끊고 다섯[2]을 버리고
또 다섯[3]을 부지런히 닦아라
다섯 가지[4] 집착을 뛰어넘은 비구는
생사의 바다를 건넜다 한다

捨五斷五 思惟五根
能分別五 乃渡河淵

* 언제나 한 번은 미워하지 않으면 안 될 것으로, 이것을 사랑하라. 또 언제나 한 번은 사랑하지 않으면 안 될 것으로, 이것을 미워하라 — 키론
사람은 이렇게까지 신중하고 과민하지 않으면 안 될 것인가? 인생의 중하(重荷)다.

---

1) 다섯 : 1. 내가 있다는 소견. 2. 의심. 3. 계율에 대한 그릇된 소견. 4. 탐욕. 5. 진심(瞋心 : 성냄).
2) 다섯 : 1. 색계(色界)에 대한 탐심. 2. 무색계에 대한 탐심. 3. 마음의 덤빔. 4. 거만함. 5. 어리석음.
3) 다섯 : 1. 믿음. 2. 부지런함. 3. 항상 생각함. 4. 마음의 고요함. 5. 지혜.
4) 다섯 가지 : 1. 탐하는 마음. 2. 성내는 마음. 3. 어리석음. 4. 거만함. 5. 바르지 않은 소견.

비구품 · 11

비구여 생각을 한곳에 모아라
마음을 욕심에 날뛰게 하지 말라
뜨거운 철환(鐵丸)을 입에 머금어
몸이 타는 괴로움을 스스로 받지 말라

선 무 방 일 막 위 욕 란
禪無放逸 莫爲欲亂

불 탄 양 동 자 뇌 초 형
不呑洋銅 自惱燋形

* 입이란 몹시 치근치근한 것이다. 재 속에 파묻힌 불과 같이 한번 나타나기 전에는 그 열기 좀처럼 식지 않는 것이요, 또 새로 짜낸 쇠젖과 같이 당장에는 익을 줄 몰라, 수축(隨逐)하면서 사람을 괴롭히는 것이다.
한 번 벽을 향해 던져진 고무공은 반드시 돌아오는 것이다.
다소의 지자(智者)는 악을 행하면서 마음을 괴롭히나, 우자(愚者)는 그 보(報)가 나타난 후에야 비로소 죄책을 느끼는 것이다.

** 선(禪)이란 괴로움을 깨뜨리는 정신의 자기 집중이다.

비구품 · 12

선(禪)이 없으면 지혜를 얻지 못하고
지혜가 없으면 선이 되지 않는다
선과 지혜를 갖춘 사람[1]은
이미 열반에 가까웠나니

무 선 부 지 무 지 불 선
無禪不智 無智不禪

도 종 선 지 득 지 니 원
道從禪智 得至泥洹

* 생명의 영광에 한 번 쪼이면 모든 실재(實在)는 절대화한다.
생명은 생명 그 자신, 유일의 목적이매.

** 선정은 금강(金剛)의 갑옷이라
능히 번뇌의 화살을 막고
선정은 지혜를 지키는 고장(庫藏)으로서
온갖 공덕의 복밭이로다. — 용수

---

1) 선정(禪定)은 마음을 한곳에 머물게 하고 지혜(智慧)는 현상(現象)인 사(事)와 본체(本體)인 이(理)를 관조하는 것. 보조국사 지눌 스님이 주장하신 정혜쌍수(定慧雙修) 이론과 같다.

비구품 · 13

빈 집[無]에 들어가 '공'[1]을 깨닫고
혼자 있어 마음이 고요한 비구는
오직 한 생각 법을 생각하면서
사람 가운데 없는 즐거움을 맛본다

당학입공 정거지의
當學入空 靜居止意

낙독병처 일심관법
樂獨屛處 一心觀法

* 내 눈이 미치지 못하는 곳, 내 귀가 미치지 못하는 곳……
못 보고, 못 듣는다 하여, 어찌 거기에 빛과 소리가 없다 하랴!
이렇게 생각하면, 시방(十方) 세계에 불(佛)의 정각음(正覺音)
가득 찬 것도 같다. 불의 보리신(菩提身) 가득 찬 것도 같다.

** 빈 집에 들어 공을 깨달으면
한마음으로 모든 법을 볼 수 있다.

---

1) 공(空)은 아무 것도 없는 것이 아니라 연기법에 따른 무정법(無定法)을 말한다. 세계가 무상(無常)하고, 나는 무아(無我)라고 하는 것은 이것이 있으므로 저것이 있고, 내가 있으므로 네가 있는 그러한 관계 속에 비로소 법이 서는, 즉 연기(緣起)하는 것으로 설명된다. 따라서 거기에는 정해진 법[定法]이 없다. 이런 의미에서 공(空)이라고 한다.

비구품 · 14

이 몸은 오음(五陰)[1]의 거짓 모임으로서
있다 없어지는 것 생각해 알면
마음은 깨끗한 즐거움에 잠기어
감로의 시원한 맛, 맛볼 것이다

당 제 오 음 복 의 여 수
當制五陰 伏意如水

청 정 화 열 위 감 로 미
淸淨[2]和悅 爲甘露味

* 인생이란 큰비가 쏟아지는 광야를 걸어가는 나그네와 같은 것이다. 달려 보아도 허덕거려 보아도 비에 젖[苦]지 않을 수는 없는 것이다.
먼저, 젖기를 각오하시오. 그리하여 비를 맞으며 유유히 걸어가시오. 젖기는 일반이나 고뇌는 적을 것이다.

** 새는 비는 우리의 마음을 썩게 한다. ―『팔만대장경』

---

1) 오음(五陰) : 오온(五蘊), 즉 색수상행식(色受想行識).

2) 청정(淸淨, śuddhā) : 나쁜 짓으로 지은 허물이나 번뇌의 더러움에서 벗어난 깨끗함. 자성청정(自性淸淨) · 이구청정(離垢淸淨)이 있다.

비구품 · 15

이른바 총명하고 지혜로운 비구는
감관을 단속해 족함을 알고
도덕을 지켜 생활이 바르며
착한 친구를 구해 사귀고

불수소유 위혜비구
不受所有 爲慧比丘

섭근 지족 계율 실지
攝根[1]知足 戒律[2]悉持

* 인간은 어떠한 때, 어떠한 곳에서나, 각각 그때, 그곳의 신에 의해서 생활하는 것이다. 그러나 모든 신은 언제나 어디서나, 일신(一神)의 환상에서 일어나는 것이다.
그 일신이란, '자기'다.

** 닮은 사람들끼리 무리를 이룬다. — 호머, 『오딧세이』

---

1) 육근(六根) : 육식(六識)의 소의(所衣)가 되어 육식을 일으켜, 대경(對境)을 인식케 하는 근원. 안이비설신의(眼耳鼻舌身意)의 육근. 근은 낸다는 뜻으로 이를테면 안근은 안식(眼識)을 내어 색경(色境)을 인식한다.

2) 계율(戒律) : 부처님 제자들의 비도덕적인 행위를 막는 율법. 「쌍서품 · 10」의 주 참고.

비구품 · 16

항상 보시를 즐겨 행하고
행하는 일은 착하고 묘하나니
이렇게 하여 지혜로운 비구는
괴로움은 다해 즐거움이 많으리라

생당행정 구선사우
生當行淨 求善師友

지자성인 도고치희
知者成人 度苦致喜

* 보시는 보시를 잊어서 무루(無漏)의 보시가 되고, 자비는 자비를 잊어서 큰 자비가 되고, 인(仁)은 인을 잊어서 인에 이르고, 사랑은 사랑을 잊어서 사랑에 살고, 종교는 종교를 잊어서 진정한 종교가 되고, 신앙은 신앙을 잊어서 순수한 신앙이 되고, 시(詩)는 시를 잊어서 영감의 시가 되고, 나는 나를 잊어서 비로소 전아(全我)가 되나니,
어찌 하물며 그것을 과시하고 교만하랴!

** 즐겨 행하는 보시는
즐거움이 따른다.
남의 눈길을 의식하지 말라.

비구품 · 17

피었다 시들어질 때가 되면
꽃을 떨어뜨리는 '위사가'[1]처럼
아아 비구여 너희도 또한
음(婬) · 노(怒) · 치(癡)를 떨어 버려라

여위사화 숙지자타
如衛師華 熟知自墮

석음노치 생사자해
釋婬怒癡 生死自解

* 옥중에서보다, 전장에서보다, 평온 무사한 일상 생활에서 우리는 보다 두려운 적을 발견하는 것이다.
그 적은 눈으로 볼 수 없고, 의식할 수도 없기 때문에.
다만 생명의 완만한 멸망이 있을 뿐이다.

** 피어나는 꽃은 아름다움을 주고,
시들어 떨어지는 꽃은 열매를 남긴다.

---

1) 위사가 : 쟈스민.

비구품 · 18

몸도 고요하고 말도 또 고요하고
마음도 고요하고 그윽함을 지켜
이미 세상일 버린 비구는
'고요하고 고요한 사람'이라 불린다

지 신 지 언 심 수 현 묵
止身止言 心守玄默

비 구 기 세 시 위 수 적
比丘棄世 是爲受寂1)

* 부를 획득함으로 말미암아, 그들은 얼마나 빈핍(貧乏)하여 지는가!

** 고요한 물은 모든 것을 비춘다.
분주한 자는 자기 자신의 거울을 잃어버린다.

---

1) 적(寂) : 열반의 의미와 통한다. 무엇보다 번뇌망상이 쉬여 고요하다.

비구품 · 19

몸을 단속해 스스로 경계하고
안으로는 마음을 깊이 파고들어가
항상 혼자서 진리를 생각하면
비구는 즐겁고 편할 것이다

당자칙신 내여심쟁
當自勅身 內與心爭

호신염체 비구유안
護身念諦 比丘惟安

* 각각 자기의 입장을 잃고 무수한 다른 입장에 현혹될 때, 비로소 혼란한 상태가 시작되는 것이다.
자율적인 생과 생 사이에는 어떠한 투쟁이 있더라도, 거기에는 순화된 정신, 정화된 생명이 있을 뿐이다.
위대한 전사(戰死)와 개선(凱旋), 깨끗한 승리와 패배!

** 즐겁고 편하지 않다면
누가 비구가 될 것인가.
산문에 있어도 번뇌가 계속된다면
누가 그를 붙들어 줄 것인가.

비구품 · 20

나는 나를 주인으로 한다
나밖에 따로 주인이 없다
그러므로 마땅히 나를 다루어야 하나니
말을 다루는 장수처럼

아자위아 계무유아
我自爲我 計無有我

고당손아 조내위현
故當損我 調乃爲賢

* '나'는 오로지 '나'로서, '나' 이외의 아무 것도 아닌 것이다. 인간의 인간 되는 소이, 생의 생 되는 진실한 권위는 어떠한 조건에 있는 것이 아니다.
생이 허락되어 있는 근본적 근거는 오직 하나 '생'이라는 근거 밖에 또 있을 것이 없다.
어떠한 천재, 어떠한 위인도 그 근거에 있어서는 무능한 나와 미미한 벌레와 다를 것이 없다.

** 나 자신 이외에 어느 누구도 나에게 해를 가하는 자는 없다.
— 성 베르나르

비구품 · 21

부처님 가르침에 믿음이 깨끗해
기쁨과 즐거움이 많은 비구는
저 고요한 열반[1]에 이르러
욕심이 쉬어 길이 편안하리라

희 재 불 교 가 이 다 희
喜在佛敎 可以多喜

지 도 적 막 행 멸 영 안
至到寂寞 行滅永安

* 억지는 어린애의 요구를 만족시키고,
신앙은 무근(無根)한 신이 존재를 구해 준다.

** 신앙이란 단두대와 같은 것이다. 그것처럼 어려우며, 그것처럼 쉬운 것은 없다. — 카프카

1) 열반에 이르면 다음과 같은 법미(法味)를 느낄 수 있다. 상주(常住) · 적멸(寂滅) · 불로(不老) · 불사(不死) · 청정(淸淨) · 허통(虛通) · 부동(不動) · 쾌락(快樂).

비구품 · 22

비구 비록 나이는 젊었다 해도
부처님 가르침에 어김없으면
그는 이 세상을 밝게 비추리
어두운 구름 속에서 나온 달처럼

당 유소행 응불교계
儻[1]有少行 應佛敎戒

차조세간 여일무에
此照世間 如日無曀[2]

* 높고 커다란 무대 위의 휘황 · 장엄한 위업(偉業),
어두운 토옥(土屋) 속의 가장 비밀한 선행.
위대는 반드시 위대 속에만이 아니라, 보다 능히 범용(凡庸) 속에 있는 것이다.

** 달은 사람의 본성이다. 그러므로 구름을 벗어난 달은 그렇게 환하고 밝다. －『팔만대장경』

---

1) 당(儻) : 혹시 당.
2) 예(曀) : 가릴 예, 음산할 예.

제26. 바라문품(婆羅門品)

'월지'라는 나라가 있었는데 '마갈타'국 '아사세'왕의 명령을 듣지 않았다. 왕은 이것을 치고자, 우선 정승 '우사'를 부처님께 보내어 그 승부를 물었다. 부처님은 말씀하셨다.

"저 월지의 백성들은 칠법을 받들어 행하므로 이길 수 없다. 잘 생각해서 함부로 움직이지 말라. 무엇이 칠법인가! 첫째 자주자주 모여서 바른 법을 강의하고, 둘째 임금과 신하는 어질고 충성해서 서로 화목하고, 셋째 법을 받들어 행해서 상하의 분별이 있고, 넷째 남녀의 구별이 있고, 어른과 아이는 서로 받들고, 다섯째 부모에게 효도하고 웃어른에게 공경하고, 여섯째 친지의 이치를 받들고 사시의 차례를 따라 백성이 부지런히 농사하고, 일곱째 도를 숭상하고 덕을 공경해, 도 있는 사람을 받들어 섬긴다. 대개 임금이 되어 이 칠법을 행하면 위태로울 일이 없다. 그러므로 천하의 군사를 다 들어 이것을 쳐도 이길 수 없을 것이다."

그래서 아사세 왕은 싸움을 단념하고 부처님의 가르침을 받들어 나라를 교화했다. 월지국은 스스로 나아와 그 명령을 따랐다.

— 『법구비유경』, 「열반품」

부처바위(보리사)

바라문품 · 1

용감하게 애욕의 흐름을 끊어
모든 욕심을 떠나라, 바라문[1]이여
모든 지어진 것 없어지는 줄 알면
나지도 죽지도 않는 진리에 들어가리

절류이도 무욕여범
截流而渡 無欲如梵

지행이진 시위범지
知行已盡 是謂梵志

* ‘욕구를 버려라’는 말은 욕구를 없애라는 말이 아니다. 욕구를 가지라는 말이다.
욕구의 방향을 고치라는 말이다.

** 용감한 자만이 애욕을 끊을 수 있다.

---

1) 바라문(brāhmana) : 바라문교의 제사를 주관하는 성직자로 범지(梵志)로 한역된다. 인도 4성(四姓)의 최고 지위에 있는 종족으로 승려의 계급. 여기서는 비구 · 비구니를 이르는 말.

바라문품 · 2

계(戒)도 없고 정(定)도 없이 오직 깨끗해
열반의 저 언덕에 이르렀다면
이 지혜로운 바라문의
모든 속박은 풀려 다한다

이 무 이 법 청 정 도 연
以無二法[1] 淸淨渡淵

제 욕 결 해 시 위 범 지
諸欲結解 是謂梵志

* 순결은 도피가 아니요, 은둔, 고고가 아니다.
그의 진정한 명예는 도리어 어떤 한계가 없는 신축의 자유 자재에 있을 것이다.
물러나면 물러날수록, 움츠러들면 압력과 추세는 배가하리니, 사위를 둘러보라. 어느 곳이 나의 안주처인가?

** 저편 언덕에 도달하는 자들은 누구인가.
영혼이 깨끗한 이들이다.

---

1) 이법(二法) : 지(止)와 관(觀), 즉 자제와 통찰.

바라문품 · 3

건너가야 할 저쪽 언덕도 없고
떠나야 할 이쪽 언덕도 없이[1]
두려움도 없고 근심도 없는 사람
나는 그를 불러 '바라문'이라 한다

적피무피 피피이공
適彼無彼 彼彼已空

사리탐음 시위범지
捨離貪婬 是謂梵志

* 도 있는 곳에 밥이 따른다는 고인(古人)의 말씀이 아닌가? 무엇을 먹을까를 걱정하지 말라는 예수의 말씀이 아닌가?
먼저 생활의 공포를 버리고 생활의 신념을 갖자.
최후에 오는 것은 죽음, 죽음을 극복하는 곳에 무슨 간난(艱難)이 있으랴.

** 한 번 태어난 자는 반드시 죽지 않으면 안 된다.

— 영국 격언

---

1) 피안(彼岸, pāra)과 차안(此岸, apāra) : 팔리문 주석에 의하면, 피안은 완벽한 이상 경지로 안의 육처(眼 · 耳 · 鼻 · 舌 · 身 · 意)이고 차안은 미혹한 상태로 밖의 육처(色 · 聲 · 香 · 味 · 觸 · 法)라고 한다.

바라문품 · 4

고요히 생각하고 탐심을 떠나
굳게 법에 머물러 할일 힘써서
최상의 깊은 뜻을 깨달은 사람
나는 그를 불러 '바라문'이라 한다

사유무구 소행불루
思惟無垢 所行不漏

상구불기 시위범지
上求不起 是謂梵志

* 나를 비우는 것은 모든 것을 정화하는 것이다. 진(眞)만이 아니라 위(僞)도, 선만이 아니라 악도, 미만이 아니라 추도.
거기서는 사상(事象)과 행위가 정상(定相)을 여의기 때문이다.
모든 가치 비판의 영역을 초월하기 때문이다. 수처작주(隨處作主)의 세계가 전개되기 때문이다.

** 아직도 의문이 일어나는 자는 다 깨달은 자가 아니다.
최상의 깊이에 도달할 때까지 모든 의문을 탐구하라.
의문이 없는 자는 깨달음에 도달하지 못한다.

바라문품 · 5

해는 낮에 빛나고
달은 밤에 빛난다
무기는 군인을 빛내고
선(禪)은 도인을 빛낸다
그런데 부처님은 세상에 나와
위광(威光)으로 모든 어둠을 비춘다.

일조어주 월조어야 갑병조군
日照於晝 月照於夜 甲兵照軍

선조도인 불출천하 조일체명
禪照道人 佛出天下 照一切冥

* 정토는 어디며 '미타'는 무엇인고? 모두가 일념(一念)[1]이다.
십억만 토(土)도 일념이요, '미타'도 일념이다.
이 일념 속에 영원한 시간은 약동하고 무한의 세계는 전개되어 가는 것이다.
여기서 기도는 영원하고 원력(願力)은 무한하다.

** 부처님이 어둠을 비추는가, 어둠이 부처님을 비추는가.

---

1) 일념(一念) : 극히 짧은 시간을 나타내는 단위. 1찰나(刹那) · 60찰나라고도 한다. 현재의 순간이나 동시(同時)라는 뜻으로 쓰인다.

바라문품 · 6

모든 악을 떠났기에 바라문이다
바른 길로 들었기에 사문이니라
나의 모든 더러움[1]을 버렸기 때문에
'집을 버렸다'[2]고 이르는 것이다

출 악 위 범 지 입 정 위 사 문
出惡爲梵志 入正爲沙門

기 아 중 예 행 시 즉 위 사 가
棄我衆穢行 是則爲捨家

* 방랑이란, 인간 본능의 일종이 아닌가? 그것은 미지에의 동경에서 나온, 기지(旣知)에의 권태와 발작이 아닌가?
좋은 의미에서, 석가도 방랑자였고 예수도 방랑자였다. 모든 죄악의 부정에서 진선(眞善)의 긍정으로 돛을 달고 신발 끈을 맨, 인생의 위대한 방랑자였다.

** 젊은이들은 모두가 집을 떠나고자 한다. 그러나 무엇을 버리고, 무엇을 떠날 것인가가 진정으로 문제이다.
출가(出家)는 위대한 결단이다.

---

1) 정욕(情欲) 등을 말한다.
2) 출가(出家)했다는 뜻.

바라문품 · 7

바라문을 때리지 말라
바라문은 그것을 갚지 말라
아아 어떻게 바라문을 때리랴
하물며 어떻게 그것을 갚으랴

불추 범지 불방범지
不捶[1]梵志 不放梵志

돌추범지 방자역돌
咄捶梵志 放者亦咄

* 장삼을 입고, 가사를 걸치고 합장을 해본다.
외양의 단정은 내심의 정재(整齋)에 결코 적지 않은 도움이 된다.
겸손과 하심(下心), 얼마나 평안하고 화평한 심경인가! 높고 아름다운 덕인가!

** 한 대 맞으면 두 대 때린다.
평범한 일이다.

---

1) 추(捶) : 종아리 칠 추.

바라문품 · 8

사랑에 겨워 빠지지 않으면[1]
그 공덕도 적지 않은 것이다
해치려는 마음이 그침을 따라
그만큼의 괴로움은 없어지나니

약의어애 심무소저
若猗於愛 心無所著

이사이정 시멸중고
已捨已正 是滅衆苦

* 외부로부터 오는 해악에 대해서는, 아무리 무력해도 그것은 부끄러울 것이 없다.
무력 중에 가장 나쁜 것은 자기의 내부 감정에 대한 무력이다.

** 전에 한 사람도 사랑해 본 일이 없었던 사람은 전 인류를 사랑하기란 불가능하다.

— H. 입센

1) 팔리문 주석에 의하면, 부모나 부처님 등 "좋아하는 것에 대해 분노를 일으키지 않도록 마음을 제어하는 것"이다.

바라문품 · 9

몸이나 입이나 뜻이
깨끗해서 허물을 범하지 않아
이 세 가지 행(行)을 잘 다룬 사람
나는 그를 '바라문'이라 한다

신구여의 정무과실
身口與意 淨無過失

능섭삼행 시위범지
能攝三行 是謂梵志

* 남의 생활에 손댈 의욕 없이, 내 생활에 남의 간섭을 피하려는 이곳에, 해(害) 없는 나의 '에고이즘'의 만족이 있다.
그리하여 여기에는 또한, 사위(詐僞)와 과장과 부자연과 아첨의 가쇄(枷鎖)[1]에서 벗어날 수 있는, 진실한 개성 생활의 행복도 있는 것이다.

** 머리의 항문(肛門)인 입. — S. 베케트

---

1) 가쇄(枷鎖) : 목에 칼을 씌우고 발목에 쇠사슬을 채우는 형벌로 '번뇌의 속박'을 비유하는 말

바라문품 · 10

바르게 깨달은 이의 말한 바 법을
마음으로 한 번 깨달아 알았거든
그것을 공경해 돌아가 의지하라
화천[1]을 예배하는 바라문처럼

약심효료 불소설법
若心曉了 佛所說法

관심자귀 정어위수
觀心自歸 淨於爲水

* 종교는 둔한 양심의 숫돌, 마비된 자성력(自省力)의 식염 주사. 심경(心鏡)이 맑아짐으로 말미암아 은폐되었던 자기의 번민이 발견되고 촌분(寸分)의 악업이 척장(尺丈)으로 보이는 것이다. 큰 신앙, 출생의 진통이요, 큰 위안, 큰 환희의 전주곡이다.

** 여러 가지 것으로부터 단 하나를 만드는 것, 그것은 순수하고 단순한 일이다. - P. 클로델

1) 화천(火天, agni) : 불을 맡은 신(神).

바라문품 · 11

그것은 머리를 묶은 때문 아니다[1]
종족(宗族) 때문에 성(性) 때문도 아니다
진실과 법을 가졌기 때문에
그를 일러서 '바라문'이라 한다

비족결발 명위범지
非族結髮 名爲梵志
성행법행 청백즉현
誠行法行 淸白則賢

* 문득 생각하니, 죄 많은 세상, 약한 인간!
될 수 있으면 죄 짓지 않게, 될 수 있으면 굳센 생활로 얼마 아닌 일생을 보내고 싶다.

** 지연과 혈연에 의해서만 사는 사람은,
온갖 부정과 불의의 원천이다.

---

1) 바라문들은 당시 소라처럼 높게 틀어 올린 나발(螺髮)이라는 머리를 하고 있었다. 여기서는 이 모습 때문에 바라문이라고 하는 것이 아니라는 뜻이다.

바라문품 · 12

머리를 묶은들 무엇하리
풀 옷을 입은들 무엇하리
마음에 집착을 버리지 않으면
겉으로만 버려서 무엇하리

식발무혜 초의하시
飾髮無慧 草衣何施
내불리착 외사하익
內不離著 外捨何益

* 사람들은 흔히 재지(才智)와 기민만은 가상(嘉賞)할 줄 알면서, 그에 따르는 사위(詐僞)와 교묘와 미친 듯한 자홀(自惚)과 희희(嬉嬉)하는 경박에는 장님인 듯 못 보는 양한다.
그러면서 무지에서 오는 잘못의 허물에만은, 어쩌면 그리도 밀밀(密密)하고 급촉(急促)한가!

** 흔히들 더 갖고 싶을 때,
모든 것을 버렸다고 한다.

바라문품 · 13

몸에는 헌 누더기[1]를 입었어도
법을 따라 몸소 행하고
혼자 있어 고요히 생각하면
나는 그를 일러 '바라문'이라 한다

被服弊惡 躬[2]承法行
閑居思惟 是謂梵志

* 평화와 안정의 생활에서만 나의 존재는 바로 서고, 그 속에 있어서만 내 생명은 그것을 얻어 본유(本有)의 성능을 발휘하는 것이다. 적어도 나는 이 사실을 잘 알매, 모든 의욕의 다툼과 권세의 싸움은 그들에게 맡겨 두련다.

** 세상의 남녀들은 옷을 벗으면 원숭이와 같아지고, 옷을 입으면 입을수록 당나귀와 비슷해진다. — 임어당

---

1) 분소의(糞掃衣)라고 한다. 세속 사람들이 버린 헌옷을 주워다가 조각조각 기운 것으로 똥을 닦는 헝겊과 같다는 뜻. 비구가 이 옷을 입는 것은 탐식을 버리기 위해서이다.
2) 궁(躬) : 몸 또는 몸소 행할 궁

바라문품 · 14

바라문을 부모로 해서 태어난 자를
나는 바라문이라 하지 않는다
마음속의 많은 번뇌를 멸하면
그것이 진정한 '바라문'이다.

아불설범지 탁부모생자
我不說梵志 託父母生者

피다중하예 멸즉위범지
彼多衆瑕穢 滅則爲梵志

* 오욕(五慾)을 떠나 깨끗한 종교 생활을 영위한 과거의 선인들이 얼마나 위대한가 하는 것을 새삼스레 느낀다.
자기의 범부성, 못내 비참하고 밉다.
모든 전통적 관념과 인습적 지식을 완전히 파괴하여 새로운 입장을 가져야 하고, 나중에는 그 입장마저 버리지 않으면 안 된다.

** 부모는 그 자식의 나쁜 점을 모른다. ─『대학』

바라문품 · 15

세상에 구하는 욕심을 끊고
그 뜻을 함부로 놀리지 않아
모든 두려움을 떠난 사람
나는 그를 '바라문'이라 한다

절제가욕 불음기지
絶諸可欲 不婬其志

위기욕수 시위범지
爲棄欲數 是謂梵志

** "행복아, 나의 발꿈치에 따라와 나는 진리를 좇아가련다." 비록 마음속으로 이렇게 생각해 보았으나, 또다른 마음 한구석에는 어딘가 생활의 공포가 깃들어 있다.
오늘이라도 내게 만일 세간의 명문이양(名聞利養)[1]의 큰 복덩이가 떨어진다면, 나는 떡 조각을 반기는 창살 안의 원숭이 모양으로 진리도, 양심도 원수처럼 버릴 수 있겠는가?

** 그림자를 좇다가 자기의 먹이를 떨어뜨린 개는 그림자도 고기도 잃어버린다. – 이솝우화

---

1) 명문이양(名聞利養) : 자기의 명예가 세상에 널리 알려지기를 원하며 또 재물이 많아지기를 탐내는 것.

바라문품 · 16

사랑과 미움의 흐름을 끊고
미혹의 그물과 자물쇠를 벗어나
어둠의 장벽을 헐어버린 사람
나는 그를 '바라문'이라 한다

斷生死河 能忍超度
自覺出塹[1] 是謂梵志

* 목숨을 아끼는 곳에 위(偉)가 있을 수 없고, 부귀와 공명을 탐하는 곳에 영(英)과 호(豪)가 있을 수 없다. 사(私)와 아(我)가 있는 어느 곳에 강(剛)과 용(勇)이 있을 수 있으랴! 본무(本無)의 곳에 '미타'의 이검(利劍)을 뽑아 휘둘러보라. 천하의 일은 자재로울 것이다. — 문각(文覺)

** 내가 죽는 방법을 생각하는 것은 죽기 위해서가 아니라 살기 위해서이다. — A. 말로, 『왕도』

---

1) 참(塹) : 구덩이 참.

바라문품 · 17

죄가 없는데 꾸짖음을 받거나
매를 맞거나 결박을 당해도
성내지 않고 참는 힘을 가진 사람
나는 그를 '바라문'이라 한다

見罵見擊 默受不怒
(견매견격 묵수불노)

有忍辱力 是謂梵志
(유인욕력 시위범지)

* 원수를 사랑하라. — 예수
여기 무슨 이유가 있는가?
있다면 그것은 사랑이 아니요, 사랑으로 변형한 마음이니라.

** 세상은 나쁜 것의 향신료가 뿌려지는 것을 좋아한다.
— H. W. 롱펠로우

바라문품 · 18

속임이나 침노에 원한을 품지 말고
다만 계를 생각해 욕심이 없어
생사의 이 세상에 마지막 몸을 가진
그를 나는 '바라문'이라 한다

약 견 침 기 단 념 수 계
若見侵欺 但念守戒

단 신 자 조 시 위 범 지
端身自調 是謂梵志

* 날이 갈수록, 때를 좇아 인심은 어지러워 가매, 나는 내 혼의 평화를 지키자. 날이 갈수록, 때를 좇아 세상은 복잡해 가매, 나는 내 생활의 단순을 굳이 보호하련다.
계기(戒器)의 방정(方正)한 곳에 정수(定水)의 청정이 있고, 정승의 청정이 있는 곳에 혜월(慧月)의 현현(顯現)이 있나니, 이것은 부처님의 교훈이시다.
나는 우선 무지배(無知輩)들이 보내는 소승(小乘)이라는 기롱(譏弄)을 달게 받으며, 부처님의 본뜻을 남몰래 지니리라.

** 남에게 속은 것은 결코 아니다. 자기가 자기를 속이는 것이다.
— 괴테

바라문품 · 19

연잎의 물방울처럼 바늘 끝의 겨자 알처럼[1]
뱀이 껍질을 벗는 것처럼
세상의 즐거움을 마음에 버린 사람
나는 그를 불러 '바라문'이라 한다

심 기 악 법　여 사 탈 피
心棄惡法 如蛇脫皮
불 위 욕 오　시 위 범 지
不爲欲汚 是謂梵志

* 지상은 유혹의 시장이다. 생 자체가 하나의 유혹의 연속이다. 사람은 누구나, 어떤 형식으로나, 언제든지 어떤 무엇에 유혹받고 있는 것이다.
어떻게 보면, 어떤 무엇에 유혹되지 않고는 너무 고독하여 살 수 없는 것이 우리 인간인 것 같다.

** 유혹이란 구별 없이 달라붙는 벌레이다. －『팔만대장경』

---

1) 잠시라도 머물러 있지 않는 것처럼 집착함이 없이 마음에서 악법을 제거한다는 뜻.

바라문품 · 20

이 생의 괴로움을 깨달아
마음속의 더러운 욕심을 버려
무거운 짐을 내려놓은 사람
나는 그를 '바라문'이라 한다

각생위고 종시멸의
覺生爲苦 從是滅意

능하중담 시위범지
能下重擔 是謂梵志

* 왕생(往生)[1]이란, 반드시 사후의 세계가 아니다. 한 번 우리의 관점을 고칠 때, 곧 나타나는 현상이리라. 몸은 여기에, '사바'에 살면서 마음은 항상 '정토'에 논다는 말이 곧 이 뜻이 아닐까?
이 현재의 한 찰나, 생사에 무애(無碍)되는 무심의 '지금'이 곧 그 경애(境涯)이리라. 살고 있는 '지금' 속에 확실한 무엇을 파악하지 못하고, 어찌 죽어서 간다는 일에 신념이 생길 것인가?

** 욕심이 깊으면, 천상(天上)의 샘이 말라간다. — 『장자』

---

1) 왕생(往生) : 이승을 떠나 저승에서 다시 태어나는 것. 극락왕생(아미타불의 세계에 왕생함), 도솔왕생(미륵보살이 계시는 도솔천에 왕생함), 시방왕생(시방 정토 중에서 자기가 원하는 정토에 왕생함) 등이 있다.

바라문품 · 21

깊고 미묘한 지혜를 깨닫고
바르고 그릇됨을 분별해 알아
위 없는 법을 몸소 행하는
그를 불러 나는 '바라문'이라 한다

해미묘혜 변도부도
解微妙慧 辯道不道

체행상의 시위범지
體行上義 是謂梵志

* 오늘의 선이 내일은 악으로, 어제의 금(禁)이 오늘은 허(許)로, 정(正)과 사(邪)가 그 얼굴을 고치고, 비(非)와 시(是)가 그 자리를 바꾸어, 덧없이 변전(變轉)하는 세태와 인정!
이렇다 하여, 다만 권(權)과 세(勢)와 역(力)이 인간 도덕의 규범이 되고 기준이 되어, 최후의 결정권을 점령하여 가(可)할 것인가?

** 옛사람이 말을 함부로 하지 않는 것은 실천함이 따르지 못할까 두려워하였기 때문이다. ―『논어』

바라문품 · 22

집이 있거나 집이 없거나
마음속에 두려움 없어
적게 구하여 욕심이 없는 사람
나는 그를 '바라문'이라 한다

기연거가 무가지외
棄捐居家 無家之畏

소구과욕 시위범지
少求寡欲 是謂梵志

* 나는 진정 무용의 인(人), 무위의 인이 되고 싶다.
그리하여 나 혼자의 생활을 지키고, 다듬을 수 있는 온정(穩定)과 자연을 가지고 싶다.
포인(庖人)의 치포(治庖)가 선하지 못하다 하여, 시축(尸祝)이 준조(樽俎)를 넘어 이것을 대(代)하랴!

** 시냇가 오막살이 한가히 살매
달 밝고 바람 맑아 흥겹구나
손이라곤 오는 이 없고 산새들만 지저귀는데
대숲 아래 상 옮겨 놓고 누워서 글을 읽네 — 길재, 『야은집』

바라문품 · 23

약한 것이나 강한 것이나
모든 생명을 놓아 살려 주고
해치거나 괴롭힐 마음이 없는
그를 나는 '바라문'이라 한다

기방활생 무적해심
棄放活生 無賊害心

무소요뇌 시위범지
無所嬈惱 是謂梵志

* 모든 인간성을 무시하는 곳에
참된 인간성이 발휘되는 수도 있다.
전장의 안정…….

** 생명은 생명의 희생으로 이루어진다. — 몽테뉴, 『수상록』

바라문품 · 24

다툼을 피해 다투지 않고
침노를 당해도 성내지 않으며
악을 갚기를 선으로 하는 사람
나는 그를 '바라문'이라 한다

피쟁부쟁 범이불온
避爭不爭 犯而不慍[1]

악래선대 시위범지
惡來善待 是謂梵志

* 청정, 겸손한 절대의 복종이 있는 곳에, 모든 명령은 신의 예지의 정신에서 오는 교시(敎示)로 정화되나니.
나는 또한 프란체스코의 겸손의 덕을 배우리라.
이것은 오로지 거세(擧世)의 훤효(喧囂)에 그 감세(減勢)의 도움도 되겠거니와 내 함묵(緘默)과 침착은 다만 그것으로나마 어떤 분에의 위안과 행복의 기여도 될 것이다.

** 전쟁은 인류를 괴롭히는 최대의 질병이다. – M. 루터

1) 온(慍) : 성낼 온.

바라문품 · 25

탐냄과 성냄과 어리석음[1]과
또 교만, 질투 등 모든 악 버리기를
뱀이 껍질을 벗듯하는 사람
나는 그를 '바라문'이라 한다

거음노치 교만제악
去婬怒癡 憍慢諸惡

여사탈피 시위범지
如蛇脫皮 是謂梵志

* 조그마한 기쁨! 참으로 순수하고, 깨끗하고, 알뜰한 행복이란 커다란 영화보다 이러한 조그마한 기쁨에 있다.
시샘도 겁도 없는 조그마한 기쁨에.

** 지난 어느 날 장자는 꿈에서 나비가 되었다. 펄펄 나는 것이 확실히 나비였다. 스스로 유쾌하여 자기가 장자인 것을 몰랐다. 그러나 조금 후에 문득 깨어보니 자기는 틀림없이 장자였다. 장자가 나비가 된 꿈을 꾼 것인가? 나비가 장자가 되는 꿈을 꾼 것인가?

— 『장자』

---

1) 탐냄과 성냄과 어리석음 : 탐욕(貪慾) · 진에(瞋恚) · 우치(愚痴), 탐진치가 모든 번뇌를 포섭하고, 온갖 번뇌가 중생을 해치는 것이 마치 독사나 독룡(毒龍)과 같다는 뜻에서 삼독(三毒)이라 한다.

바라문품 · 26

남에게 하는 말이 거칠지 않아
듣는 사람의 마음을 해치지 않고
또 참다운 말로 남을 가르치는
그를 나는 '바라문'이라 한다

단절세사 무구추언
斷絶世事 無口麤[1]言

팔도 심체 시위범지
八道[2]審諦 是謂梵志

* 그의 죄과(罪過)를 자극시키는 것은 그를 구하는 유위의 현명이다. 그의 죄과를 망각시키는 것은 그를 구하는 무언의 자비이다. 그러나 끊임없는 자극은 그의 반발을 가져오기 쉽다.

** 인간이 귀 두 개와 혀 하나를 가진 것은 남의 말을 좀 더 잘 듣고 필요 이상의 말은 하지 못하게 함이다. — 제논

---

1) 추(麤) : 거칠 추, 성길 추, 약자는 鹿

2) 팔도(八道) : 팔정도(八正道). 불교의 실천 수행하는 중요한 종목을 8종으로 나눈 것. 정도는 이것이 중정(中正), 중도(中道)의 완전한 수행법이라는 뜻. 정견(正見), 정사유(正思惟), 정어(正語), 정업(正業), 정명(正命), 정정진(正精進), 정념(正念), 정정(正定)의 8종. 4체, 12인연과 함께 불교의 원시적 근본 교의(教義)가 되는 것임.

바라문품 · 27

길거나 짧거나 많거나 적거나
거칠거나 곱거나 깨끗하나 더러우나
남이 주지 않는 것은 앗지 않는
그를 나는 '바라문'이라 한다

소세악법 수단거세
所世惡法 修短巨細

무취무사 시위범지
無取無捨 是謂梵志

* 우리는 모든 것을 전유(專有)하려는 욕구를 가졌다.
동시에 행복까지도 남에게 나눠주고 싶어 하는 욕구를 가졌다.

** 부는 재산의 많고 적음에 있는 것이 아니라 만족하는 마음에 있다. — 마호메트

바라문품 · 28

이승의 행(行)이 깨끗하니
저승도 또한 물들지 않나니[1]
저승도 걱정도 소원도 없는
그를 나는 '바라문'이라 한다

금세행정 후세무예
今世行淨 後世無穢

무습무사 시위범지
無習無捨 是謂梵志

* 모두 주어진 존재, 주어진 생활이다.
그러므로 모든 인간은 모두 자기에게 주어진 인생을 살고, 자기가 살지 않을 수 없는 인생을 살고 있다.
자기의 생활을 건설하기 위한 장소가 여기 외에 있을 수 없다고 확고한 자각을 가지는 곳에, 비로소 그 사람의 생활의 참 '뿌리'가 박히는 것이다.

** 정화수를 나에게 뿌리소서, 이 몸이 깨끗해지리이다.
나를 씻어주소서, 눈보다 더 희게 되리이다. — 구약 「시편」

---

1) 여기서 말하는 이승, 저승은 '지금'과 '그 다음'의 뜻으로도 통한다. 행(行)과 행을 엄밀하게 다스릴 때 뒷걱정이 없다.

바라문품 · 29

몸을 내던져 어디 의심하지 않고
법을 밝게 알아 의심이 없어
감로의 근원에 이르는 사람
그를 나는 '바라문'이라 한다

棄身無猗(기신무의) 不誦異言(불송이언)
行甘露滅(행감로멸) 是謂梵志(시위범지)

* '하는 대로 된다'는 생활과 '되는 대로밖에 안 된다'는 생활, '합리적 이상주의'의 생활과 '법적 자연주의'의 생활—도덕의 세계와 종교의 세계. '하는 대로 된다'는 생활에 인생 성장의 광휘와 열이 있고, '되는 대로밖에 안 된다'는 생활에 인생 원숙의 향기와 안주가 있고, '합리적 이상주의'의 생활에 자신(自信)에의 초조가 있고, '법적 자연주의'의 생활에 타력(他力)에의 체념이 있다.

** 조금이라도 의심스러운 점이 있다고 생각되는 것은 모두 절대로 허위의 것으로 물리치고 나면 결국 의심할 수 없는 것이 확신 속에 남을 것인지, 이것을 최후까지 확인해 볼 필요가 있다.
— 데카르트, 『방법서설』

바라문품 · 30

복이나 죄를 함께 여의어
그 어느 것에도 집착이 없어
슬픔도 욕심도 떠난 사람
나는 그를 '바라문'이라 한다

어죄여복 양행영제
於罪與福 兩行永除
무우무진 시위범지
無憂無塵 是謂梵志

* 초월이란 무자유한, 포용성 없는, 또한 무기력한 유리(遊離)와는 다르다.

** 하늘이 고칠 수 없는 슬픔, 그런 것은 이 세상에 없다.
— T. 모어, 『유토피아』

바라문품 · 31

두렷이 깨끗하고 밝은 달처럼
마음에 뜬생각을 흩어버려
남의 비방도 시기도 이미 끊어진
그를 나는 '바라문'이라 한다

心喜無垢 如月盛滿 (심희무구 여월성만)
謗毁已除 是謂梵志 (방훼이제 시위범지)

* 연정이란 대개 어떤 시간의 한계를 가지는 것으로서, 그에 따라 열정도 또한 어떤 고도의 정점을 가지는 것이다. 그리하여 그 한계, 그 정점에서 대개는 변질하거나 강하하는 것이다.

** 홀로 바위 앞에 고요히 앉았으면
하늘 한복판에 둥근 달이 빛나거라
만상은 모두 그림자 나타내나
달은 본래부터 비추는 것 없나니,
탁 트이어 정신은 맑고
허(虛)를 머금어 그윽하고 묘하리라.
손가락을 의지해 달을 보나니
달은 이 마음의 상징이니라

— 『한산시』

바라문품 · 32

어리석은 사람 욕심에 날뛰다
함정에 빠져 고통당하는 것 보고
오직 한마음 저쪽 언덕을 향해
의심도 없고 유혹됨 없어
모든 집착을 떠나 편안한 사람
나는 그를 '바라문'이라 한다

見癡往來 墮塹受苦 欲單渡岸
不好他語 唯滅不起 是謂梵志

* 이 지상의 살벌과 소란은 대개는 자기 집착에서 생기고, 자기의 집착이란 결국, 자기 정신의 평온 상태의 교란을 이름이니, 혼의 혼탁과 광란은 인세(人世)의 모든 사악의 근본이다.

** 욕망에 날뛰는 아비규환의 세상에서,
오직 한마음으로 저쪽 언덕을 향한다.
오직 한마음으로 유혹을 끊어버린다.
하늘까지 멀리 가는 이 한마음은
오직 사람의 마음이로구나.

바라문품 · 33

은혜와 사랑을 끊어 버리고
집을 나가 걸림 없이 돌아다니며
욕망의 존재를 오롯이 버린 사람
나는 그를 '바라문'이라 한다

이단은애 이가무욕
已斷恩愛 離家無欲

애유이진 시위범지
愛有已盡 是謂梵志

* 황혼에 마을 앞을 지나가는 후줄근한 나그네를 보고, 얼마나 많은 위인들이 남몰래 이 세상을 지나갔을까 생각해 본다.

** 집을 떠날 수 있는 사람만이
집으로 돌아올 수 있다.
세상은 넓지만
모든 길은 집으로 통한다.

바라문품 · 34

사람이 만일 이승에 있어서
모든 욕심을 끊어 버리고
집을 나와 이미 애정이 다한 사람
나는 그를 '바라문'이라 한다

若能棄欲(약능기욕) 去家捨愛(거가사애)

以斷欲漏(이단욕루)[1] 是謂梵志(시위범지)

* 인간은 꿈을 먹고 사는 동물이다. 꿈이란 우리 생의 세계를 확장하는 귀여운 정신 활동이다. 우리가 우리의 손에 부딪치고, 눈에 보이고, 귀에 들리는 세계만을 향유, 파지(把持)한다면, 그 세계의 협착에 우리는 곧 질식하고 만다.

** 내를 건너서 숲으로
고개를 넘어서 마을로

어제도 가고 오늘도 갈
나의 길 새로운 길

— 윤동주, 「새로운 길」

---

1) 욕루(慾漏) : 5욕으로 말미암아 일어나는 번뇌. 3루(漏 : 慾漏 : 有漏 : 無明漏)의 하나.

바라문품 · 35

사람의 멍에[1]를 이미 떠나서
신의 멍에에도 걸리지 않고
모든 멍에를 모조리 벗어난[2]
그를 나는 '바라문'이라 한다

이인취처 불타천취
離人聚處 不墮天聚

제취불귀 시위범지
諸聚不歸 是謂梵志

* 가지가지의 형태와 본질을 가지고 역사에 나타난 모든 신은 결국 인간의 신이었다. 신의 신이 아니었다.
그것은 최고 · 최강의 인격의 인간, 혹은 최악 · 최약의 인간의 모범이었다.
그러므로 우리는 언제나 신에게서 인간밖에 본 것이 없다.

** 인간이 부여한 신성이란
얼마나 커다란 멍에인가.
절대의 것을 부정한 절대의 깨달음!

---

1) 멍에 : 속박. 신체와 오관(五官)으로 인해 일어나는 모든 욕망의 대상.
2) 자유자재(自由自在), 사사무애(事事無碍).

바라문품 · 36

즐거움도 버리고 괴로움도 버리고
맑고 시원하게 불기운 끊어져
모든 세상에 이기는 용자
그를 나는 '바라문'이라 한다

기락무락 멸무온유
棄樂無樂 滅無熅燸

건위제세 시위범지
健違諸世 是謂梵志

* 장자(莊子)는 티끌과 모순에 충만한 지상세계가 허망하여 참되지 못한 환(幻)의 세계임을 보였고, 그곳을 뛰어넘기 위해서는 바람을 날개 밑에 어루만지며, 청천을 등에 업어 걸릴 것 없는 구만 리의 천상(天上)에 오름을 옳다 하였으니, 이것은 심기의 일대 전환과 자기 초탈(超脫)의 철저를 뜻함이라 하겠다.

** 살덩이를 즐기지 마라.
괴로움의 술독을 헤매게 된다.
살아 있는 것들이 주는 즐거움은
괴로움의 원천이다.

바라문품 · 37

이승에 태어날 종자[1]가 끊어지고
저승에 떨어질 종자가 부서져
어디에 의지함에 없는 '깨달음', '편안함'
나는 그를 '바라문'이라 한다

所生已訖(소생이흘)[2] 死無所趣(사무소취)

覺安無依(각안무의) 是謂梵志(시위범지)

* 돌아보면 사람과 사람은 싸우고, 미워하고, 헐뜯고, 해치고, 물고, 찢는다. 달리며, 헐떡이며, 엎치며, 뒤치며, 시기하고, 아첨한다. 사랑하는가 하면 미워하고, 따르는가 하면 배반하고, 기뻐하는가 하면 슬퍼한다. 일과 일은 서로 걸리고 어긋난다. 여인네의 보얀 손길과 암고양이의 하얀 발길이 황혼의 뜰 위에 즐거이 노는가 하면, 가벼운 웃음소리 넘쳐흐르는 규방 속에는 어느새 네 개의 눈동자가 인광(燐光)처럼 빛난다.

---

1) 종자(種子, bīja) : 곡류는 그 씨앗에서 생겨나는 것처럼 모든 물심현상(物心現象)을 일으키는 원인이 되는 것.
2) 글(訖) : 이를 흘, 마칠 글. 다른 발음으로는 흘이라 하는데 '이르다'는 뜻이 있음.

바라문품 · 38

습기(習氣)[1]가 다해 남음이 없는
그의 간 곳은 아무도 모른다
신도 귀신도 사람도 모르는
그를 나는 '바라문'이라 한다

이 도 오 도　막 지 소 타
已度五道[2] 莫知所墮

습 진 무 여　시 위 범 지
習盡無餘 是謂梵志

* 남명(南冥)을 멀다 말라, 북명(北冥)이 곧 그곳이요, 극락정토를 흔구(欣求)하여 십만 국토의 서방을 향하여 교수(翹首)하지 말라, 각근하(脚跟下) 곧 그 땅이 아닌가?
한 발 돌이키면 그곳이 곧 그곳이련만, 바라보매 아득하기 또한 십만 팔천 리이니, 이것이 범부의 미망이요, 중생의 상모(相貌)인가!

** 인간은 모두 어두운 숲이다. — S. 모옴, 『작가수첩』

---

1) 습기(習氣) : 모든 알음알이[識]가 현기(現起)할 때 그 기분을 제8식[마음]에 훈습(熏習)시키는 것을 말한다. 버릇.
2) 오도(五道) 또는 오취(五趣) : 도(道)는 중생이 업인(業因)에 따라 왕래하는 곳. 지옥·아귀·축생·인간·천상.

바라문품 · 39

처음에도 나중에도 또 중간에도
그는 아무 것도 가지지 않는다
가진 것도 없고 집착도 없는
그를 나는 '바라문'이라 한다

우전우후 내중무유
于前于後 乃中無有

무조무사 시위범지
無操無捨 是謂梵志

* 학의 다리는 긴 그대로 옳고, 개는 모퉁이걸음 그대로 바르게 걷는 것이다.
등나무는 굽은 그대로 바른 것이요, 꽃은 지는 그대로 사는 것이니, 모든 물류(物類)는 불구(不具), 불비(不備) 그대로 천성(天成)이 아닌가!

** 처음은 과거, 나중은 미래, 중간은 현재.
과거도 미래도 현재도 없는 세계!
그것이 두려운가?

바라문품 · 40

가장 힘 있고 가장 굳세어
세상을 항복 받고 자기를 이겨
욕심이 없는 사람 깨달은 사람
나는 그를 '바라문'이라 한다

최웅최용 능자해도
最雄最勇 能自解度

각의부동 시위범지
覺意不動 是謂梵志

* 이 생사는 곧 불(佛)의 생명이라, 이것을 염기(厭棄)함은 곧 불명(佛命)을 상실함이요, 또 여기에 집착함도 불명을 상실한다. 염기도 없고 흠모도 없는 이때에 비로소 불명에 드나니, 다만 몸과 마음으로 계교(計較)하지 말라. 말로써 운위하지 말라. 그리하여 내 몸과 내 마음을 완전히 놓아 부처님의 품에 던져 들라. — 도원(道元)

** 너 자신의 길을 걸어가라. 사람들이 무어라 떠들든 내버려두어라. — A. 단테

바라문품 · 41

전생을 알고 내생을 알고
생사의 수레바퀴[1] 끝난 곳 알아
신통[2]이 원만하고 할 일을 마친 사람
그를 나는 '바라문'이라 한다

자지숙명 본소갱래 득요생진
自知宿命 本所更來 得要生盡
예통도현 명여능묵 시위범지
叡通道玄 明如能黙 是謂梵志

* 불의(佛意), 신력(神力)을 완전히 이해하고 파악한 곳에 기적이란 아무런 의미도 가질 수 없다. 거기에는 일체가 상사(常事)요, 아니면 일체가 기적이기 때문이다. 기적이란, 언제나 제한된 힘의 범위, 인간의 근시안에서만 성립될 수 있는 것이다.

** 나는 이 세상에서 나 자신보다 더 큰 기적을 본 적이 없다.
— 몽테뉴

---

1) 윤회(輪廻) : 삶과 죽음이 계속됨.
2) 신통(神通, abhijñā) : 선정(禪定)을 닦음으로써 얻을 수 있는 무애자재(無礙自在)한 초인간적인 불가사의한 힘. 신족(神足), 천안(天眼), 천이(天耳), 타심(他心), 숙명(宿命)을 5신통(五神通)이라 하고 여기에 누진통(漏盡通)을 더해 6신통이라 한다.

이 책은 2004년 8월 "2005년 프랑크푸르트 도서전 주빈국 조직위원회"에 의해 한국의 책 100권 중 하나로 선정되었던 책이다.